grafit

Chemnitzer Str. 31, 44139 Dortmund
Internet: http://www.grafit.de
E-Mail: info@grafit.de

Umschlaggestaltung: Nele Schütz Design unter Verwendung von Thinkstock
Druck und Bindearbeiten: CPI – Clausen & Bosse, Leck
ISBN 978-3-89425-445-2
1. 2. 3. / 2016 2015 2014

Thomas Schweres

Die Abtaucher

Kriminalroman

grafit

Der Autor

Thomas Schweres ist achtunddreißig Jahre alt und gefangen im Körper eines Fünfundfünfzigjährigen. Der gebürtige Essener hat Jura, Germanistik und Anglistik studiert. Leider vergeblich. Zur zeitweisen Beruhigung seiner Eltern hat er wenigstens das Volontariat bei Axel Springer abgeschlossen. Seitdem treibt er sich auf dem Boulevard herum. Erst einige Jahre für die große Zeitung und jetzt schon viele Jahre für den großen Fernsehsender beschreibt und verfilmt er Sachen, die bei anderen schiefgegangen sind.

www.Thomas-Schweres.de

https://www.facebook.com/pages/Thomas-Schweres/588598204567461

Für H., ohne die das alles nicht möglich gewesen wäre.

Vorwort

Als Reporter erlebe und recherchiere ich täglich spannende, berührende, manchmal gefährliche, oft skurrile und lustige Geschichten. Die Menschen und Schicksale, denen ich dabei begegne, bleiben in meinem Kopf, oft für viele Jahre.

Natürlich habe ich aus diesem Fundus geschöpft. Aber das hier ist ein Roman. Die Handlung ist frei erfunden, die Charaktere auch. Eventuelle Ähnlichkeiten mit real existierenden Personen und Geschehnissen wären also rein zufällig. Die namentlich genannten Firmen, Institutionen und Anstalten gibt es natürlich, die geschilderten Abläufe und Strukturen habe ich mir aber ausgedacht oder so verändert, dass sie in diese Geschichte hineinpassen.

Noch einmal: This is a work of fiction!

Kapitel 1

Sonntag, 18. Juli
00:30 Uhr

Wenn sein erster Schlag ihn träfe, dürfte der Gegner nicht sofort tot sein. Er müsste das Wesentliche noch wahrnehmen können. Hoffentlich reichte das Auto als Lockmittel. Unruhig rutschte er auf der Isomatte hin und her. Durch die Fenster schien der Mond in das Zimmer, verbreitete ein diffuses Licht. Verdammt unbequem auf dem harten Linoleumboden. Das Ehebett neben ihm wäre bestimmt weicher, aber da konnte er sich ja schlecht reinlegen. Roch ihm auch zu sehr nach Oma und Opa. Im ganzen Haus roch das so. Eine Mischung aus Urin und Bratenfett. Steckte in den Teppichen und in den Tapeten. Egal, er hatte Schlimmeres erlebt. Trotzdem wäre so ein bisschen Halbschlaf ganz nett.

Fast Vollmond.

Er würde von den Geräuschen wach werden. Wenn er sich im Kampfmodus befand, hatte er einen leichten Schlaf. Auch wenn er hier jetzt schon seit zweiundsiebzig Stunden wartete. Lautlos aufstehen. Den Baseballschläger ergreifen, der neben ihm lag. Keine gute Waffe in einem alten Reihenhaus mit den kleinen Räumen, von massiven Holzmöbeln im Gelsenkirchener Barock zugestellt. Kaum genug Platz, um mit so einem Gerät wuchtig auszuholen. Aber erlaubnisfrei. Und eine adäquate Waffe, um einen drohenden Angriff auf Eigentum und Leben abzuwehren. Das würde jeder Untersuchungsrichter so sehen und ihm gegebenenfalls die Notwehrsituation bedenkenlos attestieren. Das gehörte zu seinem Plan B.

Er stellte sich vor, wie er möglichst leise die knarzende Treppe vom Schlafzimmer nach unten hinabsteigen würde.

Vielleicht würde der Einbrecher ihn dann schon hören. Vielleicht wäre er aber auch zu sehr in seine Arbeit vertieft, das Durchsuchen des Wohnzimmers. Macht ja auch Geräusche. Die Zeit würde er ihm geben, ihn auf der Suche nach Wertsachen hastig aus dem antiken Büfett herausgerissene Tischdecken und Küchenhandtücher schön auf dem Boden verteilen lassen. Mit dem Autoschlüssel für den BMW X5 würde der sich sowieso nicht begnügen. Zu gierig, das sind sie alle.

Ob er bewaffnet wäre?

Keine Schusswaffe, definitiv nicht. Hat kein Einbrecher, weil im unwahrscheinlichen Fall einer Festnahme durch das Mitführen einer Waffe aus einem Einbruch ein viel höher bestrafter Raub würde. In dem Rucksack, den diese Leute immer zum Abtransport der Beute dabeihaben, befänden sich garantiert irgendwelche Einbruchswerkzeuge, Brecheisen oder Hämmer, die er bei einer vorzeitigen Entdeckung zur Bedrohung der Bewohner einsetzen könnte. Wahrscheinlich würde er, schon kulturell bedingt, auch einen Schnappermann in der Tasche haben.

Für die üblichen Bewohner, die man in einem Reihenhaus aus den Sechzigern möglicherweise erwartete, würde das alles reichen. Sie suchten sich für ihre Brüche immer solche Häuser aus, deren Besitzer sie für alt und wohlhabend hielten. Bei jüngeren Familien mit neueren Häusern war ja meist nix zu holen. Da steckte das Vermögen im Beton. Nicht bei alten Leuten, die aus der Abzahlungsphase für ihr Haus lange raus waren. Die horteten ihre Werte als Geld in bar unter der Matratze, als Nerz im Kleiderschrank, als Schmuck in Schatullen. Bei alten Leuten in alten Häusern, da war was zu holen.

Deshalb war diese Kombination hier für seine Zwecke ideal: der Wagen als Köder, das Haus als Falle.

Mit etwas Grips müsste dem Kerl zwar sofort auffallen, dass hier etwas nicht stimmt: eine Terrassentür, leicht zu knacken. Trotzdem schon offen, nur angelehnt. Ihm selbst würde so etwas zu denken geben, aber der, den er hier erwartete, der war ja doof.

Garantiert würde der ›Einbrecher‹ hier nicht mit ihm rechnen, mit dem Mann, der sich ihm auf sehr schmerzhafte Art wieder ins Gedächtnis rufen würde. Der würde ihn auch gar nicht so schnell erkennen können, weil er einen weißen Overall mit Kapuze und einen Mundschutz tragen würde, wie man das von Beamten der Spurensicherung oder von Schädlingsbekämpfern kennt. Als weißes Gespenst würde er auf jeden Fall das Überraschungselement auf seiner Seite haben.

Und womit der Einbrecher überhaupt nicht rechnen würde, war diese unglaubliche, unermessliche, sagenhafte Wut, die er auf ihn hatte. Noch immer. Für die Leben, die Gesundheit, die Lebensentwürfe, die dieser Merid brutal zerstört hatte. Direkt und indirekt. Diesem Mann voller Wut und Hass würde Merid gegenüberstehen, und dieser Mann würde sich endlich auf scheinbar legale Weise, mit einem der Bedrohungslage angemessenen Mittel, für all diese Verletzungen an Merid rächen.

Er stellte sich vor, wie er auf Merid einschlagen würde mit dem Holzprengel, immer wieder, immer wieder.

Zuerst auf die Kniescheiben. Dann auf den Körper. Sein Blut würde in alle Richtungen spritzen, in diesem Sechzigerjahremuseum. Auf die Blümchentapeten, auf die Zigeunerin auf dem Bild an der Wand, die beige-braune Stehlampe mit den Troddeln, den Kacheltisch vor dem Ecksofa, die Spaltplatten auf dem Fußboden, selbst in dem Durchbruch zur Küche würde sich später noch Blut finden. In der Küche selbst nicht mehr.

Er stellte sie sich vor, Merids fremdländische Flüche, seine Schreie vor Schmerz, sein Betteln um Gnade, das in ein Winseln überginge, sobald der Albaner bewegungsunfähig am Boden läge und er immer noch wie ein Berserker auf ihn einschlüge.

Denn Merid würde diesen Angriff nicht überleben. Das gehörte zu seinem Plan, den er sich auch in dieser schlaflosen Nacht wieder durch den Kopf gehen ließ.

Wichtig wäre nur, dass Merid heute endlich käme. Danach wäre es zu spät. Dann wäre sein ganzer Plan zum Teufel.

Mit diesem Gedanken wollte er sanft entschlummern, als er von unten ein Geräusch zu hören glaubte.

00:30 Uhr. Ein Kratzen. Stille. Ein Knacken. Klapperndes Besteck beim Aufziehen der Küchenschublade. Ja. Schritte. Ein Poltern. Flüche. War der nicht allein? Egal, dann eben zwei. Sehr lautes Poltern. Bekommen die gerade Krach wegen der Beute? Sollen sie doch. Endlich!

Er schlug die Augen auf. Er lächelte.

Montag, 26. Juli
07:40 Uhr

»Morgen, Georg! Das war wohl nix am Wochenende, für das Derby müsst ihr da aber noch 'ne Schüppe drauflegen!«

Sehr witzig, der Kollege. ›'ne Schüppe drauflegen‹, wie oft hatte er das in seinem Leben schon gehört. Allein heute Morgen war es das dritte Mal. Wenn sein Verein verloren hatte, und wenn es nur ein unbedeutendes Testspiel vor Saisonbeginn war wie gestern Abend, nervte ihn sein Nachname besonders. Dann wurde der Weg durch die langen Gänge des Dortmunder Polizeipräsidiums bis zu seinem Büro zu einem ganz besonderen Spießrutenlauf. An normalen Tagen waren die Türen mit den unterschiedlichen schwarz-gelben Aufklebern geschlossen – doch an solchen Tagen waren sie nur angelehnt. Damit die Kollegen sein Kommen bloß nicht verpassten. Drahtig-dürre 1,85 Meter, die grauen Haare raspelkurz, in dem eingefallenen Gesicht tiefe Furchen, dazu immer komplett in Schwarz gekleidet. Auch heute, an einem Julitag, für den vierundzwanzig Grad bei einer Regenwahrscheinlichkeit von nur zwanzig Prozent vorhergesagt waren, trug der Leiter des KK 11 seinen uralten, unmodernen schwarzen Trenchcoat. Einige Kollegen dachten an eine Vogelscheuche, wenn sie ihn aus der Ferne im Gegenlicht auf sich zukommen sahen. Andere an einen Totengräber. Durch das Hinken wirkte sein Gang schwankend, die Sohlen seiner Schuhe quietschten in einem besonderen Rhythmus auf dem Linoleumboden. Wenn sie dieses Geräusch hörten, kamen die Kollegen aus ihren Löchern, reckten ihre schwarzen Hälse, bleckten ihre gelben Zähne, um sich genau in diesem Moment einen Kaffee zu holen oder Akten zu einem anderen Raum zu tragen. Natürlich nur, um ihm im Vorbeigehen einen mehr oder minder originellen Spruch mitzugeben. Im Zusammenhang mit seinem Namen meist weniger originell: »Deine Schalker müssen anne Schüppe.« Hahaha. Oder mit Blick auf sein mürrisches Gesicht: »Der Spaten war wohl stumpf am Wochenende!«

›Spaten‹ war der naheliegende Spitzname für jemanden mit dem Nachnamen Schüppe. Georg Schüppe aus Gelsenkirchen-Schalke. Er verzog den Mund dann maximal zu einem gequält-verächtlichen Grinsen und ging seinen Weg stoisch weiter. Sollten sie sich doch an seiner Fußballvorliebe abarbeiten. Dann wurden die Gespräche wenigstens nicht zu persönlich.

Holger Krokowski hatte zu seinem Glück mit Fußball überhaupt nix am Hut. Der sechsunddreißigjährige Kriminaloberkommissar wurde trotzdem bedauert, weil er sich mit Schüppe das schlauchförmige Büro teilen musste. Die beiden Resopalschreibtische standen längs zum Fenster, das der Eingangstür gegenüberlag. An der Wand hinter Krokowski standen die graugrünen Stahlschränke mit den Akten, darauf guckte Schüppe den ganzen Tag. Die einzige freie Wand war die hinter ihm. Sie war mit Schalke-Postern und -Devotionalien zugepflastert. Auf die wiederum musste Krokowski gucken. Dort, in Schüppes Rücken, stand auch die schwarze Kohlenschaufel mit dem gelben Stiel in der Ecke, die ihm die Kollegen einst geschenkt hatten. Am Griff baumelte noch das verstaubte Kirmesherz mit dem Schriftzug *Glückwunsch zum 0:4-Geburtstag.* Kroko und der Spaten hätten schon vor Jahren die Schreibtische einfach tauschen können. Dann hätte Schüppe aber auch jedes Mal aufstehen müssen, um Akten aus dem Schrank zu holen.

Natürlich hätte Georg Schüppe als Kommissariatsleiter Anspruch auf ein eigenes Büro am Ende des Ganges gehabt. Aber er wollte es so. Kroko war sowieso die meiste Zeit nicht da. Wenn er nicht gerade vor Ort irgendwo ermittelte, war er im Präsidium unterwegs. Als sogenannter Vertrauensmann der DBK vertickte er gegen Provisionen Beamtenversicherungen an Kollegen. Meist während der Dienstzeit. Nur für junge, hübsche Beamtenanwärterinnen gab es mal Ausnahmen, die beriet er abends ausführlich zu Hause. Schüppe sah das kritisch, aber der Polizeipräsident hatte die ›Genehmigung für Nebentätigkeiten von Beamten‹ selbst unterschrieben. Und den Vertrag für eine Risikolebensversicherung, wie er von Kroko wusste.

Auf Schüppes Schreibtisch stand schon der dampfende Kaffee in seinem Thermosbecher parat, wie jeden Morgen. Braver Kroko. Eines der Privilegien seines Dienstgrades ›Erster Kriminalhauptkommissar‹ war, dass der Spaten nicht als Erster morgens am Schreibtisch zu sitzen hatte. Sitzen war sowieso schlecht mit seinem Bein. Stehen auch. Laufen ging so. Trotzdem scheiße.

Der durchtrainierte Kroko musste auch gerade erst gekommen sein, er hatte seine Jacke noch an. Er hockte in seiner verwaschenen Jeans auf der Ecke des Schreibtischs, seine Füße wippten im Takt zu irgendetwas gegen das Tischbein. Die Turnschuhe mit den drei weißen Streifen schienen neu zu sein. Neu, aber nicht anders. Holger Krokowski trug, seitdem Schüppe ihn kannte, also seit nunmehr elf Jahren, ausschließlich schwarze *adidas Spezial.* War ein Paar durchgelatscht, kam das nächste. Das war die eine Konstante in Krokos Leben, die andere war diese Pudelfrisur. Im Sommer trug er dazu noch Hawaiihemden und eine blau verspiegelte Sonnenbrille in Pilotenform, was die Ähnlichkeit zum Comedian Atze Schröder noch verstärkte. Schüppe war immer wieder erstaunt, wie sehr junge Frauen auf dieses lächerliche Achtzigerjahreoutfit abfuhren. Vielleicht lag das auch daran, dass Kroko ein Meister der nonverbalen Kommunikation war und mit seinen großen graublauen Augen sprechen konnte. Im Moment starrte er sehr konzentriert auf die Stecktabelle hinter Georgs Platz.

»Na, Holger, alles im grünen Bereich?«, fragte Georg ihn mit leicht drohendem Unterton und warnendem Blick, während er sich vorsichtig auf seinem Drehstuhl niederließ. Jetzt bloß nicht noch ein Fußballspruch.

»Wie man's nimmt, Chef.« Kroko drehte sich ihm zu, seine Miene war ernst. »Die Kollegen von der K-Wache haben gerade einen Fall zu uns rübergeschoben. Ganz komische Kiste. Ein Tötungsdelikt in einem Reihenhaus in Bezirk Hombruch.«

»Was ist daran so komisch?«

»Sieht aus, als ob das Opfer bei einem Einbruch überrascht und totgeschlagen worden wäre.«

Also Notwehr oder Selbstjustiz, das würden sie ermitteln müssen. Ihr alltägliches Geschäft. Georg runzelte die Stirn. Wenn sein bester Mann so etwas ›komisch‹ fand, hatte das seinen Grund.

»Erstens scheint der da schon ein paar Tage gelegen zu haben und zweitens steht das Haus leer. Der Eigentümer ist Ende achtzig, beinamputiert und wohnt im Pflegeheim. Sein Sohn kommt alle zwei Wochen aus Frankfurt, um ihn zu besuchen, und sieht dann im Haus nach dem Rechten. Der hat den Kaputten gefunden, das aber erst Stunden später gemeldet. Nach der Spurenlage muss das ein gewaltiges Gemetzel gewesen sein.«

»Wie, Spurenlage?«

»Der Konietzka von der K-Wache war schon da. Der Sohn des Hausbesitzers hat das festgestellt, angeblich gegen 00:30 Uhr, er wollte dort übernachten. Hat sich erschrocken, ist abgehauen. Durch die Stadt geirrt, so sagt er, hat sich im *Barrock* betrunken. Sich dann erst zum *HiccUp* und dann zum *ibis*-Hotel in Oberdorstfeld fahren lassen und von dort um 03:57 Uhr den Notruf gewählt. Konny hat bereits den Tatort aufgenommen, den Toten in die Gerichtsmedizin bringen lassen und sogar noch vor Feierabend um 07:00 Uhr einen Kurzbericht geschrieben. Demnach könnte es sich bei dem Toten um einen Rumänen oder Bulgaren handeln. Jedenfalls wahrscheinlich einen Zi… also, einen von diesen Roma.«

»Oh, oh. Das riecht nach Ärger. Da müssen wir wohl sofort hin, uns das genauer ansehen. «

»Was meinst du denn, warum ich hier in der Jacke vor dir stehe? Ich bin fertig, von mir aus können wir los.«

Wortlos warf Schüppe ihm seinen Autoschlüssel zu und griff nach seinem Thermosbecher. Bereits im Gehen fegte er eine *Voltaren* rein, die er mit Kaffee runterspülte.

08:00 Uhr

Der süßliche Duft seiner mit Vanille aromatisierten Zigarillos hing noch in allen Räumen der Redaktion. Tom öffnete die Fenster und stieß die Blendläden auf. Zuerst im Nachbarraum, wo Harry und Lydia ihre aufgeräumten Schreibtische hatten, danach die in seinem eigenen Büro. Jetzt ging das noch. Natürlich hatten sie in dem alten Fachwerkbauernhaus keine Klimaanlage. Dennoch blieb es erstaunlich kühl in der Redaktion, wenn sie gegen Mittag die dicken Fensterläden vor den einfach verglasten Sprossenfenstern wieder zuklappten. Jedenfalls relativ ›kühl‹. Das Thermometer an der Wand zeigte dreiundzwanzig Grad.

Es war genau 08:00 Uhr, jedenfalls auf seiner alten Rolex, die aber immer ein paar Minuten vorging. Tom schob die

Papierstapel, die Lydia täglich von neuem mühsam nach ›Rechnungen privat‹, ›Rechnungen *Broadcast.tv*‹, ›Recherchen‹ und ›Sonstige‹ zu ordnen versuchte, zur Seite, um auf seinem chaotischen Schreibtisch Platz für das Laptop zu schaffen. Er fuhr den Rechner hoch und klickte auf ›Posteingang‹.

Während er ein Paket *Melitta* aus dem Kühlschrank nahm und es in die wieder einmal leere Kaffeedose umfüllte, fragte er sich, warum diese Tätigkeit in seiner Redaktion ausschließlich Aufgabe des Chefs zu sein schien. Als er beim Portionieren des Kaffees in die Filtertüte an sich herabsah, bemerkte er einen Essensfleck auf seinem verwaschenen T-Shirt. Warum sagte ihm das denn keiner? Die wussten doch, dass er auf so etwas nicht achtete.

Andere hatten es hier auch nicht besser als er, dachte Tom grinsend und betrachtete den gerupften Tannenbaum, der seit Weihnachten mitten in der Redaktion stand. Als einhundertfünfzig Zentimeter hohes Gerippe, völlig von Deko und Nadeln befreit, war er allen im Weg und wurde ständig beschimpft. Tom verteidigte ihn standhaft gegen seine Mitarbeiter, die er als Banausen bezeichnete, weil sie die surrealistische Anmutung nicht erkannten, die dieser Baum seiner Redaktion gab.

Auf dem Rechner liefen die Meldungen der letzten zwölf Stunden ein. Er hatte den Laden gestern Abend um zwanzig Uhr verlassen, sich noch mit einem Anwalt zum Essen getroffen. Leider hatte der auch keine gescheiten Geschichten auf Lager gehabt. Als Tom um dreiundzwanzig Uhr zurückgekommen war, war er sofort in seine Wohnung hinaufgegangen und hatte sich unverzüglich ins Bett gelegt.

Also liefen im Posteingang jetzt die Mails der letzten zwölf Stunden ein, einhundertsiebenundachtzig insgesamt. Überwiegend waren es *ots*-Meldungen, die auf dem Bildschirm aufploppten. In dieses System stellten alle deutschen Polizeidienststellen ihre Presseberichte ein, sie hatten bei

Broadcast.tv aber nur die aus NRW abonniert. Normalerweise waren das um die achthundert Mails pro Tag, jetzt, in den Ferien, nur rund sechshundert.

In der Regel erkannte der Reporter schon an der Überschrift, ob sie für ihn interessant waren. Die meisten waren es nicht. Trotzdem konnte er die Meldungen nicht einfach in den Papierkorb schieben, auch hinter ›Fahrrad gestohlen‹ oder ›Papiercontainer angezündet‹ konnte sich etwas für ihn Interessantes verbergen. Interessant bedeutete: ein emotionales Schicksal, ein Aufregerthema, das man in irgendeiner Weise für einen fünfminütigen Film in einem Boulevardmagazin bebildern können musste.

Routiniert und schnell überflog Tom die Meldungen. Wie immer, wenn er sich konzentrierte, rollte er dabei mit der linken Hand Locken in einzelne Strähnen seiner langen grauen Haare, die ihm bis über den Kragen reichten.

Einbruch in EF – Einbruch in Werkstatt – Raub eines Handys – Einbruch in Wohnung – Ladendiebstahl in Supermarkt – Straßenraub – Drei Einbrüche in Mehrfamilienhaus – Zeugen für Verkehrsunfall gesucht — Enkelbetrüger erfolgreich – Metalldiebstahl – Navigationsgerät aus Auto gestohlen – Zwei Einbrüche in MFH. So ging das die ganze Zeit. Bei gefühlt siebzig Prozent der angezeigten Straftaten handelte es sich um Einbrüche. Allein in Essen waren es gestern sechzehn gewesen. Erwischt wurde fast nie jemand, die Aufklärungsquote lag im Ruhrgebiet bei rund dreizehn Prozent. Wenn es einmal Festnahmen oder Täterbeschreibungen gab, lauteten die meist auf junge ›Südosteuropäer‹. Tom wunderte sich schon seit Langem, wo denn die ganzen Einbrüche von Drogensüchtigen geblieben waren – die Beschaffungskriminalität einheimischer Junkies schien ausgestorben zu sein. Manchmal fragte er sich, ob die ›mobile ethnische Minderheit südosteuropäischer Herkunft‹ der Polizei nicht auch eine bequeme Ausrede lieferte für die ständig steigende Kriminalität im Bereich Einbruch, Trickbetrug, Taschendiebstahl und die ständig sinkenden Aufklärungsquoten bei diesen Delikten. Andererseits …

Tom stellte den Bürosessel von *Aldi* zum dritten Mal höher. Ob es an dessen Altersschwäche oder seinen einhundert Kilo lag, dass der Gasdruckdämpfer ständig an Druck verlor und er immer wieder von Neuem langsam mit dem Stuhl nach unten sank, wusste Tom nicht. Er wusste aber, dass er auf jeden Fall abnehmen wollte. Ein Achtunddreißigjähriger, gefangen im Körper eines Dreiundfünfzigjährigen. Für 1,80 Meter war das Gewicht entschieden zu hoch. Auch wenn er schwere Knochen hatte und unter dem Fett auf den Hüften ausschließlich Muskeln und Samenstränge schliefen, die auf ihre Erweckung warteten.

Besonders die Samenstränge bekämen gern mal wieder etwas zu tun, dachte er. Seine letzte Freundin hatte ihn als beziehungsunfähig bezeichnet. Seine Exfrau wiederum hatte sich wegen zu vieler Beziehungen getrennt. Irgendwie fand er Frauen sehr anstrengend, wenn auch notwendig. Dabei fiel sein Blick auf den *Pirelli*-Kalender von 2003.

Lustig, dass die Tage in diesem Jahr wieder mit dem Datum von damals übereinstimmten. Wieder ein Beweis dafür, wie richtig es war, nie etwas wegzuwerfen. Einerseits. Andererseits, dessen war er sich schon bewusst, sorgte diese Eigenschaft für eine gewisse Messieanmutung in seinem Büro, auch jenseits des Schreibtisches. Auf allen freien Ablagemöglichkeiten türmten sich Stapel mit Zeitungen und Zeitschriften, die er unbedingt noch lesen wollte. Oben in seiner Wohnung konnte er überhaupt niemanden hineinlassen. Da war es noch schlimmer. An dieses Problem mit seiner Sammelleidenschaft musste er unbedingt mal ran. Das sagte er sich immer wieder.

Tom seufzte, suchte sich in dem Chaos auf dem Schreibtisch ein Feuerzeug und zündete sich einen Zigarillo an. Gedankenverloren blickte er auf das Foto im schwarzen Rahmen an der Wand. Es zeigte eine jüngere Version von

Tom. Er trug eine Kamera auf der Schulter, hatte eine Kippe im Mundwinkel festgeklemmt und lachte.

Das Telefon klingelte. Im Display erschien die Nummer seines Bankberaters. Der schon wieder. Tom ließ es klingeln.

Amüsiert las er eine Mail vom Abend zuvor in seinem Privataccount. *Sehr geehrter Herr Balzack!* Ihr Wasserhahn lecke immer noch und an der Außenwand würde die feuchte Stelle immer nasser, schrieb eine seiner Mieterinnen. *Hochachtungsvoll, Frau Hoffmann.*

Tom griff zum Telefon. Nach dem sechsten Klingeln nahm Marcel ab, der Installateur seines Vertrauens. Er klang gehetzt.

»Tom, was ist? Mach schnell, ich habe hier einen Rohrbruch! Die Leute sind im Urlaub und die ganze Bude steht unter Wasser!«

»Geil! Können wir das drehen? Wenn die erholt zurückkommen und als Erstes das Desaster sehen?«

»Vergiss es. Westerwaldstraße.«

Okay, da hatte Marcel recht. In dem Millionärsviertel in Bredeney ließen die Leute niemanden mit Kamera in ihre Villen.

»Sag mal, Bengel, ganz kurz: Bei Frau Hoffmann leckt immer noch der Hahn und ihre feuchte Stelle wird immer nasser. Wann kümmerst du dich denn endlich darum?«

Jetzt lachte Marcel. »Ich glaube, da muss ich mal ein neues Rohr verlegen! Ach, Tom. Bei uns sind fast alle im Urlaub, der Chef lässt mich jeden Tag Überstunden kloppen. Aber wenn ich es schaffe, schaue ich heute nach Feierabend noch bei deiner Frau Hoffmann rein, haha.«

Geht doch, dachte Tom. Er durchwühlte das Netz nach interessanten Geschichten. Auch bei *Bild.de* Saure-Gurken-Zeit. *Wohin kann man kurzfristig noch in Urlaub fahren? – Urlaubsärger – Urlaubsanspruch für Hartz-IV-Empfänger.* Ein Politiker forderte die Eingemeindung der ›deutschen‹ Ferieninsel Mallorca. Alle Jahre wieder, dachte Tom. Diese

Geschichten brauchte er gar nicht erst anzubieten, die waren längst in Arbeit. Alle Nachrichten- und Magazinsendungen zwischen achtzehn und zwanzig Uhr bestanden bei den Privatsendern fast ausschließlich aus Verfilmungen der aktuellen BILD-Zeitung.

Bei *facebook* und *Twitter* war es nicht besser. Außer ihm schien jeder in Deutschland gerade nichts anderes im Kopf zu haben als Urlaub und Freizeit. Die Leute schienen ihre Aufenthalte an fremden Gestaden ausschließlich mit der Suche nach sich selbst zu verbringen. Nach sich selbst vor den schönsten Fotomotiven, natürlich. Und mit dem Knipsen von Bildern ihres Essens.

Tom goss sich die zweite Tasse Kaffee ein und schaute auf die Uhr. 08:20 Uhr, noch gut eine Stunde, bis Lydia und Harry kämen. Er machte sich an den morgendlichen Polizeirundruf. Um zehn Uhr begann die tägliche Konferenz mit der Redaktion des *Magazin*. Bis dahin wollte er ein Thema vorschlagen können. Als sogenannter ›fester Freier‹ arbeitete er nahezu ausschließlich für den großen Privatsender. Früher hatten dessen Redaktionen ihn mit Aufträgen für Reportagen bombardiert, fürstliche Minutenpreise bezahlt. Aber diese Zeiten waren lange vorbei. Die Honorare für freie Produzenten waren seit der Jahrtausendwende von den Privatsendern drastisch eingekürzt worden, immer wieder. Und sie beauftragten ihn von sich aus kaum noch, er musste Vorschläge für Geschichten liefern. Schneller und kreativer sein als andere. Die Umsätze der letzten Wochen waren verheerend, die Sparkasse saß ihm im Nacken.

Er brauchte eine Geschichte. Dringend.

08:30 Uhr

Normalerweise benötigte man für die Strecke vom Dortmunder Polizeipräsidium in der Markgrafenstraße nach Hombruch etwa zehn Minuten, wegen der Baustellen hatten die beiden Beamten fast eine halbe Stunde gebraucht, trotz Ferienzeit. Da vorn musste es sein, wo der unübersehbare Mercedes Sprinter stand. Mit dem großen kreisförmigen Wappen: innen groß *KTU*, darunter *Polizei Dortmund*, darum herum, damit es auch der Dümmste erkannte, *Kriminaltechnische Untersuchungsstelle.* Dazu auf dem Dach zwei blaue ›Fackeln‹, wie sie die Blaulichter intern nannten, und NRW-Behördenkennzeichen an den Nummernschildhaltern. Früher waren die Kisten schlicht weiß und unauffällig gewesen, aber seit CSI …

Die Kollegen von der Spusi. Natürlich direkt vorm Haus, als Einladung für die Presse: ›Achtung, Tatort, alle gucken kommen!‹ Um die Ecke zu parken und ein paar Meter zu laufen, das wäre ja auch zu viel verlangt.

Schüppe stieg vorsichtig aus dem Wagen, blieb auf dem Bürgersteig stehen und ließ den ersten Eindruck auf sich wirken. Das Reihenhaus war nicht als Tatort identifizierbar, keine Absperrungen mit leuchtendem Flatterband, keine Streifenwagen. Untypisch bei einem Kapitaldelikt. Das als Einbruch begonnen hatte, wahrscheinlich. Die nehmen sonst doch nur frei stehende oder Eckhäuser, wo sie leicht auf die Rückseite kommen. Irgendwas musste den Täter angelockt haben, es ausgerechnet hier zu versuchen. Aber vielleicht hatte der Kerl es vorher auch bei den Nachbarn probiert und sich sozusagen herübergearbeitet. Scheinbar hat die Presse den Tatort aber doch noch nicht herausbekommen. Handy und neuer Digitalfunk, da ist nix mehr mehr mit abhören. Die Spusis sollen bloß ihren Einsatzwagen da wegstellen.

Während Schüppe und Kroko auf das Haus zugingen, Schüppe mit seinem Thermosbecher in der Hand, klingelte sein Telefon. Der Nachteil der modernen Technik: immer erreichbar. Und auch zu orten. Gut, dass sie schon vor Ort waren. Mit der freien Hand kramte er das Telefon aus der Manteltasche. Schnell noch einen Schluck Kaffee, vorsichtig die eine Stufe vom Bürgersteig zum Haus runter, bevor Schüppe die grüne Taste drückte. Er kannte die Nummer.

»Jankowski, Vorzimmer des Polizeipräsidenten. Morgen, Herr Schüppe, ich verbinde mit Herrn Ritterswürden.«

»Guten Morgen, Herr Präsident. Was verschafft mir die Ehre?«

»Morgen, Schüppe, sind Sie noch am Tatort?«

»Ja klar, Chef, immer noch. Wir haben hier auch noch zu tun.«

»Gut. Ich muss bis heute Nachmittag erste Ergebnisse haben. Die Brisanz des Falles brauche ich Ihnen nicht zu erklären. Wenn sich jetzt schon die Einbrecher gegenseitig umbringen und wir das erst nach Tagen mitbekommen! Ich werde versuchen, das erst mal kleinzuhalten, Flawes soll eine nüchterne Meldung verfassen. Wir haben heute nämlich noch die Pressekonferenz wegen des Missbrauchsfalles. Das wird genug Ärger geben. Nicht dass die Medien uns da auch noch mit diesem Einbrecherfall belästigen. Trotzdem brauche ich Ergebnisse!«

Mit genervtem Gesichtsausdruck, aber ruhiger leiser Stimme sprach der Hauptkommissar mit seinem obersten Chef wie zu einem kleinen Kind: »Ich tue, was ich kann. Aber in der Kürze der Zeit … Wir haben noch zwei andere offene Tötungsdelikte, zwei Krankmeldungen und, wie Sie sich vielleicht noch vage erinnern, eine seit dreizehn Monaten nicht besetzte Planstelle.«

»Jajaja. Ihre Ironie können Sie sich sparen. Dieser Fall hat jedenfalls Priorität. Am besten, Sie legen noch 'ne Schüppe drauf, hahaha. In acht Stunden kann man 'ne Menge schaffen. Wir sehen uns um fünfzehn Uhr!«

Der Nachteil bei Polizeipräsidenten: meist Juristen, immer Karrierebeamte aus dem Ministerium, nie Ahnung von praktischer Polizeiarbeit. Und der Dauer von behördlichen Abläufen. Vielleicht würde sich der Täter ja von selbst stellen, dachte Schüppe sarkastisch. Oder der PP würde einfach eine Erfolgsmeldung daraus machen: endlich mal ein Einbruch, bei dem der Einbrecher der Polizei nicht entkommen war. Hahaha.

Schüppe steckte das Telefon weg und sah sich das Haus genauer an. Es stand in der Mitte einer Reihe mit vier anderen Häusern, jedes war jeweils um einen Meter nach hinten versetzt. Von der Straße aus sah es klein aus, nur eine Etage. Wie ein Reihenbungalow, aber mit Spitzdach. Neben der Eingangstür ein Toilettenfenster, keine sichtbaren Beschädigungen. Auf der Klingel stand *Schäfer*, aber Schüppe zog sich den Jackenärmel über die Hand, um gegen die Tür zu pochen. Ziemlich massiv, auf den ersten Blick auch hier keine Beschädigungen. Als der Kollege von innen öffnete, sah Schüppe die Verzapfungen im Türblatt. Daran hätte sich jeder Einbrecher die Zähne ausgebissen. Erst recht in den üblichen zwanzig Sekunden, in denen die Tür geöffnet sein muss, weil sonst die Gefahr der Entdeckung zu groß wird. Wegen dieser Sicherungen scheiterten mittlerweile vier von zehn Einbrüchen, wusste er.

Während die beiden Kommissare Einweghandschuhe anzogen, blickte Schüppe sich um. Der kleine Flur, gefliest mit braun-beigen Spaltplatten, war wie ein Podest. Splitlevel, versetzte Ebenen. Links ging das Bad ab, rechts ein Gästezimmer. Alte, massive Eichentüren. Vom Flur aus führte eine Holztreppe nach oben, vier Betonstufen mit den gleichen Spaltplatten führten zum um eine Halbetage niedriger gelegenen weiteren Flur vor dem Wohnzimmer. Das schmiedeeiserne Geländer, an dem Schüppe sich abstützte, schien ziemlich massiv zu sein.

Das Wohnzimmer. Ausgelegt mit einem dünnen, verschlissenen Teppichboden in Blassgrün. Darauf dichte, ehemals wohl teure Läufer. Möbliert in Gelsenkirchener Barock, wie man das im Ruhrgebiet nannte. Eiche brutal. Ein Durchbruch, bestimmt nachträglich, zur jetzt offenen Küche. Der Boden dort gefliest mit den gleichen schrecklichen

Spaltplatten. Darauf mit weißer Schneiderkreide der Umriss eines liegenden Menschen. Keine Blutflecken, registrierte Schüppe.

»Was machen wir hiermit?« Einer der Spusis hielt Schüppe seine behandschuhte Kralle hin. Darin fünf einzelne menschliche Zähne.

Bevor sein Chef antworten konnte, sagte Kroko: »Was weiß ich denn, könnt ihr mit kniffeln!«

Georg Schüppe stand mitten im Raum, schien die anderen dort herumwuselnden Beamten überhaupt nicht wahrzunehmen. Er bewegte sich nicht, nur sein Kopf drehte sich langsam in alle Richtungen. Seine Augen scannten jede Einzelheit, sogen das Bild des Tatortes auf. Dabei fragte er wie abwesend in Richtung Spurensicherung: »Und, was habt ihr?«

Mundhecke, der Chef der KTU-Leute, klang gelangweilt: »Einbruchspuren an der Terrassentür. Vielleicht ein Stemmeisen, wahrscheinlich nur ein größerer Schlitzschraubendreher. Kein einziger Fingerabdruck am Rahmen oder am Glas. Auch nicht am Türgriff. Am Mann war keine Waffe, keinerlei Ausweispapiere, kein Portemonnaie, kein Hartgeld in den Hosentaschen, kein Feuerzeug, keine Kippen. Kein Rucksack zum Abtransport der Beute. Als ob der Einbrecher selbst ausgeraubt worden wäre. Das Wohnzimmer wurde nach den üblichen Wertsachen durchsucht. Die Schubladen mit den Tischdecken und der Wäsche, wo alte Leute ihre Wertsachen verstecken, sind aber nur oberflächlich durchwühlt. Vom Toten. Wir haben von ihm auch Fingerabdrücke auf dem Sekretär hier im Wohnzimmer gefunden und am Schlüsselbrett im Flur. Als ob er nach einem Schlüssel gesucht hätte. Sieht fast nach versuchtem Homejacking aus. Oben im Schlafzimmer müffeln die Nerze unberührt im Schrank. Dort und im Bad gibt es genau wie in der Küche keinerlei Fingerabdrücke, von niemandem. Da, wo er lag, nicht einmal Blutflecken. Alles professionell gecleant.« Der große, dicke Mann stemmte die Arme in die Seite. Es klang fast empört, als er sagte: »Wenn der Täter die Leiche mitgenommen und die Schubladen zugeschoben hätte, könnte man meinen, hier wäre nichts gewesen.«

»Nur die Zähne«, stellte Schüppe nüchtern fest.

»Die lagen im Knie«, antwortete Mundhecke grinsend. Als Schüppe nur die Brauen hochzog, halb fragend, halb drohend, fügte der Dicke eilig hinzu: »So nennt man den u-förmig gebogenen Ablauf der Spüle, in dem immer ein Rest Wasser zur Geruchsdämmung steht. Da sammelt sich so allerhand an. Hat der Täter wohl nicht mit gerechnet, dass wir dieses Knie auch abschrauben.« Mundheckes Erklärung sollte beiläufig klingen, aber er erwartete wohl ein Lob.

Schüppe blickte auf den Boden und murmelte etwas vor sich hin, das wie »... Knie abschrauben ...« klang. Kroko bedankte sich nur mit einem kurzen Nicken.

Merkwürdig. Mal abgesehen davon, dass das Haus unbewohnt war, was der Einbrecher ja nicht wissen konnte – was für ein Auto sollte zu so einem Haus mit diesen Möbeln gehören, in dem ganz offensichtlich zuletzt sehr alte Leute gewohnt hatten? Ein Opel Vectra, ein VW Passat, ein uralter Mercedes Diesel? All diese Fahrzeuge interessierten doch in Osteuropa niemanden.

Mit fragendem Blick wendete sich Kroko seinem Chef zu, der die ganze Zeit über stumm geblieben war und gedankenverloren durch das Panoramafenster in den langen, schmalen Garten starrte.

»Habt ihr draußen schon nach Spuren geguckt?«, fragte Schüppe, ohne sich umzudrehen.

»Über die Nachbargärten ist er nicht gekommen, die Hecken sind viel zu dicht und unbeschädigt. Der übernächste Nachbar hat auch einen Hund, der hätte angeschlagen. Dieser Kerl muss sich echt die Mühe gemacht haben, um die ganze Häuserzeile herumzulaufen und durch den Wald wieder zurückzukommen. Das Gartentor ist kein Hindernis, das wird nur noch durch Rost zusammengehalten. Auf einem Beet sind Reste von Schuhabdrücken, vielleicht Größe vierzig bis vierundvierzig, grobes Profil, möglicherweise Kampfstiefel. Ob die von einem Spurenberechtigten stammen, wissen wir nicht. Wir haben ja nichts zum Vergleichen. Es gibt im ganzen Haus keine Schuhe.«

Kroko verdrehte die Augen. »Mundhecke! Du weißt doch, dass der Mann, der zuletzt hier wohnte, beinamputiert ist und im Rollstuhl sitzt. Was soll der wohl mit Schuhen?« Als der Dicke nur belämmert guckte, fragte Kroko weiter: »Irgendwelche Spurenträger mit DNA oder Abdrücken von der Person, die ihn totgeschlagen hat?«

»Das wissen wir noch nicht, uns fehlen auch hier die Vergleichsspuren des ehemaligen Bewohners und seines Sohnes.« Mundhecke klang jetzt genervt.

»Und vorn?«, schaltete Schüppe sich ein.

»Wieso vorn? Der ist doch von hinten gekommen!«

»Nehmt bitte Abdrücke von der gesamten Haustür, besonders vom Bereich um das Haustürschloss. Großräumig. Fragt nicht, macht es einfach!«

Der Dicke und die anderen Spurensicherer guckten sich verständnislos an, einer machte hinter Schüppes Rücken den Scheibenwischer.

Schüppe genervt: »Mundhecke, das habe ich gesehen!«

Holger zeigte grinsend auf die gläserne Tür des Backofens, in dem sich die offene Küche und das gesamte Wohnzimmer spiegelten.

Mundhecke stemmte die Hände in die Seite, blies sich auf seine volle Körpergröße von 1,91 Meter auf. »Wir sind seit heute Morgen um vier Uhr hier zugange. Reichlich viel Aufwand für einen kaputten Ziggi, finde ich!«

Kroko hasste diesen Mundhecke, für den ihm als Beschreibung nur ›fett, faul und gefräßig‹ einfiel. Er freute sich, ihm eine Lektion erteilen zu können. Dozierend hob er an: »Erstens, lieber Kollege, steht die Nationalität des Opfers überhaupt noch nicht fest. Zweitens ermitteln wir in

Deutschland nach deutschem Recht, das heißt: ohne Ansehen der Person. Jedes andere Vorgehen kann übrigens zu enormen Schwierigkeiten mit der Dienstaufsicht führen. Drittens suchen wir nach Spuren des Täters, der dieses Kapitaldelikt begangen hat. Und nun werde ich dir euren Job erklären: Einer der beiden ist von hinten gekommen. Vielleicht auch beide. Das wissen wir aber noch nicht. Es kann also auch sein, dass einer einen Schlüssel hatte. Durch die Haustür rein- und rausgegangen ist. Also, dort großflächig Abdrücke nehmen, innen und außen. Haben wir uns verstanden?«

»Und die Mülltonnen überprüfen, falls ihr das nicht sowieso schon gemacht habt«, rief sein Chef aus dem Flur. Schüppe kam langsam die Treppe vom Schlafzimmer herab. Auf der vorletzten Stufe blieb er stehen, wippte ein paarmal prüfend umher. Die Treppe knarrte vernehmlich. Er ging über das kleine Podest am Eingang, stieg auch die vier Steinstufen noch hinab, schwang im Wohnzimmer einen imaginären Knüppel.

Als sie wieder im Auto saßen, fragte Schüppe nach einem langen Seufzer: »Kroko, was denkst du?«

»Der Hausbesitzer kann es aus naheliegenden Gründen nicht gewesen sein. Sein Sohn hingegen wäre ein Kandidat, wenn der Tote nicht schon ein paar Tage dort liegen würde. Vielleicht jemand, der wusste, dass das Haus leer steht, und es sich dort gemütlich gemacht hat? Der Einbrecher, bei dem eingebrochen wird?«

»Könnte sein. Der anschließend seine Spuren verwischt. Ziemlich professionell. Zumindest an den Stellen, an denen wir bisher gesucht haben.«

»Beziehungstat?«

Schüppe blickte zum Haus rüber, zuckte mit den Schultern. »Ich nehme an, bei deinem Telefonat vorhin ging es um den Obduktionstermin? Lass mich raten: nicht vor siebzehn Uhr, weil sie gerade erst mit dem Libanesen von der Messerstecherei angefangen haben? Oder sogar erst bei dem Herzinfarkt im Straßenverkehr von vorgestern sind?«

Kroko lachte. »Wozu brauchst du mich eigentlich? Weil sie mitten in dem Libanesen sind, können sie unseren Mann hier nicht vorziehen. Ich habe aber rausgeholt, dass wir nach dem Mittag zumindest vorbeikommen können, um uns die Leiche anzusehen. Es wird einfach zu viel gestorben in Dortmund.«

»Okay, dann werde ich zu dem Pflegeheim fahren, Kroko. Vergleichs-DNA von Vater und Sohn besorgen. Das ist jetzt erst mal das Wichtigste. Mundhecke soll mitkommen, dann kann ich dem unterwegs noch ein paar Takte zu seiner Berufseinstellung sagen. Ist fast um die Ecke, vielleicht drei Kilometer. Zurück kann er laufen. Etwas Bewegung wird dem faulen Fettsack nicht schaden.«

»Genau, Strafe muss sein!«, erwiderte Kroko grinsend. Er reichte Schüppe die Wasserflasche, als der sich die nächste *Voltaren* aus der Kunststoffummantelung pulte. »Hast du heute eigentlich besonders starke Schmerzen?«

»Es gibt einen Wetterumschwung, sagt meine Messstation. Schick mir den Mundhecke mit seinem Spurenkoffer raus. Mach du die Fußarbeit, befrage die Nachbarn. Aber bitte ohne tiefer gehende Ermittlungen bei einsamen Hausfrauen. Und sag den Spusis, die sollen endlich den Scheißsprinter wegfahren!«

11:00 Uhr

Sein Kameramann Harry hatte die Meldung zuerst gesehen. Tom war gerade damit beschäftigt, etwas Geld von seinem Firmenkonto auf das private und von dort auf das Mietenkonto zu überweisen. Alle drei Konten waren chronisch überzogen, meist bis zum Anschlag.

Aus dem Nebenraum hörte er, wie Lydia am Telefon versuchte, einen seiner schimpfenden Mieter zu beruhigen.

Dem war heute, am Montag, aufgefallen, dass er seit Freitag kein heißes Wasser mehr hatte. Er forderte sofortige Abstellung des Mangels, sonst würde er die Miete kürzen. Lydia verdrehte die Augen, als sie sah, dass Tom zu ihr herüberschaute.

»Immer freundlich bleiben!«, rief er ihr mit einem Grinsen halblaut zu.

Auch in der Silhouette sah die Zweiunddreißigjährige für seinen Geschmack ziemlich scharf aus. Lange pechschwarze Haare, ein südländisch geschnittenes Gesicht mit dunklem Teint. Das blassgelbe Spaghettiträgertop mit dem tiefen Seitendekolleté gab einen großen Teil ihrer schweren üppigen Brust frei. Hängt scheinbar immer noch nicht. Aber das wusste man bei Frauen ja erst, wenn man sie netto sah, bei den ganzen Hilfsmitteln heutzutage, sinnierte er. Lydias Beine, die sehr lang und sehr gerade und gebräunt aus den Hotpants hervorkamen, waren immer noch weitestgehend cellulitefrei, das hatte Tom schon zwei Sommer lang mehrfach optisch überprüft.

Lydia Ferrero-Morscheck hatte als Kind sehr unter ihren Spitznamen ›Ferrari‹ und ›Küsschen‹ gelitten, weshalb sie sich auch heute am Telefon meist nur mit dem ungeliebten Namen ihres Exmannes meldete. Eigentlich gelernte Industriekauffrau, war sie nach der gescheiterten Ehe nach Essen gezogen und hatte einen Job gesucht. Die ihr unbekannte Fernsehwelt hatte sie sich wahrscheinlich glamouröser vorgestellt. Jedenfalls hatte Lydia sich richtig ins Zeug gelegt, um ihn davon zu überzeugen, dass sie die Beste sei, um sein Büro zu organisieren.

Tom war trotzdem skeptisch gewesen. In einem Vieraugengespräch versuchte er, ihr seine Bedenken zu erklären: »Frau Ferrero-Morscheck, ich will offen zu Ihnen sein. Es liegt an Ihrem Geschlecht. Ich bin weiblichen Reizen gegenüber, und davon haben Sie eine Menge, nicht unempfänglich und zeige das auch. Daraus ist früher mal eine kleine Erpressung wegen sexueller Belästigung entstanden, obwohl ich mir außer lockeren Sprüchen, die in unserer Branche üblich sind, und bewundernden Blicken nichts habe zuschulden kommen lassen. Außerdem sind Sie im gebärfähigen Alter. Wahrscheinlich werden Sie jetzt sagen, Sie wollen niemals Kinder und dafür sei auch kein Partner in Sicht. Das mag so sein, kann sich aber ändern, wenn der Richtige kommt. Falls Sie wegen Schwangerschaft ausfielen, wäre das der Ruin für unsere kleine Klitsche. Ich werde Sie also offiziell wegen fehlender Qualifikation ablehnen. Das kann ich mit Ihren mangelnden Branchenkenntnissen gut begründen. Falls Sie mich jetzt wegen Diskriminierung verklagen wollen, viel Spaß. Dann werde ich abstreiten, dass unser Gespräch überhaupt stattgefunden hat.«

Frau Ferrero-Morscheck hatte sehr imponiert, wie offen er mit ihr geredet und sogar eigene Schwächen erwähnt hatte. Das machten potenzielle Chefs sonst nie, versuchten ausschließlich, die Fehler der Bewerberin herauszukitzeln. Dabei hatten sie oft schon den Trieb in den Augen, von dem dieser Mann hier nur gesprochen hatte. Was von Tom eigentlich abschreckend gemeint war, ließ sie Vertrauen fassen. Sie hatte sich dann entschieden, ihm einen Sachverhalt mitzuteilen, den sie bei Bewerbungsgesprächen bisher immer verschwiegen hatte. Die Sache hatte mit ihrer Ehe zu tun, war eine Folge der brutalen und erniedrigenden Übergriffe ihres Exmannes.

Dadurch waren die Fronten von vornherein geklärt: Beiden war klar, dass gegenseitige anzügliche Bemerkungen und Blicke nur ein Spiel sein konnten, das würde auch jeder Richter so sehen. Als sie sich schließlich auch noch bereit erklärte, für ein eigentlich lächerlich niedriges Gehalt bei ihm einzusteigen, hatte Tom keine Argumente gegen ihre Mitarbeit mehr in der Hand.

Als Lydia bemerkte, dass Tom sie über den Rechnerrand hinweg immer noch anstarrte, fuhr sie sich betont lasziv mit der Zunge über die Lippen und wanderte mit ihrer freien Hand von oben nach unten an ihrem Körper entlang. Dann drohte sie ihm lachend mit dem rot lackierten Zeigefinger. Dabei versuchte sie, Herrn Becker am Telefon zu erklären, dass das Wasser über die Heizung erwärmt würde und der Heizöltank wohl leer sei. Möglicherweise würde er heute kein Öl mehr geliefert bekommen. Ihr Chef würde sich aber selbstverständlich bemühen. Sie bat den Mann höflich darum, beim nächsten Mal doch bitte sofort und nicht erst Montagmittag Bescheid zu geben.

Nach dem Gespräch warf sie sich in ihrem Stuhl zurück und streckte die Arme nach oben. »Also echt, Tom, das gehört nicht zu meinen Aufgaben! Ich bin hier als Redaktionsassistentin eingestellt und nicht als Immobilienverwalterin! Was hast du überhaupt für Mieter? Waschen die sich am Wochenende nicht?«

»Jaja. ›Alle anfallenden Arbeiten‹, schon vergessen?«, lachte Tom.

»In meinem Arbeitsvertrag steht aber auch etwas von vierzig Stunden!«, antwortete Lydia mit gespielter Entrüstung, während sie ihr Shirt über ihrer Brust zusammenzog.

Tom winkte ab und wandte sich Harry zu.

Wenn er das schmächtige Kerlchen mit seiner schwarzen Motorradjacke und den wie abgefressen in alle Richtungen abstehenden schwarz gefärbten Haaren so sah, erinnerte der Junge ihn immer an einen von den Sex Pistols – war das jetzt Sid Vicious oder Johnny Rotten? Die beiden verwechselte Tom immer. Nach all den Jahren durfte er das auch, fand er. Die Band hatte sich aufgelöst, als er Abitur machte, 1978 war das. Sid war tot, das wusste er. Und Johnny Immobilienmakler, meinte er irgendwo gelesen zu haben. Verräter. Musste er mal googeln … Jedenfalls lustig, dass die Kids fünfunddreißig Jahre später dieses Outfit immer noch cool fanden. Und sich wunderten, dass ihre Eltern sich nicht geschockt zeigten.

Der kleine Mann hatte die ganze Zeit neben seinem Schreibtisch herumgezappelt und nervös mit der ausgedruckten Meldung gewedelt.

»Hast du dein Ritalin heute noch nicht genommen?«, fragte Tom spöttisch. Der Junge war auch ein guter Griff gewesen, dachte er. Er las die Polizeimeldung aufmerksam durch, die Harry ihm erwartungsvoll in die Hand gedrückt hatte.

POL-DO: Einbruch und Tötungsdelikt – ots-email 10:51 Dortmund (ots) – Am 26.07.2013, um 01:30 Uhr, wurde in einem leer stehenden Haus im Bezirk Hombruch der Leichnam eines unbekannten Mannes (ca. 35 – 45 Jahre alt) aufgefunden.

Der Leichnam wies erhebliche äußerliche Verletzungen auf, die vermutlich durch Einwirken mit einem stumpfen Gegenstand entstanden.

In der Tatortwohnung wurden Einbruchspuren festgestellt.

Zum Tatmotiv und Tathergang können noch keine Angaben gemacht werden.

Die Todesursache soll im Rahmen einer Obduktion festgestellt werden.

Die Ermittlungen beim PP Dortmund werden von der Mordkommission I unter Leitung von EKHK Georg Schüppe durchgeführt.

Auskunft erteilt ausschließlich Oberstaatsanwältin Dr. Regina Küpper-Schraub von der Staatsanwaltschaft Dortmund.

Tom fluchte. Schon letzte Nacht passiert. Die Pressestelle hatte ihm heute Morgen bei seinem Rundruf natürlich nichts davon gesagt. Sofort griff er zum Telefon und rief Wiebold an. Der raste seit Jahrzehnten nachts durchs Ruhrgebiet und filmte für alle Sender alles, was mit einem Flatterband abgesperrt war: Brände, Unfälle, Tatorte von Kapitaldelikten. Wiebold hatte von dem Einsatz nichts mitbekommen. Die

Konkurrenz von ANC, die dasselbe Feld beackerte, auch nicht. Tom wählte die Nummer von Markus, dem CvD des *Magazin*.

»Nee, Tom, für heute haben wir die Sendung eigentlich schon voll. Außerdem gibt es ja nicht einmal Nachtbilder. – Nee, lass mal. Aber vielen Dank für dein Angebot.«

Herzlichen Glückwunsch, dachte Tom. Wenn morgens um elf Uhr die Sendung für abends schon steht, könnt ihr euch ja alle wieder hinlegen …

Früher hatten sie meist tagesaktuell gearbeitet. Da konnten die Leute die Themen des Tages bei ihnen im *Magazin* als Erste sehen.

Vielleicht, wenn er die Geschichte eher angeboten hätte … Wahrscheinlich hatte die Polizeipressestelle ihm nix sagen dürfen, wegen der Schreckschraube. Frau Dr. Küpper-Schraub hatte hauptsächlich damit zu tun, an ihrer Karriere im Ministerium zu basteln. Dortmund war für sie lediglich eine Durchgangsstation. Die Oberstaatsanwältin sah die Medienmeute nur als lästige Schmeißfliegen, vor denen man Täter und Opfer gleichermaßen schützen musste. Deshalb waren ihre Lippen zugenäht. Wahrscheinlich oben und unten, dachte Tom, als er sich die Mittvierzigerin mit der praktischen Kurzhaarfrisur in Hennarot, ihren dicken Brillengläsern und dem verbissenen Gesichtsausdruck vorstellte. Neben ihren Presseaufgaben war die Dame auch Kapitalstaatsanwältin, also für Tötungsdelikte zuständig. An einem nächtlichen Tatort hatte Tom sie aber noch nie gesehen. So weit ging die Sache mit der Gleichberechtigung dann scheinbar auch nicht.

Mal den Kollegen Schneidengel von BILD anrufen. Der wusste meist mehr. »Hallo, Andreas, kennst du die Geschichte mit dem toten Einbrecher in Dortmund?«

»Ich bin gerade auf dem Weg dahin. Die verdammte Schreckschraube. Sagt nicht einmal die genaue Adresse, irgendwo im Stadtbezirk Hombruch. ›Gucken Sie doch mal im Bereich Stockumer Straße‹, hat sie nur hämisch gesagt.

Vielen Dank auch. Die Stockumer zieht sich einmal quer durch den ganzen Bezirk. Dazu gehören siebzehn Stadtteile, da wohnen fast sechzigtausend Menschen.«

»Was du alles weißt!«

Schneidengel überhörte die Ironie in Toms Bemerkung und redete einfach weiter. »Hab ich gegoogelt. Aber ich habe natürlich schon eine ungefähre Vermutung, wo ich hinmuss. Schließlich habe ich meine Quellen. Irgendwo da im Bereich der Kreuzung, wo es zur Autobahn abgeht.« Als Tom nichts sagte, fügte der BILD-Reporter hinzu: »Heute Nachmittag ist bei denen auch noch eine PK in anderer Sache, da machen die ein großes Geheimnis draus. Kommst du auch?«

»Hä? Ich weiß von nichts. Wann ist die Mail denn gekommen? Harry und Lydia haben mir nichts davon gesagt. Worum geht es denn überhaupt?«

Schneidengel lachte. »Weiß nicht, wann die gekommen ist. Bin ja unterwegs. Der Flawes hat mich gerade persönlich angerufen und dazu eingeladen. Wollte nicht mit der Sprache rausrücken, aber es würde sich lohnen. Ich muss dahin, bei uns in der Redaktion ist Panhas am Schwenkmast, weil wir keine guten Geschichten haben. Gibt richtig Druck aus Berlin. Also, was ist jetzt, sehen wir uns gleich?«

Hm. Vielleicht könnte er ja wenigstens noch ein paar Bilder für den Nachrichtenblock an die News verkaufen. Wer weiß, wenn er einmal in Dortmund wäre … Möglicherweise taugte auch die andere Geschichte noch was. Im schlimmsten Fall würden sie etwas Sprit verfahren. Das untätige Rumsitzen in der Redaktion machte ihn jedenfalls wahnsinnig.

»Ich fahre jetzt auch los, bis gleich.«

»Okay. Nicht weit von der Autobahnabfahrt, wie gesagt. Da, wo mein Auto steht, spielt die Musik. Gib deinem Küsschen von mir einen Ferrari. Oder umgekehrt.«

11:35 Uhr

Im Rausgehen rief Tom Lydia zu, die Mails noch einmal wegen einer Einladung zu der PK im Dortmunder Polizeipräsidium zu checken und ihm dann unterwegs Bescheid zu geben. Tom sah ihren enttäuschten Blick. Lydia brannte darauf, mit zu Drehs zu fahren.

Als er aus dem Haus kam, merkte Tom sofort, wie viel Hitze die alten Fachwerkmauern seiner Redaktion dann doch abhielten. Auch um diese Zeit war es schon unerträglich. Harry hatte das Auto bereits gepackt und die Klimaanlage auf ›Eis‹ gestellt.

Auf der A 40 gerieten sie zuverlässig sofort in den Stau. Beziehungsweise in den ›stockenden Verkehr‹, wie sie das im Radio bei den Verkehrsmeldungen nannten. Falls sie ihn überhaupt durchsagten. Jetzt spielten sie gerade *Born to be Wild:*

Get your motor runnin'
Head out on the highway

Toll, dachte Tom, und ich schleiche hier mit Tempo dreißig durch die Baustelle. Ob die Hausfrau vor ihm im Micra wohl auch gerade *Steppenwolf* hörte?

Looking for adventure
In whatever comes our way

Offensichtlich traute sie sich auf der verengten Fahrbahn nicht an dem polnischen Lkw vorbei, wollte sich aber wohl auch nicht auf der rechten Spur hinter ihm einfädeln.

Yeah, darling, gonna make it happen
Take the world in a love embrace

Deshalb schlich sie in der Mitte der Fahrbahn vor ihm her und blockierte beide Spuren.

Tom war komplett genervt. Er hasste es, wenn es nicht vorwärts ging. ›Geduld‹ war eindeutig nicht sein zweiter Vorname. Er nahm einen Schluck Kaffee aus dem Thermosbecher mit dem S04-Aufdruck, der in der Mittelablage stand. Sie befanden sich gerade zwischen den Abfahrten Gelsenkirchen und Wattenscheid. Wenn man nach links guckte, konnte man in der Ferne die Silhouette der Arena erahnen. Und die heute begrünten Kohlehalden, unter denen sie früher den Giftmüll begraben haben, dachte Tom bitter.

Ein Thema, über das man im Ruhrgebiet nicht sprach. Jeder hatte schon mal davon gehört, niemand wusste etwas Genaues, alle ließen lieber die Finger davon. Fünfzig Jahre Strukturwandel – und noch immer gaben die Ruhrbarone den Ton an. Mit den Lenkern der Kohle-, Stahl- und Energiekonzerne wollte sich keiner anlegen. Nicht dass die am Ende ihre Hauptverwaltungen auch noch nach Süden verlegten …

Um sich abzulenken, forderte er Harry auf, ihm einen Schwank aus seinem Leben zu erzählen. Harald Fitz war mit seinen achtundvierzig Jahren nämlich ein ausgeschlafenes Kerlchen, das schon vieles gesehen hatte.

»Kennst du doch alles.« Harry klang gelangweilt. »Soll ich dir erzählen, wie das ist, mit einer immer tatteriger werdenden Oma in Baukau im Zechenhaus zu wohnen?«

Lieber nicht, dachte Tom, dieses Thema kenne ich tatsächlich.

»Oder wie das ist, von ganz oben nach ganz unten? Vom Hochseil nach unter Tage?«

Bis zu seinem vierzehnten Lebensjahr war Harry in einem Wanderzirkus aufgewachsen, wusste Tom. Dort hatte er schon mit elf Jahren im Glitzeranzug dem Messerwerfer als Zielscheibe assistiert. Mit dreizehn Jahren durfte er zum ersten Mal mit aufs Seil. Als seine Mutter bei einem Sturz vom Hochseil tödlich verunglückte, kam er zu seinen Großeltern väterlicherseits in Herne-Baukau, die mit dem Zirkuskind nicht viel anfangen konnten. Nach seinem mäßigen Hauptschulabschluss besorgte der Opa, ein pensionierter Steiger, ihm eine Lehrstelle als Bergmechaniker.

»Erzähl doch mal von deiner Zeit auf See.«

»Von wegen ›weite Welt‹? Da war ich aber auch die meiste Zeit im Bauch des Schiffes eingesperrt, mit sieben Filipinos und drei Ukrainern. Der Kapitän war Holländer, ich der einzige Deutsche. Abwechslung boten nur die seltenen kurzen Landgänge und die Fahrten um das Horn von Afrika, wenn wir mit Dynamitstangen an der Reling standen und auf die somalischen Piraten warteten.«

Als sein Großvater starb, kündigte Harry auf dem Frachter und zog wieder in das alte Zechenhaus in Baukau, wo er immer noch wohnte und seine Oma betreute. Durch Zufall hatte er im *Drübbelken* in Recklinghausen jemanden vom Fernsehen kennengelernt, der ihm einen Job als Kameraassistent in einer Fernsehproduktion in Essen besorgte. Dort hatte Harry eine schnelle Auffassungsgabe, technisches Verständnis und einen Blick für Bilder gezeigt und sich in kürzester Zeit zum Kameramann hochgearbeitet. Tom lernte Harry kennen, als er sich in dessen Firma einen Kameramann mieten musste, weil seiner im Alkoholdunst auf ewig entschwunden war. Er erkannte sofort, dass der kleine Harry ziemlich zäh war, von wenig Gehalt leben konnte und Familienanschluss brauchte, den er bei seinem derzeitigen Arbeitgeber, der Riesenproduktionsfirma, nicht fand. Sie machten einen Deal: Fitz ließ sich die Piercings am Ohr und das über dem Auge entfernen, das ihn sowieso beim Drehen störten. *Broadcast.tv* stellte ihm ein Firmenhandy und überließ ihm Toms alten schwarzen Geländewagen als Dienstfahrzeug. Unter diesen Bedingungen war der kleine Mann bereit, schnellstmöglich für ein Gehalt von zweitausenddreihundert Euro brutto im Monat zu wechseln. Harry wusste zwei Dinge ganz genau: Auch wenn die dreizehn Kilo Kamera manchmal schwer auf seiner schmalen Schulter lasteten, würde er nie wieder unter Tage oder im Bauch eines Schiffes arbeiten. Und er wusste wie Lydia, dass die regelmäßige Zahlung seines bescheidenen Gehalts vom Erfolg der kleinen Produktionsfirma abhing. Wobei ›Erfolg‹ im Zusammenhang mit *Broadcast.tv* wohl das falsche Wort war. Aber bisher hatte Harry sein Gehalt immer pünktlich bekommen.

Auf der Autobahn ging es nach wie vor nur im Schneckentempo voran. Warum werden diejenigen, die während der Ferienzeit arbeiten müssen, immer noch zusätzlich bestraft? Tom kannte die Antwort natürlich. In der einzigen Zeit des Jahres, in der mal weniger Autos unterwegs waren, wurden überall Baustellen eingerichtet. Auf den Autobahnen, den Landstraßen, an jeder Ecke in der Stadt. Auf diesen Baustellen wurde zwar nicht gearbeitet, weil die Bauarbeiter ja auch im Urlaub waren. Aber so konnten ihre Chefs zumindest schon mal den nach Einrichtung der Baustelle fälligen ersten Teil der Rechnung stellen. Und der nicht im Urlaub weilende Teil der Bevölkerung konnte sich gar nicht erst an freie Straßen gewöhnen.

Über seine Lenkradtasten wählte Tom die Nummer seiner Redaktion.

»Ja, Tom, ich habe alle Mails durchgesehen. Auch die, die du heute Morgen schon gelöscht hast. Keine Einladung der Polizei Dortmund. Wenn du heute Abend zurückkommst, habe ich übrigens eine Überraschung für dich …«, tönte es aus der Freisprechanlage.

»Peitsche? Strapse? Sahne im Bauchnabel?«, krakeelte Harry vom Beifahrersitz.

»Ihr werdet schon sehen. Oder auch nicht, wie ich euch kenne. Lasst euch überraschen.« Lydia legte lachend auf.

Bevor Harry weitere Fantasien entwickeln konnte, wählte Tom die Durchwahl des Pressesprechers der Dortmunder Polizei.

11:50 Uhr

»Tach, Herr Flawes, Balzack hier.«

»Ja. Was gibt's?«

»Bei mir nichts, aber bei Ihnen. Eine Pressekonferenz. Ich habe die Einladung nicht gefunden, können Sie mir noch mal sagen, wann die ist und worum es geht?«

»Sie haben auch keine Einladung erhalten«, antwortete der Pressesprecher in jetzt schon resigniertem Tonfall.

»Wie, was? War ich böse?«

»Wir haben nur die Dortmunder Medien eingeladen, den Dortmunder Kreis. Ist eine lokale Geschichte.«

»Das verstehe ich jetzt nicht. Entweder ist das lokaler Kleinkram, dann veranstalten Sie nicht extra eine PK. Oder es ist etwas Größeres, dann laden Sie alle ein. Worum geht es denn?«

»Das darf ich Ihnen nicht sagen.«

Tom versuchte es noch mal mit Argumenten. »Jetzt hören Sie doch auf. Ich muss das doch einschätzen können. Und der Sender will schließlich auch wissen, ob es sich lohnt, mich rauszuschicken. Wenn es nur um einen Handtaschendiebstahl geht, verspreche ich auch, nicht zu kommen.«

»Natürlich kommen Sie nicht. Sie sind, wie schon gesagt, nicht eingeladen.«

»Herr Flawes, langsam werde ich sauer. Haben Sie schon mal was von Gleichbehandlung der Presse gehört?«

»Wieso, wir haben den anderen doch auch nicht gesagt, worum es geht.«

»Und warum verschicken Sie keine offizielle Einladung an alle?«

Freimut Flawes hatte jetzt wohl die Faxen dick. In gereiztem Ton blaffte er Tom an: »Jetzt lassen Sie mich in Ruhe! Meinen Sie, ich will hier nachmittags den ganzen Hof voller Übertragungswagen stehen haben?«

Treffer, versenkt, dachte Tom. Wenn der Pressesprecher der Polizei Angst vor Übertragungswagen hatte, dann war es etwas Größeres.

Mit Nachdruck sagte er: »Das reicht mir als Hinweis, Herr Flawes. Ich werde kommen. Wenn es sein muss, mit laufender Kamera, um zu dokumentieren, dass Sie uns von einer PK ausschließen wollen.«

Der Polizist resignierte jetzt endgültig. »Ich weiß, Herr Balzack, ich kenne Sie ja. Wenn Sie doch kommen wollen, werden wir Sie nicht rausschmeißen. Sechzehn Uhr im Präsidium. Großer Besprechungsraum, zweite Etage.«

Na siehst du, geht doch. Tom war zufrieden mit sich. Das Gespräch hatte von Wattenscheid-West bis Bochum-Hofstede gedauert, sie standen immer noch im Stau. Als er endlich an dem Micra vorbeiziehen konnte, zeigte die Fahrerin ihm den Scheibenwischer.

»Erst hieß es 2012, dann 2013, jetzt November 2014. Ob die hier wohl noch mal irgendwann fertig werden?«, sagte Harry mehr zu sich selbst. Wenn die A 40 Ohren hatte, hörte sie wohl nichts anderes häufiger aus den Autos, die über sie hinwegrollten. Oder auf ihr standen.

Toms Tonfall klang resigniert: »Ist doch egal. Wenn der Ausbau der A 40 fertig ist, hat sie nur die Kapazität für den Verkehr von 1998 erreicht. Ich werde das nie mehr erleben, dass hier kein Stau ist. Du vielleicht, in dreißig Jahren, wenn sich die sinkenden Geburtenraten bemerkbar machen.«

11:50 Uhr

Der Tatort war leicht zu finden gewesen. Nicht nur wegen des KTU-Wagens, der direkt vor dem Haus stand. Auch Andreas und Roberto, sein Fotograf, waren bereits dort.

Ein schönes Paar. Der deutsche Reporter klein, kurzsichtig, kugelrund. Die schwarz gerandete Hornbrille mit dem übergroßen Gestell gab seinem schwammigen Gesicht ein

Profil. Das schüttere Haar hatte er wie immer von links nach rechts gekämmt und mit Tonnen von Spray festbetoniert, um die rapide wachsende Glatze zu vertuschen. In Gedenken an Ernst Huberty, lästerte Tom innerlich. Offen hätte er dem Kollegen das nie gesagt. Auch, weil der ›Schrei-Bengel‹, wie Andreas häufig genannt wurde, zehn Jahre jünger war als er und wahrscheinlich nicht einmal wusste, wer Ernst Huberty überhaupt war. Neben Andreas stand der italienische Hengst, groß, breitschultrig, mit Bart und einer Mähne bis auf die Schultern, zwei Kameras hingen ihm um den Hals. Sie tranken Kaffee aus Pappbechern und scherzten mit der rothaarigen VJane Charly vom ›Bällchensender‹ SAT.1 herum.

Als er Tom und Harry sah, schrie Andreas: »Aha, jetzt kommt die Prominenz!«

Die üblichen Frotzeleien.

Während Harry Außenaufnahmen des Hauses drehte, steckte Tom sich einen Zigarillo an und ging ein paar Meter. Er fand es immer sinnvoll, an Tatorten auch mal nach rechts und links zu gucken. Fast wäre er dabei über eine kleine Fußhupe gestolpert, die unvermittelt aus der Haustür des übernächsten Reihenhauses geschossen kam, durch ein Blumenbeet pflügte und ihn laut kläffend ansprang.

»Der tut nichts, der will Sie nur begrüßen!«, rief der Besitzer, ein silberhaariger Rentner, der seinem Hund folgte, ihn von Tom fortzog und an die Leine legte.

Tom versuchte, den Ärger über seine jetzt schmutzige Jeans zu unterdrücken, die er erst am Morgen frisch angezogen hatte.

»Der mag Sie offensichtlich, können Sie ihn mal halten?«, fragte der Rentner und drückte Tom das Ende der Leine in die Hand, ohne auf eine Antwort zu warten. »Ich muss meinen Wagen vorziehen, ich habe den lieber im Blickfeld!«

Während der Reporter genervt mit dem Highland Terrier wartete, stieg der Rentner in einen silbernen Audi A4 und ließ ihn ein paar Meter bis vor sein Haus rollen.

Als die Aktion beendet war, nahm er die Leine wieder an sich und erklärte Tom: »Hier hat nämlich heute Morgen so ein Opel aus Gelsenkirchen gestanden, mit Schalke-Aufkleber. Stellen Sie sich das mal vor, vor meiner Haustür! Wo wir hier sowieso so wenig Parkplätze für die Hausbesitzer haben.«

Tom konnte sich Schlimmeres vorstellen als ein Auto mit S04-Aufkleber vor der Haustür. Obwohl, wenn das der Wagen des Chefermittlers der Polizei für Tötungsdelikte war … Den wollte er auch nicht dienstlich vor dem Haus stehen haben. Er zog an seinem Zigarillo und ließ den Rentner weiterreden.

»Letzte Woche war es ein BMW. So ein riesiges Geländewagenschiff mit holländischem Kennzeichen. Schwarz, aber nicht glänzend, so eklig matt, woll? Und vorne rechts war das Scheinwerferglas zersplittert. Stand drei Tage unbewegt hier vor unserem Wohnzimmerfenster rum. Dann war er plötzlich wieder weg.« Der alte Mann rückte näher an Tom heran und wisperte in verschwörerischem Ton: »Der Besitzer von diesem Geländewagen kam übrigens aus dem Haus vom alten Schäfer, wo sie heute Morgen den toten Zigeuner gefunden haben. Mit einem Müllsack und einer Reisetasche, woll?«

Jetzt wurde Tom hellhörig. »Wann war das denn genau? Wie sah der Mann aus?«

»So genau habe ich den ja nicht gesehen. Ein Ausländer war das nicht.«

»Aber Sie haben doch gesagt, das Auto hatte ein gelbes Kennzeichen?«

»Ja, ich meine, kein Türke und kein Zigeuner oder so was, wie der Ermordete. Also, so einer wie wir, woll? Der war ja auch blond.«

»Und sonst? Wie groß, wie angezogen?«

»Ich würde sagen, ungefähr so groß wie ich, etwa 1,75 Meter. Mit Oberlippenbart. Der hatte so eine Schimanski-Jacke an.

Und der Gang ist mir aufgefallen. Der hatte so einen komischen schleichenden Gang. Wie ein Schakal. Oder eine Hyäne, woll? Vielleicht lag das aber auch an den Sachen, die er schleppen musste. Sonst habe ich nichts gesehen. War ja noch fast dunkel, morgens um kurz vor fünf. Ich war ja nur draußen, weil der Hund wieder Durchfall hatte. Das geht in letzter Zeit fast jede Nacht so. Ich habe dem schon Spritzen geben lassen, was meinen Sie, was ich für Tierarztrechnungen habe! Hilft aber nix! Ich sage ja immer zu meiner Frau: Das liegt am Futter, woll, aber sie …«

Geduldig hörte Tom sich die gesamte Krankengeschichte von Nero an, so hieß der Terrier. Als Herr Gomez, so wiederum hieß der Rentner, fertig war, hakte Tom noch mal nach: »Wissen Sie denn noch, wann das genau war? Also, an welchem Tag?«

Der alte Mann kratzte sich am Kopf. »Das muss … letzten Samstag gewesen sein. Da mussten wir nämlich zur Beerdigung eines ehemaligen Arbeitskollegen meiner Frau. Und ich habe überlegt, ob es sich lohnt, sich noch mal hinzulegen, woll? Die Messe war schon um acht, wir mussten also halb acht los. Ich wollte vorher noch in die Wanne und mich rasieren, Anzug und Krawatte anziehen. In meinem Alter, ich bin jetzt sechsundsiebzig, geht das nicht mehr so schnell, junger Mann! Und das alles für den Gerd, den alten Suffkopf. Früher bei *Hoesch* hat der meine Bruni immer angetatscht. Vergeben und vergessen, Schwamm drüber. Hinterher waren wir noch mit zum Kaffee. Viele alte Kollegen. Gab natürlich Streuselkuchen. Die Brötchen waren gut belegt, nur die Margarine darunter ziemlich dünn geschmiert. Aber das kennt man ja im *Haus Oberhof*, woll? War aber eine schöne Beerdigung.«

»Können Sie mir das noch mal vor der Kamera erzählen?«, fragte Tom.

»Wie jetzt, das mit der Beerdigung? Wen interessiert das denn?«

Tom lachte. »Nee, das mit dem holländischen Geländewagen und dem Mann natürlich. Haben Sie das eigentlich schon der Polizei erzählt?«

»Meinen Sie, die interessieren sich für einen alten Mann wie mich, woll? Da ist vorhin einer von Haus zu Haus gegangen. Meine Bruni hat er kurz gefragt: ›Können Sie sachdienliche Hinweise gegeben?‹, und schwupp, weg war er, bevor ich an der Tür war. Aber mit der Lisa, unserer Nachbarin, mit der hat er ausführlich gesprochen, habe ich aus dem Klofenster gesehen. Ist sogar auf einen Kaffee mit reingegangen … Ich glaube, der ist immer noch drin, woll?« Der Rentner sah Tom verschwörerisch an, knipste dabei ein Auge zu und meinte dann mit Blick auf die Uhr: »Obwohl die längst losmüsste, ihren Sohn vom Kindergarten abholen.«

Tom gab Harry ein Zeichen, der daraufhin mit Kamera und Mikro angelaufen kam.

Natürlich hatte auch Andreas Schneidengel das gesehen. »Harry, flitz!«, rief er und kam gemächlich hinterhergelatscht.

Der kleine Kameramann drehte sich um. »Mach deine Witze ins Blatt, Schrei-Bengel!«, zischte er ihm giftig zu.

Der langhaarige Roberto und die rothaarige Kamerafrau blieben stehen, ins Gespräch vertieft. Sie stand ganz eng bei dem Fotografen und reckte ihm ihre Brust entgegen. Tom konnte dafür auf ihren runden Hintern sehen, der in eine knallenge Jeans verpackt war. Müsste jetzt auch schon über vierzig sein, das Luder, überlegte Tom. Ihm fiel auf, dass er Charly jetzt jahrelang nicht gesehen hatte. Merkwürdig. Wo die wohl gesteckt hatte? Sah aber noch genauso knackig aus wie früher. Aus dem Bett schubsen würde er die auch heute noch nicht. Na ja, offensichtlich stand sie heutzutage eher auf feurige Italiener.

Er rief sich innerlich zur Ordnung und warf die Kippe in den Rinnstein. Erst mal den Rentner verarzten. Als Harry die Kamera fertig eingerichtet hatte, begann Tom routiniert das Interview mit den Personaldaten. Name: Gomez mit z, Vorname: Heinrich, Alter: sechsundsiebzig, Beruf: Rentner, früher Industriekaufmann bei *Hoesch,* dann Außendienstmitarbeiter bei *Schwarzkopf.*

»*Drei Wetter Taft,* Sie wissen doch, woll? Die Frisur sitzt!« Dabei strich er sich durch den spärlichen Haarschopf.

Tom lachte höflich. Mach hinne, Oppa, dachte er. Während des Interviews sah er aus den Augenwinkeln, wie gerade ein Mann das Nebenhaus verließ. Mist, das war doch der Assistent von Schüppe. Schade, den hätte er auch gern noch befragt. Rein informell, natürlich.

Schneidengel hörte interessiert zu und filmte mit seinem *iPad.* Wahrscheinlich für *Bild.tv* oder die Internetseite der Zeitung, dachte Tom. Bis jetzt waren diese Nebentätigkeiten der Kollegen der eigentlich schreibenden Zunft noch keine große Konkurrenz. Aber wenn man die Zeichen der Zeit erkannte …

Als Harry die Kamera abgestellt hatte, fragte Schneidengel bei dem Rentner noch einmal nach: »Woher wissen Sie denn, dass der Tote ein Roma ist?«

»Wieso Römer? Das habe ich nicht gesagt! Das ist ein Zigeuner.«

»Und woher wissen Sie das?«

»Von dem großen Dicken in dem weißen Anzug, der alle zwanzig Minuten vor die Tür kommt, um sich eine zu rauchen. Der muss das schließlich wissen, das ist der Chef der Spurensicherung.«

12:00 Uhr

Auf dem Rückweg vom Altenheim zum Tatort, wo er Kroko abholen wollte, überholte Schüppe Mundhecke, der ziemlich träge die Stockumer Straße entlangwatschelte, aber von der ungewohnten Bewegung an der frischen Luft schon einen roten Kopf hatte. Schüppe hielt nicht an. Er hätte gern mit dem Kollegen getauscht, aber mehr als einige Hundert Meter zu laufen, funktionierte bei ihm ja nicht mehr.

Wobei alles relativ ist im Leben, überlegte er. Und musste an den alten Mann denken, dessen Haus nun zu einem Tatort geworden war und der keinen einzigen Schritt mehr selbstständig zurücklegen konnte. Achtundachtzig Jahre alt. Hatte noch bei *Hoesch* am Hochofen gestanden, wie er ihm stolz berichtete. Na ja, die letzten zwanzig Jahre war er als Betriebsrat freigestellt gewesen, in der Zeit hatte der sich bestimmt nicht mehr kaputtgemacht. Schüppe hatte sich noch ein wenig mit ihm unterhalten, nachdem Mundhecke Speichelproben und Fingerabdrücke genommen hatte.

Fünfzig Jahre hatte Herr Schäfer in diesem Haus gelebt, sechsundvierzig davon mit seiner Frau. Die letzten Jahre hatte er sie gepflegt. Als sie gestorben war, ließ auch seine Kraft schlagartig nach. Als man ihm auch das zweite Bein amputiert hatte, musste er ins Pflegeheim. Seitdem stand das Haus leer, nur der einzige Sohn übernachtete dort manchmal. Er war schon als Student ausgezogen, wohnte mit Familie in Frankfurt, kam den alten Mann jedes zweite oder dritte Wochenende besuchen. Fast der einzige Besuch, die meisten Freunde waren schon tot. Oder dement. Die beneide er manchmal, hatte Herr Schäfer dem Kommissar erzählt, die bekämen es wenigstens nicht mit, wenn man bei klarem Verstand bewegungsunfähig vor sich hin vegetierte. Und für jeden hilfreichen Handgriff einer Pflegerin dankbar war. Auch wenn die mit einem sprachen wie mit kleinen Kindern oder einem toten Pferd. Der Sohn, ein unscheinbarer kahlköpfiger achtundvierzigjähriger Bankangestellter, Banker nannten die sich ja heute großspurig, war Schüppe komisch erschienen. Nicht nur, weil er die ganze Zeit nur genervt guckte und keinen Hehl daraus machte, die sterbende Stadt und den sterbenden alten Mann möglichst schnell hinter sich lassen zu wollen. Die Besuche beim Vater in der alten Heimat schienen für ihn nur eine lästige Pflicht zu sein.

Der Sohn hatte etwas zu verbergen, da war Schüppe sich sicher. Dass er durch die Gegend geirrt war, sich betrunken hatte und deshalb seinen Fund erst nach vier Stunden bei der Polizei meldete, das nahm er ihm nicht ab. Angeblich war der Kerl im *Barrock* im Kreuzviertel gewesen, dann mit dem Taxi ins *HiccUp* in Dorstfeld, dort hatte er im *ibis* übernachtet. Das sollte Kroko mal überprüfen. Auf die Frage, was er denn am vorletzten Wochenende gemacht hätte, hatte der Sohn fast panisch reagiert. Doch bei dem den Spaten anzusetzen, erschien Schüppe sinnlos. Denn der gesuchte Mörder konnte der wohl nicht sein, sagte ihm sein Gefühl. Aus verschiedenen Gründen.

12:10 Uhr

Als er wieder am Tatort ankam, stand der KTU-Wagen immer noch vor der Tür. Und eine Reportermeute, war ja klar.

Schüppes Herz schlug höher. Wen haben wir denn da: Schneidengel von BILD, klar. Balzack vom *Magazin*, egal. Interviewten gerade einen Anwohner. Und da, ganz eng neben einem Fotografen … Ah, nur Roberto. Aber warum musste sie den Männern immer so auf die Pelle rücken, die interpretierten das falsch, hatte er ihr immer gesagt. Charly. Ausgerechnet.

Sie hatten sich vor fünf Jahren kennengelernt. Ihr Sender wollte für den Regionalteil ein Interview mit ihm führen, weil seine Abteilung die beste Aufklärungsquote bei Kapitaldelikten in ganz NRW hatte. Schüppe hatte sich mit Händen und Füßen dagegen gesträubt und auf Kroko verwiesen, dem die Idee mit dem Interview und auch die VJane ausgesprochen gut zu gefallen schienen. Sie hatte sich aber auf ihn versteift und ihn dann im Interview sogar zum Lachen gebracht.

»Was ist Ihr Geheimnis, Herr Schüppe?«, war ihre letzte Frage gewesen.

»Ich habe kein Privatleben, das mich von der Arbeit ablenkt«, hatte er ihr geantwortet.

»Dann haben Sie ja Zeit, mich heute Abend ins *Solendo* einzuladen«, hatte sie lachend gefordert.

So hatte alles angefangen.

Aber auch Charly hatte ihn nicht dauerhaft aus seinen Albträumen befreien können. Sie hatte einige Jahre lang versucht, mit seinen Dauerdepressionen klarzukommen, mit seinen ständigen körperlichen und seelischen Schmerzen, die er vor ihr nur notdürftig verbergen konnte. Mit seinen Schuldgefühlen. Mit dem nächtlichen Zähneknirschen, Schwitzen und Herumwälzen, wenn er überhaupt mal schlafen konnte. »Wenn ich dich lieben soll, musst du dich selbst lieben«, hatte sie gesagt. Und es trotzdem weiter mit ihm versucht, obwohl es ihr an alternativen Angeboten nicht mangelte. Die Trennung vor zwei Jahren war dann von ihm ausgegangen, er wollte sie nicht länger mit seinem Leben belasten. Wenn er ehrlich zu sich war, musste er sich eingestehen: Es tat immer noch weh, sie zu sehen.

Schüppe hielt nicht an. Drei Häuser weiter kam Kroko gerade mit hochrotem Kopf und einem dreckigen Grinsen im Gesicht aus einer Tür. Hinter ihm verließ eine junge Frau eilig das Haus. Schüppe dachte, dass sein Spitzname ›Spaten‹ eigentlich viel besser auf Kroko passte, der fast jede Frau unter fünfundvierzig angrub, die nicht schnell genug auf einen Baum flüchten konnte.

Schüppe lud den Oberkommissar ins Auto, sie fuhren zurück zum Präsidium.

14:00 Uhr

»Lass mal sehen.« Schüppe zog das weiße Tuch hoch, er und Kroko blickten auf den nackten Toten. Beziehungsweise auf das, was von ihm übrig war. Das Gesicht war grässlich deformiert, ein Zahnschema würde man hier zur Identifizierung nicht mehr nehmen können. Das kalte Licht in dem weiß gekachelten Keller der Gerichtsmedizin machte den Anblick nicht schöner.

»Was ist los, Spaten, auf die alten Tage nicht mehr leichenfest?« Dem Gerichtsmediziner war die plötzliche Verfärbung in Schüppes Gesicht aufgefallen. »Bist ja leichenblass, hahaha. Als ob du einen Geist gesehen hättest!«

Besorgt blickte Kroko auf seinen Chef. Dieser Tote war wirklich kein schöner Anblick. Aber sie hatten in ihrem Beruf schon Schlimmeres erlebt. Bahnleichen in Einzelteilen, den Gestank von gut abgehangenen Wasserleichen. Schüppes Empfindlichkeit erstaunte ihn. Sein Chef wirkte regelrecht erschüttert.

Als er sich wieder aufrichtete, von der Leiche zum Gerichtsmediziner hochschaute, war der erfahrene Hauptkommissar noch immer ganz grau im Gesicht. Seine Stimme klang belegt, als er den Gerichtsmediziner fragte: »Horst, was haben wir hier?«

»Der Tote ist dem Anschein nach Südosteuropäer, mit ziganen Gesichtszügen. Vermutlich Rom, muss über eure Kartei oder die DNA geklärt werden.«

»Die Vermutung mit dem ziganen Hintergrund liegt für euch bei Einbrüchen in Dortmund ja immer erstaunlich nahe. Todeszeitpunkt?«

»Beim Zustand der Leiche – die lag dort in völliger Trockenheit, wir müssen die Zimmertemperatur noch messen – würde mal sagen: mindestens fünf Tage.«

»Todesursache?«

»Wenn er nicht vorher vergiftet wurde, hahaha, war wahrscheinlich stumpfe Gewalt todesursächlich. Es gibt zwar auch ein paar Schnitte, hier am rechten Arm, wohl aus einer Abwehrbewegung. Und einen Stich in den Unterbauch mit Ausblutungen. Ob der allein jetzt todesursächlich war oder gewesen wäre, kann ich erst durch die Obduktion klären. Er bekam zahlreiche Schläge mit einem harten Gegenstand, wahrscheinlich aus Holz und abgerundet. Eher ein Baseballschläger als ein Tischbein, keine Kerben. Die Hiebe gingen gegen den Kopf, genauer gesagt direkt in das Gesicht. Und gegen die Brust, einige Rippen scheinen gebrochen, vielleicht innere Organe dadurch verletzt. Gegen beide Kniescheiben. Auch von unten hoch in die Hoden, die sind geschwollen. Auf das Rückgrat. Wahrscheinlich, als das Opfer schon am Boden lag. Totgeprügelt wie ein tollwütiger Hund. Da muss Hass mit im Spiel gewesen sein. Was von alldem die Todesursache war, muss ich durch die Obduktion klären. Die Anzahl der Schläge kann ich nicht sagen, der gesamte Körper ist übersät mit Hämatomen, siehst du ja. Übertötet, wie man so sagt. Es gibt verschiedene Tätowierungen, ob die zur Identifizierung taugen, müsst ihr klären. Ich mache Fotos davon. Mit dem linken Arm hat der Tote wohl ebenfalls eine Abwehrbewegung gemacht, der Schlag war so heftig, dass er fast abgetrennt worden wäre. Mit etwas Glück war er schnell bewusstlos und tot. Von der rechten Hand ist der Zeigefinger abgetrennt worden. Glatter Schnitt, entweder chirurgisches Werkzeug oder eine Eisensäge mit kleiner Verzahnung.«

»Postmortal?«

Der Gerichtsmediziner zog das weiße Laken wieder über den Toten. »Kann man nur hoffen. Ist aber wahrscheinlich.«

»An der rechten Schulter, ist das eine verheilte Schusswunde?«

»Du erkennst aber auch wirklich alles, Georg! Ja, stimmt, ich wollte es gerade sagen. Glatter Durchschuss, so wie die Narbe aussieht, ist das aber bestimmt schon fünfzehn bis zwanzig Jahre her.«

Schüppe murmelte sich etwas in den Bart, für Kroko klang es wie »vierzehn«. Aber vielleicht hatte er sich auch verhört.

»Kannst du mir auch etwas zum Täter sagen?«, fragte Schüppe laut.

»Sehr kräftig, nach der Wucht der einzelnen Schläge zu urteilen. Gut trainiert und schnell. Ich kann es vor der Obduktion nicht genau sagen, danach vielleicht auch nicht, haha, aber vom Winkel der Platzwunden würde ich sagen, der Täter war wesentlich kleiner als das 1,88 Meter große Opfer. So 1,70 Meter bis 1,75 Meter, würde ich sagen, ist aber nur eine Schätzung.«

»Danke, Horst.«

Die beiden Ermittler verabschiedeten sich von dem Gerichtsmediziner. Sie gaben ihm nicht die Hand. Aber das war der gewohnt.

Draußen, wieder an der frischen Luft, setzte Schüppe sich auf eine Bank, streckte sein Bein aus und steckte sich eine *Voltaren* in den Mund. Das war schon die vierte heute, allein in Krokos Anwesenheit.

»Was ist denn mit dir? Du wirktest ja, als hättest du einen Geist gesehen!« In Krokos besorgter Frage schwang auch Ärger mit.

»Du hast doch wohl gemerkt, dass mein Bein heute besonders spinnt.«

Kroko gab auf. Dann eben nicht. Knatschig setzte er sich neben seinen Chef auf die Bank, zündete sich eine *Lucky Strike* an und schwieg. Wie immer schob Schüppe seine persönlichen Befindlichkeiten auf sein Bein oder auf Schalke 04. Niemals erzählte er dem jüngeren Kollegen etwas Privates oder was ihn bewegte. Auch nach all den Jahren nicht. Sogar bei beruflichen Fragen gab Schüppe sich meist einsilbig.

Kroko hatte dadurch allerdings gelernt, sich seine eigenen Gedanken zu machen und genau zuzuhören, was ihn seiner Meinung nach zu einem besseren Ermittler gemacht hatte.

Schüppe nahm das Gespräch nach einigen Minuten des Schweigens wieder auf. »Kroko, was denkst du?«

»Am wenigsten verstehe ich das mit dem abgesägten Finger. Wenn der Täter dadurch eine Identifizierung des Opfers verhindern wollte, hätte er alle absägen müssen. Vielleicht ein Zeichen, eine Botschaft? Dann diese Tätowierung. Ich hatte den Eindruck, du weißt, was die bedeutet.«

»Der albanische Doppeladler, Abzeichen der UCK. Die haben im Kosovo Roma und Serben abgeschlachtet. In dem Verein haben bestimmt keine Zigeuner mitgemacht.«

Kroko drückte die Zigarette aus. Er wandte sich seinem Chef zu, sah ihn von der Seite an: »Die verheilte Schusswunde, die du sofort als solche erkannt hast. Deine allgemeine Reaktion auf den Toten ... Georg, kanntest du den Mann?«

Schüppe blickte weiter starr geradeaus und schwieg. Nach einer Weile sagte er: »Wir müssen zurück zur Dienststelle. In einer halben Stunde will der Polizeipräsident mich sehen.«

15:55 Uhr

Auf dem Parkplatz vor dem Polizeipräsidium stellte Tom den Passat neben einen uralten dunkelblauen Opel Vectra.

»Guck mal, noch so ein Bekloppter wie du. Der hat aber sogar das richtige Kennzeichen dazu, mit dem Datum eurer letzten Meisterschaft!« Harry zeigte auf den Aufkleber neben dem Gelsenkirchener Nummernschild GE-GS 58.

»Vorsichtig, Bürschchen. Das ist Georg Schüppe, der Leiter des KK 11. Ein Mann mit Geschmack.«

»Sieht man am Fahrzeug. Mit Automatik«, sagte Harry verächtlich nach einem Blick ins Wageninnere.

Bevor sie das Gebäude betraten, machte Tom noch schnell ein Foto mit seinem *iPhone.* Zwei Autos mit S04-Aufklebern vor dem Schild *Polizeipräsidium Dortmund*, das würde bei *facebook* wieder viele Likes und wütende Kommentare geben.

Während der Pressekonferenz stellten dann die Pfeifen von den örtlichen Zeitungen und Anzeigenblättern die üblichen dummen Fragen. Schneidengel und Balzack sahen sich immer wieder genervt an, der Mann von BILD rollte demonstrativ die Augen. Höhere Söhne und vor allem Töchter. Nie nebenbei gearbeitet, fleißig fürs Abi gelernt, guter Notendurchschnitt, von Papis Geld studiert, danach ›irgendwas mit Medien‹. Durch Papis Beziehungen das Volontariat ergattert. Und diese kleinen Mädchen erklärten ihren Lesern und Zuschauern jetzt die Welt.

Mit keckem Augenaufschlag, weit nach vorn über den Konferenztisch gebeugt, damit das Dekolleté unter der weit geöffneten Bluse auch zur Geltung kam, versuchten blonde Mittzwanzigerinnen immer noch verzweifelt, die Adresse des Tatortes und den Namen des siebenjährigen Opfers herauszubekommen.

Da waren sie bei Polizeipräsident Ritterswürden und der Staatsanwältin genau richtig, dachte Tom schadenfroh. Er fragte sich, warum heutzutage alle Redakteusen unter dreißig die gleiche Stimme hatten. Das war auch anderen Kollegen aufgefallen, es gab sogar schon einen Fachausdruck dafür: ›Quiekies‹ nannten sie die.

Als die Quietschmäuse endlich enttäuscht aufgaben, legten Tom und Schneidengel los, spielten sich die Bälle zu.

»Erste Frage: Herr Schneidengel. Bitte.«

»Sie haben gesagt, der Mann sei mit einer elektronischen Fußfessel überwacht worden. Durch einen Abgleich dieser Daten auf seinen Aufenthaltsort zum Tatzeitpunkt hätte er für Sie doch sehr schnell als potenzieller Täter infrage kommen müssen.«

Der Ermittlungsleiter wand sich und knetete seine Hände. »Sie müssen sich das so vorstellen, Herr Schneidengel, dass die Signale der Fußfessel nicht punktgenau sind, sondern ähnlich wie beim Handy nur eine Wabe mit einem Umkreis von mehreren Hundert Metern anzeigen. Unter anderem lag auch die Tiefgarage in diesem Bereich, in der es passiert ist. Aber eben auch ganz viel anderes. Sie wissen, wie dicht die Nordstadt besiedelt ist.«

Andreas tippte die Antwort in sein *iPad.*

»Nächste Frage: Herr Balzack.«

»Bedeutet das, wenn sich in dieser Wabe sowohl ein Aldi als auch eine Grundschule befinden, können Sie nicht festsellen, ob der Mann gerade einkauft oder sich an kleine Kinder ranmacht?«

Jetzt antwortete Polizeipräsident Ritterswürden persönlich. »Meine Damen und Herren, unsere technischen und personellen Möglichkeiten sind, wie sie sind. Wir haben Herrn K. über mehrere Monate sehr personalintensiv rund um die Uhr beschattet. Er ist allen Meldeauflagen nachgekommen. Er lebte in geordneten Verhältnissen, befand sich in einer stabilen Beziehung, hatte sich sogar verlobt. Wir sahen es als vertretbar an, die Überwachung zu lockern und auf diese Fußfessel zu beschränken. Jetzt, im Nachhinein, sind wir natürlich alle schlauer.«

Wieder Scheidengel. »Das kann man ja vielleicht noch nachvollziehen. Aber warum hat die Auswertung der DNA beim LKA mehr als fünf Monate gedauert?«

Dieses Mal erteilte sich die Oberstaatsanwaltin das Wort. »Auch da stoßen wir an Grenzen. Beim LKA werden alle DNA-Spuren aus ganz NRW bearbeitet. Und das der Reihe nach. Außer Analysen von Kapitaldelikten, die haben natürlich Vorrang. So landet man ganz hinten in der Reihe. Ob die Ausstattung der Labore des LKA ausreichend ist, um Ihre nächste Frage vorwegzunehmen, das haben wir hier in Dortmund nicht zu beurteilen.«

So ging das Pingpongspiel noch eine ganze Weile hin und her. Tom war sich sicher, dass auch Schneidengel den Schwefelgeruch mitbekam. Die redeten sich hier aus allem heraus, aber irgendwo lag der Hase noch im Pfeffer, das spürte man.

Beim Verlassen des Saales ging Andreas, der sich gerade noch mit einem der Ermittlungsbeamten unterhalten hatte, unnötig eng an Tom und Harry vorbei. »Schleswiger vierunddreißig!«, zischte er und war weg.

Auf dem Gang wartete Flawes. »Klar, der ist freier Produzent, dem geht es um die Kohle«, erklärt er der Oberstaatsanwältin gerade.

Tom ging sofort unter die Decke. »Haben Sie eigentlich schon mal von der Pflicht zur Gleichbehandlung der Presse gehört? Frau Oberstaatsanwältin, vielleicht können Sie uns das ja erklären!«

»Sie hätten es doch durch unsere Pressemitteilung auch noch erfahren, die gleich rausgeht. Wir hätten Sie dadurch informiert und unserer Pflicht Genüge getan«, erwiderte die Juristin herablassend.

Tom kochte innerlich, blieb aber ruhig. Relativ ruhig. »Frau Küpper-Schraub, wir sprechen von zeitgleicher und medienadäquater Information. Dass wir fürs TV mit einer schriftlichen Pressemeldung weniger anfangen können als eine Zeitung, weil es uns ja jemand in die Kamera sagen muss, liegt ja wohl auf der Hand. Können Sie mir einen Grund sagen, warum Sie den Staatsfunk eingeladen haben und unseren Sender nicht?«

Die Staatsanwältin lächelte. Tom hasste diesen Blick, mit dem Juristen auf Nichtrechtskundige herabsahen. »Unser Kriterium war, dass für diese lokale Geschichte nur Medien eingeladen werden, die in Dortmund eine Redaktion haben!«

»Ach so, und welches Thema lokal ist, bestimmen Sie? Und der WDR betreibt jetzt ein reines Stadtfernsehen, sendet nicht mehr landes- und bundesweit?«

Beschwichtigend schaltete sich Flawes in die hitzige Debatte ein. »Herr Balzack, wir können Sie ja das nächste Mal mit einladen. Aber ich wollte eben keine Übertragungswagen und das ganze Gedöns hier herumstehen haben.«

»Ach, das war Ihnen wohl zu viel Arbeit? Augen auf bei der Berufswahl, kann ich da nur sagen!«, entgegnete Tom wütend.

Harry zog ihn am Arm von den beiden Vertretern der Staatsmacht weg. »Chef, wir müssen los. Guck mal auf die Uhr! Tschüss zusammen.«

Vor der Tür des Polizeipräsidiums zündete Tom sich einen Zigarillo an. »Harry, hol schon mal den Wagen, ich muss erst runterkommen«, wies er den Kameramann an.

Während sie die Ausrüstung im Passat verstauten, meinte Harry: »Tom, ich bin stolz auf dich. Dass du so ruhig geblieben bist. Also, für deine Verhältnisse.«

Der Reporter grinste. »Das gibt einen schönen Eintrag in mein Blog. Mit ganz vielen Klicks. Was meinst du, was die noch für ein Feuer kriegen! Das wird nie mehr passieren, dass die uns nicht einladen, da kannst du deinen Arsch drauf verwetten.«

16:48 Uhr

Es war schon kurz vor siebzehn Uhr, als Georg Schüppe zu seinem Wagen ging. Er musste zur Obduktion des Toten in der Gerichtsmedizin. Ein Fernsehteam lud gerade seine Ausrüstung in das Auto, das neben seinem stand. Ach ja, die Pressekonferenz wegen des rückfälligen Kinderschänders. Üble Sache. Nicht astrein gelaufen. Gut, dass er damit nichts zu tun hatte.

»Hallo, Georg«, begrüßte ihn der Redakteur. Es war Tom Balzack. Sie hatten sich vor Jahren in der Arena näher kennengelernt. Schüppe war dort regelmäßig mit Stefan. Die Plätze für Rollstuhlfahrer und ihre Begleiter grenzten direkt an die Pressetribüne, auf der Tom sich immer wieder mal privat herumtrieb, wenn er Pressekarten von Kollegen abgreifen konnte. Da Balzack dort nicht arbeiten musste, verfolgte er intensiv und lautstark die Spiele.

Der Reporter und der Kommissar gaben sich die Hand.

Tom wollte sich die Gelegenheit nicht entgehen lassen. »Sag mal, habt ihr eigentlich schon mehr zu dem mysteriösen Mordfall in Hombruch? Die Nachbarn sagen, der Tote wäre ein Rom.«

»Interessant, woher wollen die das denn wissen?«

»Aus Polizeikreisen«, grinste Tom.

»Ich darf da ja nichts zu sagen. Aber mit einer Verwendung dieser Information wäre ich äußerst vorsichtig.« Dabei schüttelte Schüppe demonstrativ mehrmals den Kopf und setzte sich in sein Auto.

17:03 Uhr

Anders als Harry gedacht hatte, fuhr Tom nicht auf direktem Weg in die Redaktion. Erst als sie schon auf der Borsigstraße waren, dämmerte es ihm, wo Tom hinwollte.

Langsam wandelte sich das Straßenbild. Es wurde grauer. Irgendwie staubiger, dachte Tom, auch mehr Abfall auf den Straßen. Zigarettenschachteln, Fast-Food-Verpackungen. Große alte Häuser aus der Gründerzeit mit Grafitti an den Fassaden. Manche Eingänge waren mit Brettern vernagelt, aus den Bürgersteigen vor ihnen wuchs das Unkraut. Sie kamen an Altpapiercontainern vorbei, rundherum lagen blaue Müllsäcke, einige aufgeplatzt oder -gerissen, und Teile von Möbeln. Viele Ladenlokale zeigten durch ihre blinden verstaubten Scheiben jahrelangen Leerstand an. Vor den Callshops standen Afrikaner in Gruppen, vor den Wettbüros diskutierten junge Orientalen. Verschleierte Frauen, teils mit Ganzkörperumhang, kamen aus türkischen Obst- und Gemüseläden. Sie schlängelten sich mit ihren Einkaufstaschen an Romahuren vom Balkan vorbei, die am Straßenrand auf Freier warteten. Vor einem *Penny* schwitzten zwei Wachmänner. Aus jedem zweiten der alten, großen Autos, deren Fenster und Schiebedächer mangels Klimaanlage oder aus Besitzerstolz weit geöffnet waren, dudelte orientalische Musik.

»Also, wenn du mich betäuben, entführen und dann hier aussetzen würdest – bei dem Straßenbild und der Hitze käme ich nicht darauf, in Deutschland zu sein«, meinte Harry.

»Genau«, sagte Tom sarkastisch, »Nordstadt ist wie Urlaub.«

Sie hatten genügend Zeit, das alles in Ruhe zu betrachten. Der Verkehr kam nur im Schritttempo voran, weil alle naselang ein aufgemotzter BMW mit Warnblinklicht auf der rechten Fahrspur parkte oder schmutzig-weiße Sprinter vom Straßenrand in die Fahrbahn ragten.

Diese Transporter mit ausländischen Kennzeichen standen hier manchmal tage-, ja, wochenlang herum, scheinbar unbewegt. Aber abends und nachts, da schwärmten sie aus, ins Sauerland, bis hoch nach Ostwestfalen oder ins Rheinland. Was die Roma, denen die Autos gehörten, eingesammelt hatten, verhökerten sie hier in der Nordstadt. Auf Schrottplätzen, in Läden für Goldankauf. Das wusste jeder, der nicht bewusst wegguckte. Nur die Polizei interessierte sich dafür scheinbar nicht. War ja auch bequemer so. Denn die Clanchefs der Roma achteten peinlich genau darauf, dass ihre Leute im Rückzugsraum Nordstadt Dortmund nicht allzu viel anstellten. Die Straftaten wurden woanders begangen und verhagelten dort die Statistik.

Neben ihnen fuhr ein alter Mercedes Diesel, der dicke Rauchwolken ausstieß. Der Fahrer war mit einer Gelabyia bekleidet. Auf dem Kopf trug er eine Gefiya, eine besonders bei Salafisten beliebte Gebetsmütze. Wegen des langen Bartes konnte Tom sein Alter schlecht schätzen. Am Innenspiegel baumelte der unvermeidliche Duftbaum. Die Scheiben waren heruntergelassen, aus dem Kassettenrekorder tönte eine beschwörende Stimme auf Arabisch. Könnte jetzt ein Hassprediger sein, mit dessen Reden der hier die Umgebung beschallt und zum Dschihad aufruft, dachte Tom.

Er sah sich die Häuser an. An den Fassaden prangte zum größten Teil noch die Stuckverzierung der Jahrhundertwende. Irgendwo anders wäre das längst ein luxussaniertes Szeneviertel mit hohen Mieten. Aber hier konnten die meist türkischen Eigentümer mehr verdienen, wenn sie an den Altbauwohnungen überhaupt nichts renovierten und die Räume als Matratzenlager an Roma vermieteten. Dreißig Matratzen pro Etage, vorsichtig gerechnet. Mal vier Etagen, macht einhundertzwanzig Schlafstellen. Mal zweihundert Euro pro Person, der gängige Kurs. Ergibt vierundzwanzigtausend Euro im Monat, kalkulierte Tom. Kassiert wurde wöchentlich in bar. Mit seinem vergleichbar großen Mietshaus in Essen nahm er rund dreitausend Euro pro Monat ein. Brutto, und davon gingen seine Instandhaltungskosten noch ab. Die sparten sich die Eigentümer hier einfach. Wenn die Toiletten verstopft waren, blieben sie es, die Bewohner erleichterten sich im Hausflur. Wasser lief meist nur aus einem einzigen Spülstein. Der Strom wurde irgendwo abgezapft. Die Häuser verrotteten dabei schnell, aber nach einem halben Jahr war der Kaufpreis erwirtschaftet, nach weiteren vier Jahren war der Eigentümer Millionär.

Sie hatten die Zwangsräumung eines solchen Hauses gedreht, Tom konnte sich gut an den Fäkalgestank im Treppenhaus und die Müllberge im Innenhof erinnern. An die ängstlichen Gesichter der Bewohner, die überhaupt nicht verstanden, was die Behörden hier auszusetzen hatten. Weil sie es aus ihrer Heimat nicht anders kannten. Tom erinnerte sich an die Kakerlaken und an die fette Ratte, die ihm im Keller über die Füße gelaufen war. Er schüttelte sich nachträglich.

»Hab ich auch gerade dran gedacht«, kommentierte Harry seinen Gesichtsausdruck.

Sie stießen direkt ins Herz der Nordstadt vor. Am Nordmarkt suchte Tom kurz einen Parkplatz, stellte sich dann einfach ins Halteverbot. Deutsche Verkehrsregeln waren das geringste Problem dieses Viertels.

»Harry, lächeln, ab hier kommen wir durchgehend im Fernsehen!«

Der Kameramann scannte die Hausfassaden und grinste, als er die vielen Überwachungskameras sah. »Ist das nicht illegal?«

»Und, interessiert das hier jemanden?«, gab Tom zurück.

Mit ihrer Mühle und dem Mikro gingen sie gezielt auf einen Eckkiosk auf der anderen Straßenseite zu, wo die Schleswiger auf die Mallinckrodtstraße mündete. Vor einem leer stehenden Ladenlokal saßen südländisch aussehende Männer, offensichtlich Roma, wartend in der Hitze auf dem Gehweg.

»Du suchst doch immer Handwerker für deine Wohnungen ...«, sagte Harry mit Blick auf die Männer. Der Arbeiterstrich hier war über die Grenzen Dortmunds hinaus bekannt.

Vor der Tür eines Kiosks thronte ein kleiner rundlicher Mann mit Riesenschnauzer auf drei Bistrostühlen. Auf einem lag er mehr, als er saß, die Arme weit ausgebreitet auf den Lehnen der benachbarten Stühle. Von hier aus konnte er die gesamte Kreuzung und den halben Nordmarkt überblicken. Seinen kleinen flinken Augen entging nichts. Auf seinem T-Shirt stand *Krohl-Transporte.* ›Krohl‹ bedeutete im Türkischen dasselbe wie im Bulgarischen: König. Welcher der beiden Volksgruppen der Mann angehörte, wusste niemand so genau.

Tom hatte ihn zum ersten Mal bei der Demo gesehen, als osteuropäische Romahuren lautstark und leicht bekleidet gegen die Schließung des offiziellen Straßenstrichs protestierten. Hatte beim Sender wieder niemand gewollt, die Bilder, hatte er in sein Blog eingestellt. Krohl war damals mit einem lächerlichen *Bonanza*-Fahrrad den ganzen Nachmittag wie ein Schäferhund um die Frauen herumgefahren. Dabei hatte er durchgehend ein Grinsen im Gesicht.

Als Tom damals bei Flawes nachgefragt hatte, wer denn dieser lustige Kerl sei, hatte der ihm gesagt: »Das ist der Chef vom Ganzen. Nennt sich Krohl, heißt aber anders. Der transportiert die Roma hierher, nimmt horrende Summen dafür. Er pfercht sie in abgewrackte Wohnungen hinter seinem Kiosk und in der ganzen Nordstadt. Da gehören dem einige Häuser. Er schickt die Frauen auf den Straßen-, die Männer auf den Arbeiterstrich, wo sie die Schleusergelder und ihre Mieten verdienen müssen.«

Auf die Frage, warum die Polizei den Mann nicht hochnähme, hatte Flawes nur mit den Schultern gezuckt.

Tom hatte diesen Krohl dann kurz interviewt, um ihn für alle Fälle mal im Bild zu haben, ihm ein paar harmlose Fragen gestellt. Worauf dieser ›König‹ sehr stolz zu sein schien. Aber ob der noch wusste, wer er war?

»Tag, Herr Krohl, kennen Sie mich noch?« Ungefragt setzte Tom sich auf einen der Bistrostühle.

»Na klar, Fernsehreporter. Wollen Chai?« Ohne auf eine Antwort zu warten, machte Krohl eine herrisch-herablassende Bewegung mit der Hand in Richtung seines Kiosks.

Sofort löste sich eine weibliche Gestalt in einem langen Rock aus dem Dunkeln und stellte mit scheuem Lächeln ein Glas Tee und eine Schale mit Kandiszucker vor Tom hin. Harry, der danebenstand, wurde von Krohl nicht beachtet. Personal eben.

Während der Reporter sich drei Stücke Zucker in das Glas warf und umrührte, fragte er den Zigeunerkönig: »Kennen Sie den Heinrich K., der hier irgendwo gewohnt haben muss?«

Krohl guckte, als ob er nicht verstand.

»Deutscher Mann, vorgestern festgenommen?«, versuchte Tom es noch einmal.

»Ah, der Heinz! Ich wissen! Kommen rein, gucken!«

Tom sagte nichts.

Krohl erhob sich, zog ihn in das Innere des Kiosks. Dort stand auf einem Sideboard das Aufzeichnungsgerät, von dem Kabel abgingen zu den diversen Überwachungskameras, die an den Außenwänden des Hauses angebracht waren. Über den Monitor hatte man einen Teil der Mallinckrodtstraße, den Nordmarkt und die Schleswiger Straße ständig im Blick. Krohl konnte einzelne Kameras oder mehrere gleichzeitig ansteuern, sie sogar drehen und zoomen. Mit seinen Wurstfingern drückte der König überraschend fix Knöpfe und Schalter, spulte das Aufzeichnungsgerät hin und her, weil er eine bestimmte Stelle suchte.

Immer, wenn Tom einem der Männer nachschaute, die sich mit gesenktem Blick an ihnen vorbeidrückten und irgendwo im dunklen hinteren Teil des An- und Verkaufsladens verschwanden, ohne wieder aufzutauchen, zupfte Krohl ihn am Arm, um seine Aufmerksamkeit wieder auf die Videos zu richten. Irgendwas war dahinten …

Dann hatte Krohl die Stelle: Ein Mann kam aus dem Nebenhaus, schloss die Verriegelung eines Damenfahrrads auf, das an der Hauswand lehnte, und schob es quer über die Straße.

»Das ist Heinz, der kleines Kind böse. Pfui. Polizei hat vorgestern mitgenommen.«

Perfekt.

Der Zigeunerkönig spulte weiter, suchte weitere Einstellungen des Täters auf den Bildern einer anderen Kamera.

Tom glaubte, ihn erkannt zu haben. »Stopp!« Doch er hatte sich geirrt.

Krohl ließ das Bild in Einzelschritten vor- und zurücklaufen, hielt es dann an.

Der Mann auf dem Monitor war zwar auch ein Deutscher, aber ein ganz anderer Typ als der ungepflegte Endfünfziger vom ersten Bild. Dieser Mann hier war mindestens zehn Jahre jünger, hellblond und mit Oberlippenbart. Er trug Jeans und einen M65-Parka, im Volksmund auch ›Schimanski-Jacke‹ genannt. Der Mann auf dem Bild versuchte ganz offensichtlich, den Erfassungswinkel der Kameras zu vermeiden. Als er diese hier entdeckte und sich schnell wegdrehte, hatte sie sein Gesicht schon eingefangen. Unten war der Timecode eingeblendet: fünfzehnter Juli.

»Wer ist das denn? Polizei?«

»Nein, nix Polizei. Aber Deutsch. Hat gesprochen mit verschiedene Männer Roma. Sollten suchen einen Merid. Merid sollte Auto abholen in Hombruch.« Nach einer kurzen Pause: »Mann hatte aber nix Schlüssel für Auto. War noch in Haus.«

Vornehme Umschreibung für bestelltes Homejacking, dachte Tom. Einbrechen und Schlüssel klauen lassen, ab mit dem Auto über die Grenze, Versicherung abkassieren. Wegen des Wortes ›Hombruch‹ wurde er stutzig. »Wissen Sie, was für ein Auto?«

»Schwarzer BMW X5.«

Bingo. Zwei Fliegen auf einen Streich.

Tom ließ sich von Krohl Bilder beider Männer als Standbilder ausdrucken und die Videosequenzen auf einen Stick ziehen, den er für alle Fälle immer am Schlüsselbund baumeln hatte. Er lobte Krohl für seine exzellente technische Ausstattung, was den Mann strahlen ließ. Bevor er sich vom König der Nordstadt verabschiedete, fragte Tom ihn noch, ob die Polizei die Bilder auch schon habe.

»Die waren nix freundlich, da habe ich nix gefunden«, grinste der Mann ihn verschwörerisch an.

17:35 Uhr

Sie gingen direkt weiter nach nebenan, zu dem Haus, in dem Heinrich K. gewohnt hatte. Es war mit verrußten weißen Schwimmbadfliesen gekachelt. Unten hatte jemand *Borussenfront* auf den Sockel gesprüht. Harry zeigte darauf und grinste.

Tom drückte auf alle Klingeln gleichzeitig.

Nur ein Name auf den Klingelschildern begann mit einem K. K wie ›Kroller‹. Dass Heinrich Kroller nur ganz oben in der Mansardenwohnung gehaust haben konnte, war ja klar. Denn egal, ob es wie hier im Flur nach Pisse stank oder ob sie in einem Haus mit teurem Marmorboden drehen sollten, egal auch, um welches Thema es ging – ihre Interviewpartner wohnten immer ganz oben. Das schien ein Naturgesetz zu sein. Einzige Ausnahme: Das Haus verfügte über einen funktionierenden Fahrstuhl. In so einem Fall wohnten die Protagonisten dann höchstens in der ersten Etage.

Während Tom und Harry mit Kamera, Mikro und Stativ die fleckige Steintreppe hinaufstiegen, hörten sie von oben schon eine Stimme keifen: »Wenn ihr die Bullen seid, braucht ihr gar nicht erst raufzukommen! Der Heinz ist schon seit Tagen nicht da.«

Dann wurde eine Tür zugeschlagen.

Als sie die Treppe weiter hochächzten, kam ihnen ein Junkie mit einem Flachbildfernseher entgegen, der in eine alte Decke gewickelt war. Gerade bei einem Wohnungseinbruch erbeutet? Bezahlung für eine Drogenlieferung? Auf dem Weg ins Pfandhaus für den nächsten Schuss? Das wusste man hier nie.

In der fünften Etage angekommen, stellte Tom das Stativ ab. Er holte ein paarmal Luft, wies Harry dann an, die polizeilich versiegelte Wohnungstür mit den Absplitterungen um das Schloss zu filmen. Währenddessen drückte er auf die Klingel gegenüber.

»Ich habe euch doch gesagt«, dabei riss der Mann die Tür auf, »dass der Heinz nicht da ist!«

Jogginganzug, Badelatschen, ungekämmt, gelb unterlaufene Augen. Wenn ich den so in einem Drehbuch oder Roman beschreiben würde, kämen Beschwerden: Klischee!, dachte Tom. Harry schwenkte mit der Kamera und blendete den Mann mit seinem Kopflicht.

»Tach, Herr Decker«, der Name stand auf der Klingel, »wir sind nur vom Fernsehen, keine Bullen.«

»Das sehe ich. Nimm erst mal das Ding aus meiner Fresse, du …«, schrie er Harry an und machte einen drohenden Schritt auf ihn zu, wobei er sich die Hand gegen die Blendung vors Gesicht hielt. »Wenn ihr zum Decker wollt, der wohnt hier schon lange nicht mehr!«

»Ach so, ich dachte, Ihr seid Decker. Ist aber egal, eigentlich sind wir wegen Heinz da. Harry, nimm mal die Mühle runter, der Mann kann ja gar nix mehr sehen!«, motzte Tom scheinheilig seinen Kameramann an, um sich den Gesprächspartner gewogen zu machen. »Sagt mal …«, verfiel er zunächst in die hier übliche Ansprache von Einzelpersonen im Plural, die mehr Respekt als ein plumpes ›Du‹ und mehr Vertraulichkeit als ein distanziertes ›Sie‹ ausdrückte, »… was ist denn mit dem Heinz?«

»Das wisst ihr doch ganz genau, sonst wärt ihr ja nicht hier!«

»Wir suchen seine Verlobte.«

»Was denn für 'ne Verlobte?«

»Die Polizei sagt, er lebte in einer stabilen Beziehung mit einer Verlobten.«

Der Mann, der nicht Decker hieß, schüttelte sich vor Lachen. »Also, wenn ihr die Dani ohne Zähne meint, die ist alles andere als stabil. Eine ganz dürre Junkienutte, die der Heinz ab und zu mal bei sich wohnen ließ. Dafür musste sie ihm aber auch dreimal täglich einen blasen.«

»Ach, das haben die Bullen uns aber anders erzählt!«, antwortete Tom in kumpelhaftem Tonfall. »Er soll sich ja auch immer an seine Meldeauflagen gehalten haben.«

Der Mann kam gar nicht mehr raus aus dem Lachen. »Ja klar, letzte Woche wollten sie mal wieder nach ihm sehen, weil sie ewig nichts von ihm gehört hatten. Ich kam gerade vom Einkaufen, standen zwei Mann von der Nordstadtwache vor der Tür und haben Sturm geklingelt. Irgendwann hat der Heinz kurz geöffnet, splitterfasernackt, in Socken und mit 'nem Riesenständer. ›Lasst mich in Ruhe, ich hab keine Zeit, ihr seht doch, ich bin am Vögeln!‹, hat er nur gesagt und die Tür wieder zugeschmissen. Da haben die Bullen die Tür eingetreten, die Spuren sieht man ja noch, und dann ging es dadrin richtig zur Sache.«

»Das ist ja interessant. Kannst du uns das wohl noch mal vor der Kamera erzählen?«

Mit einem Schlag verschwand die Lustigkeit aus dem Gesicht des Mannes. »Du bist ja wohl nicht ganz dicht. Ich habe Bewährung und will in nix reingezogen werden. Frag mal jemand anderen, die wissen das hier alle.«

Als der Mann, dessen Namen sie immer noch nicht kannten, die Tür zuschlug, hörten sie, wie sich im Haus weitere Türen fast simultan schlossen.

19:35 Uhr

Als Tom und Harry zurück in die Redaktion kamen, war das *Magazin* lange vorbei und Lydia schon gegangen. Wahrscheinlich hatten sie nur die übliche Mischung aus Extremtätowierten, Umoperierten, Brustimplantierten und Sauf-MAZen aus England oder auf Mallorca verpasst. Tom fragte sich schon seit Jahren, warum die Privatsender nahezu ausschließlich Beiträge mit Themen ausstrahlten, für die sich nahezu ausschließlich Leute interessierten, die sich die in der Werbung angepriesenen Waren sowieso nicht leisten konnten. Um das mal so auszudrücken.

Auf Toms Schreibtisch lag ein Zettel von Lydia:

@Tom: 1. Herr Drucks von der Bank hat zweimal angerufen! Du sollst dich dringend morgen melden, sonst …

2. Auf deinem Schreibtisch liegt die letzte Mahnung von *Vodafone*. Wenn du noch telefonieren willst, solltest du zahlen!

3. Deine Mutter lässt ausrichten, du sollst unbedingt morgen die Wiese mähen. Es soll Mittwoch regnen!

3. Frau Hoffmann hat immer noch eine nasse Stelle!

4. Habe alle Mails durchgesehen. Nur saure Gurken.

5. Du musst dein T-Shirt wechseln! Dringend!

@Harry: Schönen Feierabend!

PS: Ich hoffe, die Überraschung gefällt euch!

Statt einer Unterschrift hatte sie ein Herzchen gemalt. Süß. Wenn er es nicht besser wüsste.

Aber es hatte durchaus seinen Sinn, dass sie ihm lieber Zettel hinlegte, als Mails zu schreiben. Manchmal war er einfach zu schnell mit seinem Löschfinger. Er sah sich auf seinem Schreibtisch um, da gab es keine Überraschung. Das übliche Chaos, das Lydia im Griff zu behalten versuchte, war höchstens noch größer geworden. Noch mehr unbezahlte Rechnungen, wahrscheinlich. Sein Tannenbaum wirkte auch unverändert. Vielleicht war die Überraschung ein Kuchen oder etwas anderes zu essen? Könnte er jetzt gebrauchen. Doch im Kühlschrank befanden sich nur die üblichen Vorräte: Elf Pakete Kaffee hatten sie noch und fünf Flaschen *Bitburger.*

Komisch.

Während Harry oben am Schnittplatz die Bilder sichtete, begann Tom, noch schnell wenigstens einen Blogeintrag über die geheime Pressekonferenz zu schreiben. Damit der Tag nicht ganz vergeblich war. Vor zweiundzwanzig Uhr müsste er unbedingt damit fertig sein, denn dann machte die Tankstelle zu. Er wollte noch zwei Zwanzigliterkanister Diesel holen und in die Heizung seines Mehrfamilienhauses kippen. Für ein paar Tage würde das reichen, nur für Warmwasser, die Heizung lief ja nicht im Sommer. Vielleicht würde der Sender bis dahin endlich wieder ein paar Rechnungen bezahlen und er könnte Heizöl kaufen.

Tom dachte an seine Studentenzeit. Da war er auch manchmal abends mit zwei Zwanzigliterkanistern zur Heizung geschlichen. Allerdings mit leeren. Sofort hatte er den widerlichen Geschmack wieder im Mund, wenn beim Ansaugen aus dem Tank die ersten Tropfen aus dem Schlauch in seinem Mund landeten. Seine damalige Freundin war entsetzt, davon könne man Krebs bekommen, hatte sie gemeint. »Angst und Geld habe ich nie gehabt!«, hatte er ihr dann großspurig erklärt. Und mit vierzig Litern Heizöl kam er mit seinem Golf Diesel damals genau siebenhundertfünfzig Kilometer weit. 5,3 Liter auf einhundert Kilometer. Und das bei seiner Fahrweise. Weniger verbrauchte ein aktueller Golf Diesel auch nicht, überlegte er. Nur dass man in die hochgezüchteten Motoren heute wahrscheinlich kein Heizöl mehr einfüllen konnte, weil dann sofort der Partikelfilter verstopfen würde. Das passierte ja sogar mit normalem Dieseltreibstoff, wenn man diese Autos nicht zwischendurch hochtourig über die Autobahn jagte.

Er rief sich zur Ordnung und legte los mit seinem Beitrag über die geheime Pressekonferenz.

Im letzten Jahr mussten wegen eines europäischen Urteils zahlreiche Sexualstraftäter aus der Sicherheitsverwahrung entlassen werden. Viele von ihnen ließen sich in der vermeintlichen Anonymität des Ruhrgebietes nieder. Die Behörden versprachen, sie lückenlos zu überwachen.
Trotzdem kam es am 26. Januar in Dortmund zu einem Kindesmissbrauch durch den aus der Sicherungsverwahrung entlassenen Heinrich K. Was immer als Folge des europäischen Urteils befürchtet worden war, war nun doch eingetreten, zum ersten Mal. Erst fast ein halbes Jahr später, am 13. Juli, wurde K. überführt und festgenommen. Laut Oberstaatsanwältin Dr. Ina Küpper-Schraub lag die Ursache für diese lange Dauer zum einen an den unklaren Aussagen des siebenjährigen Opfers, zum anderen an der langen Zeit, die das LKA zur Analyse der DNA-Spuren auf der Kleidung des Mädchens benötigte.
Entgegen den Gepflogenheiten wurde dieser Erfolg nicht an die große Glocke gehängt, man wollte ihn nur handzahmen Journalisten mitteilen, die aus Dortmund kommen. In der Hoffnung, dass die Mitglieder dieses ›Dortmunder Kreises‹ schon deshalb nicht kritisch nachfragen, weil sie auch in ihrem weiteren Berufsleben auf die Informationen und O-Töne der Polizei angewiesen sind, um ihre Zeitungen und Lokalsendungen zu füllen.

Okay, so könnte es gehen. Vielleicht würde er ja mit seinem Blog eines Tages Geld verdienen. Dort auch selbst gedrehte Videos einstellen. Und auf seinem Kanal bei *YouTube.* Dann wäre er sein eigener Programmchef. Welche Themen die Leute wirklich interessierten, wusste er schließlich.

Kapitel 2

01:30 Uhr

Der Vollmond machte es ihm nicht leichter. Wahrscheinlich war dieser pralle Lorenz nämlich der Grund, warum auch um diese Zeit auf der Wiese am Ruhrufer noch ein reges Paarungsverhalten zu beobachten war. Und nur darauf hatte seine Zielperson ihr Nachtsichtgerät gerichtet. Auf welche Nachtkäuze es dieser Hobbyornithologe wirklich abgesehen hatte, war ihm schnell klar geworden. Seit zwei Stunden beobachtete er den Mann auf dem Hochsitz jetzt schon bei seinen Studien. Das Holzgestell des NABU stand auf einer kleinen Halbinsel zwischen dem Fluss und einem Altarm, dessen Brackwasser bei der Hitze bis zu ihm herüberstank. Vom aufgeschütteten Gleisbett, das wie ein Wall zwischen Langenberger Straße und Ruhrufer lag, hätte er freies Schussfeld auf den Hochsitz und sein Opfer. Wie in Srebrenica damals. Da hatten sie auch freie Sicht auf den Wachturm des Lagers, in dem die Serben die Bosnier eingepfercht hatten. Dreimal ›Plop‹ und sie hätten die armen Bosniaken befreien können. Damals hatte es politische Gründe gegeben, nicht zu schießen. Heute gab es andere.

Sowohl vom Gleisbett als auch vom Hochstand aus hatte man einen guten Blick auf die tiefer gelegene Uferwiese dazwischen. Langsam wurde es ihm ungemütlich in seiner Position. Die Granitsteine der Aufschüttung drückten sich durch seinen Camouflageanzug. Und er schwitzte. Aber das konnte er aushalten. Stundenlang, wenn es sein musste. Das Warten in unbequemen Positionen, den richtigen Moment abzupassen, das hatte er als Scharfschütze gelernt.

Heute brauchte er sehr viel Geduld. Jedes Mal, wenn er die Gelegenheit für günstig hielt, kamen erneut junge Leute auf knatternden Motorrollern mit eingerollten Wolldecken auf den Gepäckträgern vorgefahren. Oder sie kamen in alten Kleinstwagen angetuckert, die dann nach kurzer Zeit rhythmisch zu wippen begannen. Dabei kannten sie keine Scham, trieben es nur wenige Meter entfernt voneinander. Auch die vorbeifahrenden Züge schienen sie nicht zu stören. Die wenigen Kleidungsstücke, die sie trugen, hatten sie sich schnell vom Leib gerissen. Liebe und Zärtlichkeit schienen bei dieser hektischen Vögelei nicht im Spiel zu sein. Ran, rauf, rein, raus, runter, so hatten sie diese Variante der Kopulation früher genannt. Viele der Mädchen schienen betrunken zu sein, ihrem hysterischen Kreischen und Gelächter nach zu urteilen. Natürlich. Vielleicht sollten die Kollegen hier mal Alters- und Alkoholkontrollen durchführen. Bei dem Wort ›Kollegen‹ biss er sich innerlich auf die Zunge.

Er spürte ein Vibrieren der Gleise. Also würde der nächste Zug in fünf Minuten hier vorbeirauschen. Das Paar in dem Golf 2 schien jetzt auch fertig zu sein. Die Beifahrerin, von der er nicht mehr als rhythmische Kopfbewegungen im Wageninnern gegen den Unterleib des Führerscheinneulings wahrgenommen hatte, dessen muskulöser Oberkörper aus dem Schiebedach ragte, wischte ihr Gesicht ab und ließ mit spitzen Fingern ein Papiertaschentuch aus dem geöffneten Seitenfenster auf die Wiese fallen. Der VW rollte holpernd über die Wiese auf den Bahnübergang zu.

Jetzt schien die Luft rein zu sein. Auch die Zielperson hatte ihr Nachtglas sinken lassen.

Der Mann im Tarnanzug zog die Einweghandschuhe über. Den Riemen des alten Brotbeutels, der neben ihm gelegen hatte, legte er sich diagonal über die Schulter. Gebückt huschte er in wenigen Schritten das Gleisbett hinunter, über die Wiese, auf den Hochstand zu. Sekundenschnell kletterte er die Leiter hoch. Der korpulente Mann mit der Halbglatze, der oben mit heruntergelassener Hose vor der schießschartenschmalen Beobachtungsluke kniete, sich mit einer Hand an der Brüstung festhielt und mit der anderen gerade noch intensiv seinen Schwanz bearbeitet hatte, erstarrte. Nur wenige Sekunden, die aber für den kompletten Abfluss des Blutes aus dem Schwellkörper, dem Corpus cavernosum penis, ausreichten, stellte der Angreifer fest. Schade für dich, die Zeit hat nicht mehr gereicht, dachte er, als er sich zu seiner Zielperson in den Hochstand zwängte.

Mit zwei geübten Griffen hatte er das völlig paralysierte Opfer, das ihn aus Schweinchenaugen in seinem fleischigen Gesicht entsetzt anstarrte, auf die Brüstung gehievt. Er gab ihm einen kräftigen Stoß, sodass der Mann vom Hochstand aus zweieinhalb Meter tief ins flache Brackwasser flog. Während des Falls hinderte ihn seine herabgelassene Hose, die wie eine Fußfessel wirkte, an instinktiven Ausgleichsbewegungen. Er schlug lang auf, blieb stöhnend auf dem Rücken liegen. Sein Peiniger sprang ebenfalls von dem Turm, kam aber auf der Wiese am Ufer auf und federte bei der Landung in den Knien. Er ging zu seinem Opfer und griff in den Brotbeutel. Das wölfische Grinsen des Killers war das Vorletzte, was die Zielperson sah. Das Letzte war ein Foto, das der Killer seinem Opfer vors Gesicht hielt. Dann drehte er den Mann um, sodass er mit dem Gesicht nach unten im Altarm der Ruhr lag. Er drückte den Kopf der Zielperson ins Wasser, bis er keine Regung mehr verspürte. Er packte das Foto und, nach kurzem Zögern, das Nachtsichtgerät des Toten in seine Tasche und holte ein akkubetriebenes Werkzeug heraus.

Das Geräusch des elektrischen Fuchsschwanzes wurde für menschliche Ohren vom Rattern des vorbeifahrenden Güterzuges übertönt. Nur ein paar Vögel fühlten sich gestört. Als der Turm krachend zusammenbrach, auf der Leiche landete, erhoben sie sich schreiend und flatternd aus den Bäumen am Ufer. Sie hatten sich längst wieder beruhigt, als der Killer mit seinem Kanu auf der anderen Ruhrseite an der Roten Mühle ankam und es dort wieder an der Anlegestelle des Bootsverleihs vertäute. Einzig eine heulende klagende Melodie von der Art, wie viele Menschen sie als unheimlich empfinden, tönte noch über den Fluss. Strix aluco, der Waldkauz, identifizierte der Mann die Laute automatisch.

Dienstag, 27. Juli
08:00 Uhr

Als Tom an der Tankstelle wie jeden Morgen seine Zigarillos und die BILD kaufen wollte, herrschte dort helle Aufregung.

»Bei uns wurde heute Nacht eingebrochen, die haben die Hintertür aufgestemmt«, erzählte ihm der Tankstellenpächter. »Die Täter haben sie schon. Die Bullen sind einfach zum Asylantenheim gefahren und haben da auf die Ziggis gewartet. Der eine kam mit einem Moped mit selbst gebautem Anhänger angetuckert, drei andere zu Fuß mit EDEKA-Einkaufswagen und Hackenporsches. Alles voller Zigarettenstangen aus meinem Lager. Ich habe die noch auf dem Überwachungsvideo, kannste abfilmen. Musst aber schnell sein, die Kripo kommt gleich, um das abzuholen.«

Andere Kunden, die hinter Tom in der Schlange standen, mischten sich ein.

»Den Rasentraktor vom Alois konnten sie nicht mehr zum Abtransport benutzen, den hat die Polizei ja letzte Woche dort sichergestellt!«

»Dieses Pack! Unsere Steuergelder abgreifen und uns noch beklauen!«

»Früher konnten wir hier im Dorf Fenster und Türen geöffnet lassen, wenn wir weggingen. Da passierte nix. Und jetzt? Musst du deine Hütte verriegeln wie Fort Knox, sogar wenn du zu Hause bist!«

»Du bist doch beim Fernsehen, Tom, darüber müsstet ihr mal berichten! Nicht nur ständig über Brustvergrößerungen!«

Tom grinste und machte, dass er wegkam. »Ist gut, ich sage es dem Sender. Tschüss, ich muss mich beeilen!«

»Der rasende Reporter«, rief einer der Kunden höhnisch hinter Tom her. »Wie immer auf der Flucht vor den Storys, die das Volk interessieren!«

Brinkschulte, du Arschloch. Aus dir spricht doch nur der Neid. Wir können ja mal einen Tag lang tauschen. Doch dann dachte Tom an Erika, die Frau des Briefträgers Klaus Brinkschulte, und verwarf den Gedanken. Er warf sich in sein Auto und wollte nur noch weg. Als ob das an ihm läge, was die vom *Magazin* sendeten.

Da klopfte Karl-Heinz, der Tankstellenpächter, an die Seitenscheibe. »Hätte ich bei dem Chaos hier fast vergessen: Ich habe noch das Rad von eurer Schubkarre, das ich geflickt habe.« Während er die Beifahrertür öffnete und es ihm in den Fußraum des Autos legte, fügte der Tankwart augenzwinkernd hinzu: »Deine Mutter sagt, du fährst damit immer durch die Dornen vom Heckenschnitt. Und sie muss dann die Reparatur bezahlen.«

»Genau so ist das!«, antwortete Tom gequält grinsend und fuhr los.

08:10 Uhr

Mit dem ersten Kaffee am Schreibtisch wusste Tom, dass er die Geschichte von dem Einbruch in der Tanke gar nicht erst anzubieten brauchte. Nicht weil sie zu unbedeutend oder zu regional war. Wenn es Bilder von Überwachungskameras gab, gierten sie beim *Magazin* förmlich danach. Aber bei dieser Geschichte hatte er trotz ›caught on tape‹ keine Chance. Denn man konnte zu diesem Thema keine ›Haltung‹ einnehmen.

Tom schrieb die Rechnung für die Zulieferung von gestern. Die News hatten doch noch einen kurzen Beitrag über den Missbrauchsfall gebracht und dabei auch die geheime Pressekonferenz erwähnt. Harry und er hatten das Material mit der Videosequenz von Heinrich Kroller um achtzehn

Uhr in einer Hauruckaktion vom Dortmunder Studio des Bällchensenders aus überspielt. Charly, das Kameraluder, war nicht da gewesen, fiel ihm ein. Ob die schon Feierabend gehabt hatte? Dann hätte sie sich sehr geändert. Eine Minute hatten die News von seinem Zeug gesendet, das war nicht viel. Mist.

Tom starrte gedankenverloren auf seinen Tannenbaum und dachte weiter über ›Haltung‹ nach.

›Haltung‹ war das Zauberwort der Saison. In seinem Volontariat vor fünfundzwanzig Jahren wurde noch die reine Lehre propagiert: Wir machen uns mit niemandem gemein, außer mit der Wahrheit. Wir berichten so neutral und ausgewogen wie möglich. ›Aude et altera pars‹ und so.

Heute wurde von vornherein eine ›Haltung‹ verlangt. Nicht im ethischen Sinne. Tom musste an eine der letzten Morgenkonferenzen denken: »Wenn du über das Urlaubsgeld an Hartz-IV-Bezieher berichtest, dann bedenke bitte unsere Haltung dazu. Fünfundsiebzig Prozent unserer Zuschauer sind berufstätig und haben dafür kein Verständnis!«, hatte der Redaktionsleiter der Reporterin mitgegeben. Natürlich hatte die Kollegin für ihre Story nur Bilder und O-Töne eingefangen, die zu dieser ›Haltung‹ passten. War wahrscheinlich auch nicht schwer gewesen.

Die richtige ›Haltung‹ zu finden, war aber gerade bei der ›Zigeunerproblematik‹ schwierig. Einerseits hätte man das Elend und die Diskriminierung der Roma in ihren Herkunftsländern beschreiben, ihren Umgang mit Müll und den Broterwerb durch Kriminalität dadurch erklären können. Das allein hätte allerdings zu einem Shitstorm in der Zuschauerschaft geführt.

Bei einem Bericht, der nur die Fakten und Kriminalstatistiken nüchtern schilderte, hätte man wiederum Angst haben müssen, Rechtsradikalen das Wort zu reden.

Beides zusammen, die Ursachen in Bulgarien und die Auswirkungen hier wertungsfrei zu verbinden, ging angeblich nicht, weil der Geschichte dann die ›Haltung‹ fehlte. Deshalb berichtete das *Magazin* lieber überhaupt nicht über dieses Thema.

Das Telefon klingelte.

»Hier ist deine alte Kollegin vom *stern.*«

Andrea. Eine ganz alte Kollegin. Müsste jetzt auch schon Mitte vierzig sein, überlegte er. Mindestens.

»Ich habe gerade deinen Blog gesehen. Stimmt das wirklich alles so, wie es da steht? Können wir das mit unserer Internetseite verlinken?«

»Seit wann liest du denn mein Blog?«

»Willst du mich verarschen? Deine Geschichte wird heute überall zitiert. Guck mal auf deine Klickzahlen, bis jetzt schon über sechstausend. Und es ist noch früh am Tag. Die Polizei Dortmund bekommt Feuer von allen Seiten, weil sie so eine brisante Geschichte verheimlichen wollte.«

Tom hatte währenddessen seine Seite aufgerufen und freute sich über die vielen Klicks. Normalerweise waren das um die zweihundert am Tag, heute bis jetzt schon 6.469. Erst dann fiel sein Blick auf die Schlagzeile der BILD, die er achtlos auf den Schreibtisch geworfen hatte.

Geheimnisvoller Mord in Dortmund: Opfer Roma, Täter Neonazi stand dort in Riesenlettern. Während Andrea, von der er seit mindestens drei Jahren nichts mehr gehört hatte, plötzlich über alte Zeiten zu plaudern begann, las Tom sich den Anriss auf Seite eins durch.

Von Andreas Schneidengel. Fotos: Roberto di Stefano

Dortmund – In einem Reihenhaus in Dortmund-Hombruch ist nachts ein Toter aufgefunden worden – erschlagen! Wie aus Polizeikreisen verlautet, soll es sich um einen Romaflüchtling handeln. Bei dem Täter könnte es sich um einen Neonazi handeln, bei der Tatwaffe um einen Baseballschläger. Lesen Sie weiter auf Seite 6.

Dort prangte ein Foto des Rentners Gomez mit der Bildunterschrift: *Ich sah den Neonazi.* Dazu ein Bild des Hauses mit einem Spurensicherer, der vor der Tür gerade eine Zigarette rauchte. Den BMW X5 hatte Andreas nicht erwähnt, sich wahrscheinlich für morgen aufgehoben.

Die Geschichte über den Missbrauch und die geheime Pressekonferenz hatten sie nur klein auf der Lokalseite gebracht. Über das seltsame Zustandekommen der PK stand dort nichts. Kein Wunder, dass die sich nicht aufregten. Der ›Schrei-Bengel‹ war ja auch eingeladen gewesen.

Tom würgte die plappernde Kollegin vom *stern* ab. Du hattest deine Chance vor zwanzig Jahren, jetzt nerv mich nicht, dachte er. Er wählte die Nummer von Schneidengel.

08:34 Uhr

»›Schrei-Bengel‹, du Seuchenvogel, was hast du dir denn da wieder zusammengeschrieben? Roma, Neonazi?«

»›Schreib-Engel‹, wenn schon! Geil, oder? Boulevard at its best, musst du doch zugeben. Und morgen lege ich nach. Bisher habe ich allerdings nur den BMW in der Hinterhand, das reicht noch nicht.«

»Der Singular von Roma ist übrigens Rom. Und warum habt ihr die Nummer mit dem missbrauchten Kind so klein gebracht? Die war doch eigentlich stärker.«

»Da hatten wir ja gar nichts. Keinen Täter, kein Opfer, nicht einmal einen Augenzeugen. Die Geschichte war dem Redaktionsleiter zu bildarm.«

»Hast du denn mittlerweile Fotos von Täter und Opfer?«, fragte Tom scheinheilig.

»Nee, noch nicht. Hatte ja gestern keine Zeit mehr, in die Nordstadt zu fahren, musste ja in die Redaktion, schreiben. Aber ich arbeite dran. Du weißt ja, meine Quellen …«

Tom überlegte kurz. Schließlich hatte Andreas ihm überhaupt erst von der Geheim-PK erzählt, dafür hatte er einen gut. Auf die Idee mit Krohl und seinen Kameras war er allerdings von allein gekommen.

»Wenn du Probleme damit hast, ruf mich an. Vielleicht kann ich dir helfen. Und jetzt tschüss, das andere Telefon klingelt.«

»Gib deinem Küsschen einen Ferrari von mir. Oder umgekehrt!«

Das war das Letzte, was Andreas sagen konnte, bevor Tom mit einem »Mach deine Witze ins Blatt!« das Gespräch wechselte.

Es war Markus, der Früh-CvD des *Magazin.* Er verbarg seine Gutmütigkeit häufig hinter einem besonders ruppigen Tonfall. Wenn er Tom anblaffte, war alles okay. Heute klang seine Stimme gequält freundlich. Er war also eigentlich sauer, musste aber wohl was von ihm wollen sollen.

»Hast ja ganz schön Staub aufgewirbelt mit der Triebtätergeschichte. Warum hast du uns die andere Story, die mit dem Einbrecher, denn nicht angeboten?«

Tom kam die Galle hoch. Dieses Arschloch. ›Immer freundlich zum Kunden!‹, ermahnte er sich innerlich.

»Lieber Markus, ich habe dir das doch angeboten. Gestern Morgen, erinnerst du dich noch?«

»Aber doch nicht so! Mit Roma und Neonazi!«

»So kannte ich die Story gestern Morgen ja auch noch nicht. Und so stimmt sie auch nicht.«

»Wieso, so habe ich die doch bei BILD gesehen!«

Ja genau, Markus. Gesehen. ›Gesehen‹ hieß im Fernsehjargon: Überschrift gelesen, Rest maximal überflogen. Und BILD hat immer recht.

»Markus, ich habe gestern mit dem Kollegen von BILD gemeinsam dort recherchiert. Ich weiß, was der weiß. Wenn du die Geschichte genau liest, dann siehst du unten, dass die Hinweise auf den Neonazi auf den Aussagen eines Rentners beruhen, der gesagt hat, dass der Mann blond war, der aus dem Haus gekommen ist. Dass der Tote ein Rom ist, stimmt übrigens nicht.«

»Ach so.«

Jetzt klang Markus enttäuscht. Und wieder knatschig.

Tom wusste, was der jetzt dachte: Wenn der CvD offiziell erfuhr, dass die Geschichte so nicht ganz stimmte, konnte er sie nicht ohne Weiteres in Auftrag geben. Natürlich bewahrte der erfahrene Balzack ihn so vor Falschmeldungen und Gegendarstellungen. Aber mit anderen Autoren war das leichter. Da erfuhr Markus gar nicht erst, dass etwas nicht stimmen könnte, und war damit aus dem Schneider. Deshalb bevorzugte Markus Schreber andere Produzenten. Die gaben keine Widerworte und recherchierten nicht groß rum. Die verfilmten einfach die BILD und fertig. Dieser Balzack machte sich selbst das Leben unnötig schwer. Der hatte die besten Zeiten hinter sich.

»Soll ich denn trotzdem rausfahren? Den Rentner aus der BILD haben wir übrigens im O-Ton. Natürlich sagt der nichts von Nazis oder so. Aber vielleicht ergibt sich am Tatort ja noch etwas. Vielleicht kann ich Bilder auftreiben«, bettelte Tom.

Markus dachte kurz nach. Einerseits war Tom vor Ort nach wie vor ein Trüffelschwein und er gönnte ihm den Auftrag. Andererseits musste er sich bei seinem Chef für die unnötigen Kosten verantworten, die entstanden, wenn Balzack nicht Neues herausfand. Sollten doch erst mal die vom Regionalprogramm gucken. *Broadcast.tv* konnte er immer noch hinterherschicken.

»Nee, lass mal. Überspiel uns zur Sicherheit deinen Kram zur Ansicht und behalte die Geschichte im Auge!«

Na toll. Das war die für Tom beschissenste Variante. Harry musste jetzt extra zum Essener Nachrichtenstudio des Senders fahren, um das Zeug zu überspielen. Zeit und Kilometer bezahlte ihnen natürlich keiner, wenn die Kollegen es dann doch nicht nähmen. Oder wenn er nicht mitbekäme, dass eine andere Redaktion des Senders sein Material verwendete. Die Nachweispflicht, was wann wo gelaufen war, lag bei *Broadcast.tv.* Dass er nicht rund um die Uhr alle Sendungen der einzelnen Kanäle der Sendergruppe gucken konnte, lag auf der Hand. Dadurch ging ihm so mancher Euro durch die Lappen.

›Die Geschichte im Auge behalten‹ bedeutete, in der Redaktion herumzusitzen, im Netz auf neue Polizeimeldungen zu warten, zahllose Telefonate zu führen und am Ende doch der Musik hinterherzulaufen.

Verdammt.

Wenn er Harry losschickte, müsste er ihm einschärfen, das Foto und die Videosequenzen des möglichen Einbrechermörders von Hombruch noch nicht zu überspielen. Das hatte er noch nicht verifiziert. Wenn das jemand sendete und der Mann auf den Bildern wäre doch unschuldig, dann käme Tom in Teufels Küche.

Anschließend ging er kurz in seine Wohnung, um sich umzuziehen. Lydias Geste mit der zugehaltenen Nase war eindeutig gewesen.

Vielleicht kam er ja doch noch irgendwie auf eine andere Geschichte, bis zur Konferenz um zehn hatte er noch eine Stunde Zeit. Vielleicht was mit Freibädern? Sollte heiß werden heute, über dreißig Grad.

13:10 Uhr

Als Schüppe nach dem Mittagessen das Büro betrat, hatte Kroko seine gute Laune wiedergefunden und sich schon im Obduktionsbericht vergraben.

»Guck mal, interessant, die Stich- und Schnittwunden. Waren nicht tief genug, mit zu wenig Wucht dahinter, und hätten allein wohl nicht zum Tode geführt. War ein einseitig geschliffenes Messer mit etwa zwanzig Zentimeter langer Klinge, wahrscheinlich ein Küchenmesser oder so. Aber nicht das Werkzeug, mit dem der Finger abgetrennt wurde. Der Kaputte war auch nicht fünf Tage tot, der lag wohl schon bis zu acht Tagen dort rum. Also seit letzter Woche Sonntag. Gut mumifiziert. Die alte Bude muss ziemlich dicht und trocken sein. Verrückt.«

»Ich weiß, ich war bei der Obduktion dabei. Tattag wahrscheinlich vorletzten Sonntag, das bringt übrigens den Sohn wieder ins Spiel. Hast du dessen Alibi überprüft? Und ob er am vorletzten Wochenende vielleicht auch hier war?«

»Im *Barrock* und im *HiccUp* habe ich gestern Abend persönlich ermittelt. Da konnte sich niemand an ihn erinnern. Die Anfrage bei der Taxizentrale läuft.«

Schüppe verzog den Mund zu einem ironischen Grinsen. Diese sensiblen Befragungen der Kellnerinnen und Barfrauen konnte er sich gut vorstellen. Hoffentlich schrieb Kroko dafür nicht noch Überstunden auf.

»Deshalb habe ich diesen Michael Schäfer heute Morgen angerufen. Saß mit seiner Frau am Frühstückstisch, ist gestern natürlich direkt nach eurem Gespräch nach Frankfurt zurückgefahren. Wollte aber nicht reden und hat mich kurz danach aus seinem Büro zurückgerufen.«

»Und?«

»Er war auch am letzten Wochenende in Dortmund. An dem davor ebenfalls. Er hat beim Klassentreffen vor einem Jahr eine alte Jugendliebe wiedergetroffen. Seitdem kommt er fast jedes Wochenende her, oft schon freitags. Erzählt seiner Familie, er muss zu seinem Vater. Dem erzählt er, er könne nicht so oft vorbeikommen, wegen seiner Familie. Verarscht alle und macht sich flotte Tage mit einer lustigen Witwe. Ich wollte die Dame gerade anrufen, aber ich wette, dass er das perfekte Alibi hat. Was auch erklärt, warum er nach dem Besuch beim Vater so spät zu seinem Elternhaus kam und wo er in den vier Stunden zwischen Entdeckung der Tat und seinem Anruf bei uns war.« Als sein Chef nicht reagierte und nur vor sich hinstarrte, war Krokos gute Laune sofort wieder wie weggeblasen. Resigniert fügte er hinzu: »Schade. Wäre ja auch zu einfach gewesen.«

Schüppe nickte nur. In seinem Leben war leider nichts einfach. Erst recht nicht seit gestern.

Mit lauerndem Unterton stellte Kroko die nächste Frage: »Interessiert dich der Tote eigentlich gar nicht?«

Schüppe nahm einen Schluck Wasser aus dem dickwandigen IKEA-Glas, um eine weitere *Voltaren* runterzuspülen. Dann erst antwortete er. »Ach so, doch, das war gestern Abend ja noch nicht klar. Was haben wir denn über den?«

»Er heißt Merid Berisha. Kosovo-Albaner, einundvierzig Jahre alt. Kein Zigeuner, da hattest du mal wieder recht. Vor vierzehn Jahren hier mal wegen Vergewaltigung und versuchter Abtreibung verurteilt, da haben wir aber nichts mehr zu. 2006 erkennungsdienstlich behandelt wegen Schutzgelderpressung in der Nordstadt. Wir konnten ihm nichts nachweisen, er verschwand aber erst mal von der Bildfläche. 2011 wurde wegen Hehlerei und Autodiebstahls gegen ihn ermittelt, er soll schwere Geländewagen auf den Balkan verschoben haben. Mangels Beweisen eingestellt. Also nix mit Kleinganove, Schrägstrich Einbrecher.« Kroko war gespannt auf die Reaktion seines Chefs.

Schüppe wirkte nicht, als ob ihn diese Informationen erstaunten. »Gib das schnell an die Pressestelle durch, dass das Opfer kein Rom aus der Nordstadt ist. Hast du die Berichte über die Missbrauchssache gesehen? Unsere Pressefuzzis werden bestimmt schon bekloppt vor Nachfragen. Dann ist wenigstens bei unserem Fall etwas Dampf aus dem Kessel. Sprich auch noch mal mit deinem Freund Mundhecke, ob sie Abdrücke oder DNA haben, die nicht von Vater, Sohn oder Berisha sind. Und sag dem Schumacher, der soll mich mit seinem Messerlibanesen updaten. Nicht zu spät, ich will heute pünktlich weg.«

Ach ja, dachte Kroko bitter, immer wieder dienstags. Da hatte sein Chef diesen mysteriösen wöchentlichen Nachmittagstermin. Über den er natürlich auch nicht mit ihm sprach.

13:20 Uhr

Nach der Konferenz hatte Lydia wie eine Blöde immer wieder mit der Stadt Essen telefoniert, dazwischen kaum mit Tom und Harry geredet. Tom hatte das nicht weiter ernst genommen. An bestimmten Tagen sind Frauen eben so, hatte er sich ihr Verhalten erklärt.

Vom Leiter des Bäderamtes bekam sie endlich die Drehgenehmigung. »Wenn Ihr Sender uns wieder in die Pfanne haut, war das das letzte Mal!«

Nachdem Lydia aufgelegt hatte, erzählte sie Tom von dem Telefonat. »Und womit hast du den jetzt wieder vergrault?«, fragte sie giftig.

Tom war sich keiner Schuld bewusst. Er rief den Bäderamtschef zurück und sagte ihm genau das. Es stellte sich heraus, dass ein anderes Team des Senders im letzten Jahr seine hoch qualifizierten und hoch motivierten Mitarbeiter als trottelige Bademeister dargestellt hatte, die nur faul am Beckenrand rumblökten und jungen Mädchen auf den Arsch starrten. Tom stellte klar, dass er es nicht war, der das gedreht hatte, doch dem Amtsleiter war das egal. Mitgegangen, mitgefangen, mitgehangen.

»Von mir aus machen Sie doch. Da ist außer Ihnen sowieso schon ein anderes Team da. Müssen Sie sich untereinander absprechen. Ob die Schwimmmeister allerdings überhaupt mit Ihnen reden, kann ich nicht garantieren. Ich kann und will sie nicht zwingen.«

Schöne Aussichten für eine Reportage zum Thema ›Traumberuf bei dreißig Grad‹.

Und jetzt heulte auch noch Lydia ihre Tastatur voll. »Harry, pack schon mal den Wagen!«, rief Tom und ging rüber zu ihr. Er nahm sie vorsichtig in den Arm. »Was ist denn los, Baby?«

Lydia schüttelte seinen Arm ab. »Lass mich bloß in Ruhe!«

Tom blieb unsicher neben ihr stehen.

Lydia drehte sich zu ihm um. »Kannst du dich eigentlich daran erinnern, dass ich dir gestern eine Überraschung versprochen habe?«

»Ja, aber ... Ich habe gestern Abend überall geguckt, aber nichts gefunden.« Tom schwenkte seine Arme durch die Redaktion und zog einen Schmollmund. Wenn er den kleinen Jungen spielte, konnten die Frauen ihm in der Regel nicht widerstehen.

Lydia lächelte schon wieder nachsichtig durch ihre Tränen. »Und heute Morgen hast du nicht einmal mehr nachgefragt.«

»Komm, Baby, sag schon. Was ist es denn?«, fragte Tom mit seiner sanftesten Stimme.

Harry, der von dem ganzen Drama nichts mitbekommen hatte, kam rein und goss sich einen Kaffee ein.

»Bei neunundzwanzig Grad im Schatten habe ich hier gestern auf den Knien gelegen und zwei Stunden die ganze Redaktion geputzt. Beide Räume, die Technik und die Toilette, ihr Trottel! Und dabei stand mir ständig dein Scheißtannenbaum im Weg!«

»Nackt?«, entfuhr es Harry.

Alle drei brachen in Gelächter aus. Lydia sprang auf, rannte auf Harry zu, der seine Kaffeetasse und sich selbst vor ihr in Sicherheit bringen wollte und dabei prompt etwas verschüttete.

»Das machst du jetzt aber selbst weg!«, kreischte Lydia.

»Oder in Strapsen?«, schrie Harry lachend und wieselte durch die Tür.

Tom schmunzelte bei der Vorstellung. Er mochte seine kleine Truppe.

Wenn er nicht so unglaublich müde wäre. Auch wegen der Hitze hatte er in der vergangenen Nacht unruhig geschlafen. Es war wieder dieser bescheuerte Traum. Er fuhr mit seinem Auto eine leicht abschüssige schnurgerade Straße hinunter. Er befand sich auf dem falschen Weg, aber weit und breit war keine Seitenstraße zum Abbiegen in Sicht. Er wollte wenden, aber immer, wenn er eine Hauseinfahrt sah, in die er hätte hineinfahren können, war er schon daran vorbei. Was wohl sein Psychologe dazu sagen würde? Also, wenn er einen hätte?

Aber jetzt mussten sie los, half ja nix. Er würde Lydia mitnehmen, zur Belohnung für ihre Überraschung.

14:00 Uhr

Als Tom, Harry und Lydia sich mit der Kamera durch das Drehkreuz am Haupteingang des Grugabads gezwängt und den Sprungturm erreicht hatten, sprangen fünf Männer mit unterschiedlichen Badehosen und einheitlich weißen Poloshirts wie Gockel um eine Frau in einem knappen schwarzen Bikini herum. Die Frau hatte wallend rote Haare und eine Kamera auf der Schulter.

Scheiße.

»Und jetzt?«, fragte Lydia, während sie die andere Frau mit zusammengekniffenen Augen feindselig anstarrte.

»Jetzt gehen wir dahin und reden mit denen«, antwortet Tom ruhig.

Die Schwimmmeister kehrten ihnen demonstrativ den Rücken zu, als sie sich näherten. Die wissen schon Bescheid, für wen wir hier sind, dabei haben wir doch gar nicht den Leuchtstab über dem Mikro, überlegte Tom. Den signalgelb leuchtenden Windschutz des Senders hatten sie wohlweislich in der Redaktion gelassen, stattdessen einen neutralen schwarzen ›Präser‹, wie die in der Branche genannt wurden, über das Mikrofon gezogen. Ohne Senderlogo. Damit hatten sie wenigstens geringe Chancen, unbespritzt von kleinen Kindern und Halbwüchsigen, die unbedingt ins Bild wollten, durch das Schwimmbad zu kommen.

Bei diesen Schwimmbadhelden hier nützte das jedoch nichts.

»Tach zusammen, Balzack von Ihrem Lieblingssender«, stellte er sich vor, nickte der Kollegin vom Bällchensender zu. Mein lieber Herr Gesangsverein. Und die war jetzt schon über vierzig? Alles, was er von ihr sehen konnte, sprach da dann doch sehr gegen.

Einer der Schwimmmeister, ein durchtrainierter Hüne, drehte sich unwillig um. »Von wegen Lieblingssender. Von Ihrem Kanal haben wir den Kanal voll. Sie können hier drehen, was und wen Sie wollen. Aber nicht uns! Wir haben keine Lust, wieder als geile Deppen dargestellt zu werden.«

Seine Kollegen nickten zustimmend.

Keine geilen Deppen, ach so. Habt ihr keinen Spiegel?, dachte Tom. Laut sagte er: »Tja, meine Herren, so wird das aber nichts mit der Hollywood-Karriere!«

Ihm war klar, dass er die Männer mit dieser Bemerkung endgültig vergrault hatte, das merkte er an den Reaktionen. Ertappt. Seit dem Erfolg ihres Exkollegen Ralf Möller aus Recklinghausen als Schauspieler in *Gladiator* hatte jeder Bademeister im Ruhrgebiet nur diesen einen Traum von der Hollywood-Karriere im Kopf, das wusste er. Dass dazu mehr gehörte als ein Rettungsschwimmerschein in Silber, konnten die sich offensichtlich nicht vorstellen.

Wie auch immer, hier war für ihn und sein Team nichts zu reißen. Tom nickte der Kollegin, die ihn ironisch ansah, noch einmal freundlich zu, dann drehten sie ab Richtung Liegewiese.

Nach ein paar Metern hob Harry leicht die Hand, winkte cool einem jungen Migranten zu, der auf einer Decke lag und sehr interessiert zu ihnen herüberblickte.

»Und was nun?«, fragte Lydia.

»Jetzt muss uns ganz schnell etwas anderes einfallen. Der Sender verlässt sich darauf, dass wir ihm tagesaktuell eine schöne Wettergeschichte drehen.«

»Ich hätte da eine Idee«, schaltete Harry sich ein. »Du hast doch den Typen eben gesehen. Das ist Sinan G., ein

Essener Rapper. Interessanter Typ. Saß schon im Knast, Schutzgeld und Raub und so. Bezeichnet sich selbst als ›König vom Grugabad‹. Vielleicht können wir mit dem was drehen? Richtig berühmt ist der in euren Kreisen aber nicht, beim Sender kennt den garantiert keiner!«

Tom hatte keine Zeit, darüber nachzudenken, wie Harry das gemeint haben könnte. »Wir haben es in letzter Zeit scheinbar nur noch mit Königen zu tun«, bemerkte er. »Aber frag ihn mal. Angesichts der Umstände fällt mir auch nichts Besseres ein.«

Sie waren sich dann mit Sinan schnell einig geworden. Sie würden einen Flirttest mit ihm drehen: Er sollte verschiedene Frauen anbaggern, sie würden das verdeckt filmen. Und die Mädels hinterher befragen, wie sie den Typen fanden. Drei Fälle brauchten sie und es musste schnell gehen.

Harry, Tom und Lydia nahmen auf der Wiese neben zwei Mädchen Platz, beide um die zwanzig. Die drei von *Broadcast.tv* gaben sich unbeteiligt, wie ein Kamerateam eben, das gerade Pause machte von seinen Dreharbeiten. Harry tat, als ob er die Kamera reinigen musste, und richtete sie in Richtung der Girlies.

Nach fünf Minuten, als das Interesse der jungen Frauen an ihnen verklungen war und sie das Fernsehteam nicht mehr beachteten, trat Sinan auf den Plan.

In diesem Moment klingelte Toms Telefon. »Mach schnell, Andreas, ich bin mitten im Dreh.«

»Was treibst du denn, Tom? Irgendwas mit unseren Fällen in Dortmund? Wegen des Missbrauchs habe ich nämlich Neuigkeiten für dich.«

Der Sack, der wollte ihn locken. In Wirklichkeit war der doch nur scharf auf die Bilder aus der Überwachungskamera, die Tom bei Krohl abgegriffen hatte.

»Pass auf, ich kann jetzt nicht. Komm um 17:30 Uhr in der Redaktion vorbei, wenn du willst. Da bin ich zurück.«

»Okay, bis später. Viel Spaß noch im Grugabad!«

Mit der Frage, woher der BILD-Kollege wusste, wo sie sich befanden, konnte er sich nicht weiter aufhalten. Denn gerade lief neben ihnen Sinan G. zur Hochform auf.

Mit einem Eis in der Hand kam der Rapper wie zufällig vorbeigeschlendert, setzte sich ungefragt zu den Mädchen auf die Decke. Die reagierten keinesfalls empört, wie Tom es erwartet hatte, sondern kicherten. Sinan redete belangloses Zeug, fragte sie nach ihren Namen und wo sie herkämen. Aus Köln.

»Ach, dann sucht ihr hier bestimmt einen Freund. In Köln findet ihr den ja nicht, in der Stadt der Schwulen.«

Er pries seine zahlreichen Talente an, auch die gesanglichen. Bei Lisa und Tanja, so hießen die beiden, kam Sinan sichtlich gut an. Das Mikro, das Harry vorsichtig immer weiter in ihre Richtung geschoben hatte, nahmen die Mädchen jedenfalls nicht wahr.

Als Sinan sie gerade fragte, ob sie denn mal lecken wollten und es nur bedingt klar war, ob er damit sein Eis meinte, löste Tom die Situation auf. Sie gaben sich als Fernsehteam zu erkennen, sagten, dass sie die Situation heimlich gefilmt hatten, und führten ein offenes Interview mit den beiden Mädels. Die allerdings wollten Sinan jetzt, vor der offenen Kamera, plötzlich nur noch eine Drei auf einer Skala von eins bis sechs für seine Flirtkünste geben und fanden ihn angeblich nur mäßig interessant.

Das war ja schon mal gut gelaufen. Innerhalb einer Stunde hatten sie zwei weitere Fälle, das musste reichen.

Unglaublich, wie dreist dieser Baggerkönig wildfremde Menschen ansprach. Tom empfand so etwas wie Neid. In seiner Rolle als Reporter war es für ihn auch nie ein Problem, Kontakt zu Wildfremden aufzunehmen. Privat war er dagegen eher schüchtern, auch wenn ihm das niemand glaubte.

Jetzt fehlte ihnen nur noch ein entscheidender O-Ton: ein Bademeister, der Sinans Eroberungserfolge im Grugabad bestätigte. Tom schickte Lydia und Harry los, sie sollten noch ein paar Themenbilder drehen. Menschen im Wasser, beim Sonnen, so etwas.

Tom suchte die Kollegin vom Bällchensender. Er wusste, dass Charly eine gut ausgebildete Kamerafrau war und früher immer mit Redakteur gearbeitet hatte. Das waren noch Zeiten gewesen. Jetzt musste sie alles alleine machen: die Ausrüstung schleppen, drehen, die Fragen stellen. So war das eben: der Niedergang eines Berufsstandes. Vielleicht drohte ihm das ja auch noch.

Er fand Charly am Kiosk. Sie war ebenfalls fertig mit ihrem Dreh, trank noch schnell eine Cola. Mit Roberto, dem BILD-Fotografen. Schade, dachte Tom. Er sah, dass sie sich wieder ein T-Shirt übergezogen hatte.

Er nickte dem Knipser nur zu, wandte sich ohne Umschweife an die Kamerafrau. »Ich möchte dir ein unmoralisches Angebot machen«, kam er direkt zur Sache.

»Aber gern, Tom. Dafür bin ich immer empfänglich«, grinste sie und nuckelte lasziv an ihrer Colaflasche.

Er erklärte ihr, was er von ihr wollte. Als er ein paar Meter weg war, auf der Suche nach seinem Team, dachte Tom: Das könnte eigentlich der Beginn einer wunderbaren Freundschaft sein. Nur den Itschie müsste er noch irgendwie wegräumen. Wirkten ja sehr vertraut, die beiden.

»And when the end comes, I know: You are just a gigolo, life goes on without you …«, summte der Reporter vor sich hin. Als er sich noch einmal umdrehte, sah er, dass Roberto ihm hinterhergrinste.

16:00 Uhr

Sein Heimatstadtteil wirkte auch immer heruntergekommener, dachte Georg, als er wie jeden Dienstag durch die vertrauten Straßen und Schlaglöcher fuhr. Vor den Trinkhallen standen Männer mit Bierflaschen, sie sahen nicht aus, als ob sie gerade von der Arbeit gekommen wären. Sicher, die vielen Fahnen und Transparente an den Gebäuden brachten etwas Farbe ins Spiel. Doch auch die blauen und weißen Anstriche der Häuser, die es früher in so einer Zahl nicht gegeben hatte, übertünchten nur die bröckelnden Fassaden und die strukturellen Probleme, die sich dahinter versteckten. Wie beim Verein.

Wenn er ehrlich war, musste Georg zugeben, dass es hier auch nicht viel anders aussah als rund um den Dortmunder Borsigplatz. Aber was sollte man machen, vielleicht Bayernfan werden?

Je näher er seinem Haus kam, desto beklommener wurde ihm ums Herz. Am liebsten hätte er vor der Tür umgedreht, wie jeden Dienstag. Aber auch dieses Mal tat er das nicht. Er tröstete sich damit, dass es heute wenigstens ein konkretes Thema gab, über das sie sprechen konnten, und fragte sich, wie Gisela die Neuigkeit aufnehmen würde.

Zu Hause, er nannte es immer noch so, warteten bereits Stefan und Gisela auf ihn. In ihren Flipflops wirkte sie noch kleiner als ihre 1,67 Meter, dachte Schüppe spontan. Sie hatte Kuchen gebacken, wie jeden Dienstag. Die Pflaumen darauf kamen aus seinem Garten, von seinem Baum.

Nach der formellen Begrüßung durch seine Exfrau beugte Georg sich zu dem Rollstuhl hinunter, der neben Gisela stand. Stefan fiel ihm um den Hals. Er musste dem Opa zuerst sein neues Fußballalbum zeigen, in das er die Bilder fast genau in die dafür vorgesehenen Raster geklebt hatte. Die Köpfe der Bayernspieler hatte der Dreizehnjährige sorgfältig mit einem roten, die der Borussen mit einem schwarzen Edding durchgestrichen. Sofort machte der Junge sich daran, die Tütchen mit Nachschub aufzureißen, die Georg unterwegs an einem Kiosk besorgt hatte.

Er saß mit Gisela auf der Couch, lobte ihren Kuchen. Wie sie so dasaß, in ihrer Jeans und dem blassgelben Poloshirt, zwei Knöpfe am Kragen trotz der Hitze geschlossen, sendete sie keinerlei sexuelle Signale aus. Schüppe erwischte sich bei dem Gedanken, dass er seine Exfrau trotzdem immer noch sehr attraktiv fand. Oder gerade deswegen. Er hasste es, wenn Frauen über fünfzig sich wie Teenies kleideten. Und beweglich war sie auch noch, stellte er fest, als Gilla, wie er sie nannte, mit einer blitzschnellen Bewegung die Gabel auffing, die ihm wie zufällig vom Teller gerutscht war, als er sich ein neues Stück Kuchen nahm.

Gisela erzählte von Stefans Fortschritten in der Schule und den Schwierigkeiten mit der Inklusion. Sie bemühten sich beide, eine professionelle Distanz zu wahren und das Gespräch nicht zu persönlich werden zu lassen.

Während Stefan in seinem blau-weißen Kinderzimmer nebenan, die Tür stand offen, damit sie ihn im Blick behalten konnten, mit seinen Bildern beschäftigt war, kam Schüppe zur Sache. »Wir haben in einem Haus in Hombruch einen toten Einbrecher gefunden.«

»Das habe ich im Netz gelesen, bei uns stand es nicht einmal in der Zeitung. Warum erzählst du mir das?«, fragte seine Exfrau.

»Der Tote, es ist Merid. Kein Zweifel.«

Gisela schwieg.

Er versuchte, aus ihrem Gesicht eine Reaktion herauszulesen. Keine Erschütterung, auch keine Erleichterung, kein Triumph. Er fand nicht einmal einen Hinweis auf eine gewisse Überraschung, die er erwartet hatte, ob gespielt oder echt. Gisela sah ihn völlig regungslos an.

Nach einer Zeit nippte sie an ihrem Kaffee, sagte dann: »Erwartest du Trauer? Oder Freude? Ich habe dieses Kapitel in eine Box gepackt und sie dir mitgegeben. Zu treuen Händen, schon vergessen? Ich möchte nie mehr daran erinnert werden und nie mehr drüber reden.«

18:45 Uhr

Tom hatte schon nicht mehr mit Andreas gerechnet. Sie saßen im kopfsteingepflasterten Hof vor der Redaktion im Schatten. Es waren immer noch sechsundzwanzig Grad, hier am Waldrand aber gut zu ertragen. Nach dem hektischen Job im Freibad waren die drei Mitarbeiter von *Broadcast.tv* völlig platt. Aber der Stress hatte sich gelohnt. Lydia hatte ihnen zur Feier des Tages eine Pizza ausgegeben, auf ihren ersten Dreh. Sie aßen direkt aus den Pappschachteln. Lydia und Harry hatten sich ein Bier aufgemacht, Tom trank Kaffee. Auf dem Tisch lag der Umschlag mit der Rechnung, einer von ihnen würde den später noch einwerfen. Das *Magazin* hatte vier Minuten gebracht. Inklusive des O-Tons mit dem Bademeister, die Scheibe mit diesem Material hatte Tom zum großen Erstaunen seiner Mitarbeiter bei der Überspielung aus der Tasche gezaubert. Die Kollegen beim Sender waren begeistert, möglichst bald sollte er mit diesem Sinan G. mal etwas über dessen kriminelle Vergangenheit drehen. Tom war sich nicht sicher, ob allein sein Charme den Rapper aus dem Ruhrgebiet in Köln so gut ankommen ließ oder ob es dessen Satz mit der ›Hauptstadt der Schwulen‹ war. Den hatten sie natürlich reingeschnitten.

Während Harry und Tom noch darüber diskutierten, dass so ein Spruch im deutschen Fernsehen nur dann politisch korrekt war, wenn ein Migrant ihn aussprach – Lydia blieb bei dem Thema merkwürdig stumm –, kam Schneidengel in seinem blitzblanken silbernen Q7 auf den Hof gerollt. Tom wusste, dass der Kollege sehr stolz auf sein ›geländegängiges Fahrzeug‹ war, wie er es immer nannte. Auf dem Kennzeichen stand in der Mitte nur ein P. P wie Paul, Andreas' sechsjähriger Sohn.

Vom Beifahrersitz sprang der italienische Fotograf. »Isch habe überhaupt keine Freundin!«, rief er Tom theatralisch zu. Dabei hielt er die Arme nach oben, streckte ihnen die offenen Handflächen entgegen. Als alle lachten, legte er nach: »Isch gebe ihnen mein Ehrenwort, isch hatte keine sexuelle Beziehung mit dieser Frau!«

Harry und Lydia glaubten, Roberto meine die Redaktionsassistentin, mit der er direkt auf Italienisch parlierte. Er zeigte dabei auf Tom, der verstand nur das Wort ›Charly‹. Andreas feixte, der wusste wohl mehr. Harry verstand nur Bahnhof.

Tom hatte seine Pizza bereits vertilgt und ging mit dem Fotografen ins Haus. Oben am Schnittplatz legte er ihm das Standbild des Kinderschänders auf den Monitor, Roberto ließ seine *Canon* klackern.

Als er fertig war, sagte er in verschwörerischem Ton zu Tom: »Isch glaube, meine kleine Schwester findet disch ganz nett. Du solltest Charly mal zum Essen einladen. Isch kenne da eine Osteria, isch sage dir …«

»Charly ist deine Schwester?«, fragte Tom ungläubig. Warum wusste er das nicht? Viel Familienähnlichkeit gab es da aber nicht.

»Halbe Schwester. Selbe Mamma, andere Padri«, erklärte Roberto.

Tom zeigte nach draußen und legte seinen Finger auf die Lippen. Roberto nickte heftig bestätigend mit dem Kopf. Sowieso zu spät, dachte Tom. Wieder unten, warf Roberto beim Herausgehen einen Blick in die Redaktion und schüttelte den Kopf, als er den nackten Exweihnachtsbaum sah.

»Isse astreine Foto!«, teilte Roberto draußen Andreas mit, der sehr angeregt mit Lydia plauderte, und hob den Daumen. Er ging zum Auto, um das Bild vom Laptop aus zur Fotoredaktion der Zeitung zu überspielen.

»Gern geschehen. Jetzt komm du aber mal mit deinen Neuigkeiten rüber«, forderte Tom seinen BILD-Kollegen auf.

Andreas setzte sich in Positur, zelebrierte seinen Auftritt. »Also: Die Mutter des kleinen Mädchens hat ganz empört beim Dortmunder Lokalradio angerufen, als sie dort gehört hat, was die auf der Geheim-PK erzählt haben. Die Polizei hat ihre Tochter damals zunächst von einem männlichen Beamten verhören lassen und der hat sie als unglaubwürdig eingestuft. Als die Mutter eine Dienstaufsichtsbeschwerde abgeschickt hat, haben sie ihr einen Deal angeboten: Sie würden das Mädchen noch einmal von einer Psychologin befragen lassen, wenn die Mutter die Beschwerde zurücknimmt. Erst danach haben sie mit den Ermittlungen begonnen. Und die Auswertung der DNA hat nur so lange gedauert, weil die Dortmunder Polizei beim LKA keinen Dringlichkeitsvermerk hinterlegt hat.«

»Spricht die Mutter wohl vor der Kamera?«

»Keine Chance. Sie hat nicht einmal mit dem Radiosender on air gesprochen, nur mit dem Chefredakteur am Telefon. Die Nummer war angeblich unterdrückt. Die Radiofritzen haben mir auch nicht ihren Namen verraten, vielleicht wissen sie ihn selbst nicht. Die Familie will im Interesse ihrer Tochter komplett anonym bleiben.«

»Dann kann das aber jede x-beliebige Frau gewesen sein, die da angerufen hat«, wandte Tom ein.

»Theoretisch ja. Praktisch, mein lieber Freund, hat mir die Schreckschraube persönlich das aber genau so offiziell bestätigt. Das mit der DNA-Panne und das mit der Dienstaufsichtsbeschwerde. Wahrscheinlich, weil der schwarze Peter dann bei der Polizei liegt und sie ihre Hände in Unschuld waschen kann. Wir haben das morgen im Blatt. Aber nur regional. Obwohl, mit dem Foto des Täters … Da müsste ich die Bundesredaktion in Berlin noch mal anrufen.« Andreas tippte schon auf seinem Smartphone herum.

Tom runzelte die Stirn. Das hatte er jetzt davon. Die Kölner würden die Geschichte natürlich auch bei BILD sehen. Mehrmals hatte er sie dem *Magazin* angeboten. Morgen, wenn sie das mit der Mutter des Opfers läsen, würden sie die Story mit einem Interview der Frau wohl endlich haben wollen. Und er konnte nicht liefern, weil er nicht an die Familie herankam. Deshalb würde er auf jeden Fall noch einmal mit dem Radiosender sprechen, vielleicht ginge über die Kollegen ja doch etwas.

21:00 Uhr

Als die anderen weg waren, Harry hatte Lydia mitgenommen, schloss Tom die Fensterläden vor der Redaktion. Drinnen fühlte er sich wie in einem Backofen. Bis die Hitze durch diese dicken alten Mauern drang, dauerte es immer. Wenn sie aber einmal drin war, wollte sie auch nicht wieder raus.

Er fuhr seinen Rechner herunter und überlegte, dass Harry jetzt wahrscheinlich gerade an der ziemlich angeheiterten und immer noch euphorisierten Lydia herumbaggern würde. Da wird er wohl auf Granit beißen, dachte Tom schmunzelnd.

In dem Moment klingelte das Telefon. Seine Exfrau, sah er an der Nummer auf dem Display. Er überlegte, ob er sich jetzt noch den alles in allem erfolgreichen Tag versauen lassen sollte. Wahrscheinlich ging es sowieso wieder nur um Kohle. Vielleicht war aber auch was mit einem der Kinder.

Er drückte den Annahmeknopf. »Was willst du?«, fragte er barsch in den Hörer.

»Guten Abend, Tom, mir geht es auch gut, danke der Nachfrage. Ich will gar nichts. Kohle hast du ja scheinbar wieder keine. Jedenfalls nix überwiesen. Wie ich drei Kinder ernähren soll, scheint dir ja egal zu sein.«

»Was. Willst. Du?«

In theatralischem Tonfall fuhr Karin fort: »Ich wollte dich nur davon in Kenntnis setzen, dass einer deiner ältesten Freunde verstorben ist. Mit dem du in den letzten Jahren keinen Kontakt mehr gepflegt hast. Weil du ja mit deinem alten Leben komplett gebrochen hast!«

Diese Spitze musste wohl sein, auch bei einer Todesnachricht.

»Es geht um Frank Reinhardt. Er ist letzte Woche Donnerstag von einem Hochsitz gestürzt und in der Ruhr ertrunken.«

»Mhm.« Er hatte es sogar bei BILD als Meldung gesehen. *Tragischer Unglücksfall oder Mord: Sägten Tierschützer Hochstand an?* Nur ein Foto vom umgefallenen Hochsitz, darunter lag, nicht erkennbar, das Opfer. Und das war Frank gewesen?

»Mehr hast du dazu nicht zu sagen? Mal wieder typisch!«

»Mein Gott, ich bin natürlich überrascht, so aus heiterem Himmel. Wie ist es denn dazu gekommen?«

»Er wollte irgendwelche Vögel beobachten. Käuze, glaube ich. Naturschützer haben den Stand angesägt, weil sie dachten, er wäre für Jäger. Das Teil ist dann mit Frank zusammen in die Ruhr gekracht. Er ist mit dem Gesicht nach unten aufgekommen und ertrunken. In nur zwanzig Zentimeter tiefem Wasser. Wahrscheinlich war er bewusstlos.«

»Ja. Tragisch.«

»Ich hätte jetzt ein Wort des Bedauerns erwartet. Willst du wenigstens wissen, wann die Beerdigung ist?«

»Rede doch nicht so einen Stuss. Das wissen die doch selbst noch nicht. In solchen Fällen muss erst obduziert werden. Ich werde es ja dann in der Todesanzeige lesen. Wenn es eine gibt ...«

Nach dem Gespräch blieb er noch eine Weile an seinem Schreibtisch sitzen und dachte nach.

Sie hatten damals zusammen studiert, Frank hatte ihn zum ersten Mal nach Holland in das Haus seiner Eltern mitgenommen. So hatte Tom die Siedlung *De Rozenbottel* kennengelernt. Er wunderte sich immer, wie Frank Reinhardt mit seiner ausgeprägten Faulheit und seinem geringen Salär als Schreiberling ein Ferienhaus unterhalten konnte. Franks Vater war das genaue Gegenteil, immer emsig. Hatte sich die Kohle für die Hütte als einfacher Lkw-Fahrer vom Mund abgespart. Mit seinem Sohn konnte er nicht zufrieden sein, zeigte es aber nie. Während Tom rechtzeitig die Kurve gekratzt hatte, hatte Frank noch weiterstudiert, bis er mit sechsunddreißig Jahren endgültig durch das Examen gerasselt war und bei einem Anzeigenblatt als Redakteur anfing. Im Prinzip hatte er damit den gleichen Job wie Tom. Aber der Unterschied war der gleiche wie beim Taxifahren während des Studiums, mit dem sie beide ihre Finanzen aufgebessert hatten: Tom war immer auf Sieg gefahren, Frank nur auf Ankommen. Damit konnte man natürlich kein Geld verdienen. In seinem Ferienhaus war die Aufteilung klar geregelt: Frank residierte und widmete sich seinen Hobbys. Seine Frau erledigte alle anfallenden Arbeiten.

Und jetzt das. Mit seinen Vögeln hatte Frank es ja gehabt. Er hatte Tom mal in Callantsoog durch das Reservat geführt, das er regelmäßig besuchte. Mehr als eine Stunde lang waren sie durch eine Schlammlandschaft gelatscht. Zwischendurch musste er sich mit Frank in Unterständen aus Holz verstecken, von denen man seltene Vogelarten beim Brüten beobachten konnte, deren Namen Tom im selben Moment vergaß, in dem Frank sie ihm nannte. Er hatte lieber durch die Beobachtungsluken Abschusswinkel berechnet und mit einem imaginären Jagdgewehr abgedrückt. Damit hatte er Frank dann so genervt, dass der ihn nie wieder mit dorthin genommen hatte.

Dass Frank jetzt ausgerechnet bei der Ausübung seines Hobbys sterben musste, war einerseits natürlich tragisch. Andererseits war es aber besser, mit Mitte fünfzig vom Hochstand zu fallen und dann war Feierabend, als mit achtzig langsam und schmerzhaft an Krebs zu krepieren. So sah Tom das jedenfalls.

Kapitel 3

12:15 Uhr

Eigentlich ist das Schild doch eindeutig, dachte Julia. Privatweg, Durchfahrt verboten, Sackgasse. Was sollte man denn sonst noch daraufschreiben?

Sie stand im Badezimmer und lächelte sich an. Neben ihr lag ein traditionelles österreichisches Dirndl, das sie gerade zum Kirchgang getragen hatte.

Ihr Gesicht im Spiegel wirkte immer noch faltenlos und glatt. Würde es immer sein, immer. Auch ihr Körper konnte sich noch sehen lassen. Sie gehörte definitiv nicht zu der Gruppe von Mittvierzigerinnen, die sich damit abfanden, für Männer plötzlich unsichtbar zu werden. Gegen ein Verschwinden in diesem Schattenreich hatte sie den Fitnessraum im Keller und Dr. Fatemi in Düsseldorf. Bei gelegentlichem Herrenbesuch dimmte sie das Licht leicht, im Winter schmeichelte ihr der Schein des Kaminfeuers.

Rangiergeräusche eines Autos auf dem Platz vor dem Haus rissen sie aus ihren Gedanken. Immer wieder verfuhren sich Leute hierher, die eigentlich hoch zur Alm wollten. Sagten sie jedenfalls. Julia hatte den Verdacht, dass das ein Vorwand war, um sich den prächtigen ehemaligen Bauernhof mit den leuchtend roten Geranien auf den umlaufenden Balkonen von Nahem anzusehen. Sie streifte sich ein gerade geschnittenes Cocktailkleid über und ging zur Tür, um nachzusehen.

Im Hof stand ein weißer BMW X5 mit stark getönten Scheiben und niederländischem Kennzeichen, hier nichts Ungewöhnliches. Ungewöhnlich war nur der Mann, der neben dem alten Weinfass stand, in dem sie das Regenwasser aus den Dachrinnen auffingen. Mit dem Spaten, der immer neben der Haustür stand, rührte er ununterbrochen in dem Fass herum. Neben ihm lagen eine leere Plastiktüte, wie sie für Streusalz verwendet werden, und ein alter grüner Armeebrotbeutel.

»Das ist hier Privatbesitz«, rief Julia von der Haustür aus. »Was machen Sie denn da überhaupt?«

Ungefähr in ihrem Alter, schätzte sie, muskulös und nicht ganz schlecht aussehend. Vielleicht ihr Sonntagsbraten?

Der Mann lächelte sie an, ohne etwas zu sagen. Er nahm jetzt den Spaten aus dem randvoll mit Wasser gefüllten Fass und holte etwas aus dem alten Brotbeutel. Ein Foto anscheinend, das er ihr immer noch wortlos lächelnd entgegenhielt.

Auf diese Distanz konnte Julia das Motiv nicht erkennen. Sie war unsicher. Sollte sie jetzt die Gendarmerie rufen oder sich diesem seltsamen Kerl nähern? Ihre Neugierde überwog. Wer weiß, was sich daraus entwickeln könnte …

Sie ging zögernd auf den Mann zu. Als sie genau zwischen ihm und dem Weinfass stand, den Kopf leicht vorgestreckt, um sich das Bild anzusehen, ließ der Mann das Foto und den Spaten fallen, packte sie an den Armen, drehte sie mit einer blitzschnellen Bewegung herum und drückte ihren Kopf mit der Grace-Kelly-Frisur in das Fass.

Julia war überrascht, schluckte sofort Wasser. Es schmeckte stark salzig, fast wie Meerwasser. In Panik versuchte sie, den Kopf aus dem Fass zu heben.

Als der Mann seinen Griff endlich kurz lockerte, sie prustend nach Luft schnappte, konnte sie das Bild auf dem Boden betrachten.

Lang genug, um die Personen zu erkennen. Und den Hintergrund. Und um zu verstehen.

Dann drückte er ihren Kopf mit einer Hand wieder unter Wasser. Als Julia strampelnd den Boden unter den Füßen verlor, ihre Beine im verzweifelten Bemühen, irgendwo Halt zu finden, um seine Hüften schlang, hielt er mit der anderen Hand ihr rechtes Bein in dieser Position fest. Das Cocktailkleid hatte sich nach oben geschoben, man konnte die Muskeln ihrer Pobacken arbeiten sehen, die durch den String des Tangas geteilt wurden.

War das jetzt der Musculus gluteus maximus oder medius, überlegte der Peiniger von Julia Schulfeld, der nach seiner Bundeswehrzeit eigentlich hatte Medizin studieren wollen. Er erwog kurz, die Frau vor ihm noch einmal Luft holen zu lassen, ihren Todeskampf so zu verlängern und eine zusätzliche Strafe hinzuzufügen, wie sie bei Milizen zur Demoralisierung der gegnerischen Bevölkerung üblich war. Um damit eine ganze Ladung DNA hinterlassen, tadelte er sich und verwarf den Gedanken.

Die Frau vor ihm hatte jetzt auch bereits aufgehört zu zappeln. Er löste sich von ihr, ließ sie zu Boden gleiten und begann mit seinen Nachbereitungen, wie er es für sich nannte. Als er fertig war, warf er noch einen Blick auf das Panorama, das man von hier aus hatte. In der Ferne sah er Paraglider durch die Luft schweben. Aus der Vogelperspektive mussten sie einen ebenso herrlichen Blick auf Kössen und den Kaiserwinkel haben wie er von hier aus.

Mittwoch, 28. Juli
07:35 Uhr

Was hat der Spaten denn jetzt wohl wieder ausgegraben, dachte Kroko und bekam automatisch ein schlechtes Gewissen. Ihm fiel zwar nichts ein, was er falsch gemacht haben könnte. Aber wenn sein Chef morgens vor ihm im Büro war, bedeutete das in der Regel nichts Gutes. Kroko füllte sich reichlich Milch und zwei Stücke Zucker in den Kaffee und nahm ebenfalls Platz.

Statt ihn zu begrüßen, las Schüppe laut aus der BILD vor: *»Bandenkrieg im Neonazimilieu? – Die Dortmunder Polizei hat noch keine Spur von dem mutmaßlichen Neonazi, der in einem Reihenhaus in Hombruch den albanischen Einbrecher*

Merid B. ermordet haben soll. B. soll der UCK angehört haben. Diese faschistische Miliz hat in den Balkankriegen der Neunzigerjahre eine Vielzahl von Gräueltaten begangen. Die rechtsradikale Gruppierung ist immer noch aktiv, treibt auch in Deutschland Schutzgelder für ihre Sache ein. Nach Informationen von BILD ist der Täter in einem schwarzen BMW X5 mit niederländischem Kennzeichen auf der Flucht, der zur Tatzeit vor dem Hombrucher Reihenhaus geparkt war. Handelt es sich bei dem Mord um einen Bandenkrieg um die Vorherrschaft im europäischen rechtsradikalen Milieu?« Schüppe ließ die Zeitung sinken und sah Kroko ernst an. »So, mein lieber Freund, dann erzähl mal.«

»Was denn? Von mir hat der das nicht«, antwortete der Oberkommissar gereizt.

Jetzt explodierte der Chefermittler förmlich. »Meinst du eigentlich, ich hätte mit dem Kopf zu nah an der Heizung geschlafen? Das mit dem UCK-Tattoo wissen nur wir beide, davon steht nichts im Obduktionsbericht, das habe ich auch der Pressestelle nicht gesagt. Kroko, ich sage dir eins: So etwas kann unsere Ermittlungsarbeit behindern! Wenn das mit der Verbrüderung mit der Presse nicht aufhört, bist du die längste Zeit mein Stellvertreter gewesen. Dann kannst du dir die Kommissariatsleitung abschminken.«

So hatte er seinen Chef noch nie erlebt. Kroko hatte den Kopf eingezogen und starrte auf seinen Schreibtisch.

Wie ein trotziges Kind, dachte Schüppe. Der sah es nicht ein. »Und was ist mit diesem X5? Haben die sich das ausgedacht oder haben die ihre Arbeit vor Ort besser gemacht als wir? Hatte ich dir nicht gesagt, du sollst nicht nur die jungen Mütter befragen?«

»Von dem X5 weiß ich nichts. Über den hat mir keiner der Anwohner etwas erzählt.«

»Du fährst da jetzt sofort noch mal hin und fragst gezielt wegen des Autos nach. Mensch, wie peinlich! Die Polizei ermittelt der Presse hinterher. Hau jetzt ab, ich will dich hier vorläufig nicht mehr sehen!«, fauchte Schüppe und wandte sich wieder der Zeitung zu.

09:15 Uhr

Auf der Lokalseite stand das Neueste vom Missbrauch, mit einem *Foto: Roberto di Stefano* des Täters. Natürlich hatte Früh-CvD Markus deshalb bereits um acht angerufen. Die Versäumnisse von Polizei und Staatsanwaltschaft in dem Fall interessierten ihn nicht die Bohne, er wollte das Schicksal. Die Mutter, die für ihre geschändete Tochter kämpft. Tom hatte auch schon mit dem Chefredakteur des Lokalradios gesprochen, dessen Leute schienen wirklich keinen Kontakt zur Familie des Mädchens zu haben.

Bei dem Fall mit dem Mord im Reihenhaus war Schneidengel jetzt umgeschwenkt. Da der Tote nun doch kein Rom war, hatte er sich einen Machtkampf unter europäischen Neonazis zusammenfantasiert und den X5 ins Spiel gebracht. Irgendwie musste die Zeitung ja gefüllt werden.

Tom überlegte, ob er Andreas wegen Frank Reinhardt anrufen sollte. Aber wenn er in dem Fall mit dem Sturz vom Hochsitz mittlerweile mehr hätte, hätte er das garantiert geschrieben.

Er sah sich das Foto dazu in der Zeitung von gestern noch einmal genau an.

Merkwürdig.

Er beschloss, mit der Essener Kripo zu sprechen. Wen kannte er da? Er sah den Speicher seines Telefons durch, wählte dann die Nummer von Klaus Mangelowski.

»Ach, Herr Balzack, von Ihnen habe ich ja lange nichts gehört! Jagen Sie immer noch den Crime-Geschichten nach, in Ihrem Alter?«

Sehr witzig. Freundlich bleiben. »Manche Dinge ändern sich eben nie, Herr Mangelowski. Ich rufe wegen des Toten vom Hochsitz an, gibt es da etwas Neues?«

Mangelowski lachte. »Was wissen Sie denn? Geht es um die Auffindesituation?«

»Ich weiß nur, was in Ihrer Meldung und bei BILD stand. Wie haben Sie ihn denn aufgefunden?«

»Da gibt es zwei Besonderheiten, die wir aber nicht in der Öffentlichkeit haben wollen.«

»Dann lassen Sie mich mal raten: Auf dem Zeitungsfoto habe ich gesehen, dass der Tote nicht zwischen, sondern unter den Holztrümmern lag. Sieht fast so aus, als ob der Turm auf ihn gefallen ist und nicht er zusammen mit dem Turm.«

»Genau. Das muss nichts zu bedeuten haben, aber das gehört zum Täterwissen. In der Geschichte ist über ›Körperverletzung mit Todesfolge‹ bis ›Mord‹ noch alles drin, weil das Opfer arg- und wehrlos war. Deshalb wollen wir den Ablauf von dem oder denen geschildert bekommen, die die Balken angesägt haben. Nicht dass die sich damit herausreden, sie wüssten das aus den Medien. Also bitte nicht veröffentlichen.«

»Und die andere Sache?«

»Die sage ich Ihnen nicht, aus Pietätsgründen. Spielt für den Fall auch keine Rolle.«

»Jetzt lassen Sie mich doch nicht dumm sterben! Bleibt doch unter uns.«

Mangelowski lachte wieder. »Ich weiß, wie hartnäckig Sie sein können. Aber der Mann ist Opfer und es tut nichts zur Sache. Deshalb dieses Mal: keine Chance. Aber wenn wir mehr zu den Tätern haben, wahrscheinlich so irregeleitete Naturschützer, halte ich Sie auf dem Laufenden, versprochen.«

Tom bedankte sich und beendete das Gespräch. Er sah auf seinen Tannenbaum, dessen Geheimnis er schließlich auch nicht preisgab, und fragte sich selbst, ob er in seinem Job wohl nicht mehr so heiß war wie früher.

Früher hätte er in dieser Situation so lange weiter insistiert, bis der Polizist durch eine unbedachte Bemerkung mehr verraten hätte. Oder er hätte jemand anders angerufen in der Behörde. Zur Not auch in der Rechtsmedizin oder beim Bestatter. Aus reinem Jagdtrieb hätte er das getan. Nicht unbedingt, um es zu schreiben oder zu senden. Denn Tom sah den Unterschied zwischen Tätern und Opfern sehr wohl. Wenn er bei einer Sache jemanden als Täter identifiziert hatte, war er dafür bekannt, wenig Gnade walten zu lassen. Denen ging er auch gern mit laufender Kamera auf den Sack, hatte schon oft Bedrohungen, manchmal auch Angriffe gegen sich selbst oder den Kameramann erlebt. Bei der Opferseite hatte er da Schwierigkeiten. Wenn es keinen wirklichen Grund gab, sie im TV sprechen zu lassen, ließ er die Leute lieber in Ruhe. Aber bei der Mutter des Missbrauchsopfers zum Beispiel, da gab es einen Grund, mit ihr Kontakt aufzunehmen: um die Lügereien und das Versagen der Behörden aufzudecken.

Doch bei Frank Reinhardt, dessen Familie er auch noch kannte? Die trauernde Ehefrau des Naturliebhabers, der wegen Naturschützern gestorben war, vor der Kamera heulen zu lassen, um eine Geschichte zu emotionalisieren? Obwohl sie inhaltlich nichts Erhellendes beitragen konnte?

Tom seufzte. Ihm war schon klar, dass ihm wegen seiner Skrupel viele Geschichten und damit viel Geld durch die Lappen ging. Denn auch wenn es keinen Grund gab – ein Vorwand, sich an Angehörige heranzumachen, fand sich immer.

Andererseits, tröstete er sich, war er vielleicht auch wegen dieser Geradlinigkeit nach all den Jahren noch im Geschäft. Fragte sich nur, wie lange noch. Aber was nutzte die ganze Grübelei. In diese Geschichte würde er jedenfalls erst einsteigen, wenn es etwas zu den Tätern gab, beschloss er. Punkt.

14:00 Uhr

»Chef, sensationelle Neuigkeiten!« Aufgeregt kam Kroko in das kleine Büro gestürmt, fuchtelte mit einigen Din-A4-Blättern herum.

»Über den X5?«

»Leider nicht. Der Rentner, den sie bei BILD zitiert haben, war nicht da. Seit gestern im Urlaub. Mit dem Autoreisezug nach Schweden, hat eine Nachbarin gesagt. Der ist der Wagen aber nicht aufgefallen.«

»Ich gehe davon aus, dass das wieder eine deiner einfühlsamen, tiefer gehenden Befragungen war?«, fragte Schüppe und es klang nicht lustig.

Kroko wurde rot und wechselte das Thema. »Ich hatte gerade einen Anruf von dem Kollegen Mayrhuber in Salzburg, der heißt wirklich so. Sie hatten in Kössen an der Grenze zu Deutschland ein Tötungsdelikt. Da wurde in die wohl ziemlich fette Ferienvilla eines Transportunternehmers aus Oberhausen eingebrochen. Seine Frau war allein dort übers Wochenende. Der oder die Täter haben wohl versucht, durch Waterboarding in einer Regentonne die Kombination für den Safe zu erpressen. Offensichtlich haben sie es übertrieben und die Frau ist dabei ertrunken. Also, so reimen es sich die österreichischen Kollegen aufgrund der Spurenlage jedenfalls zusammen.«

»Das ist ja schön, aber was haben wir damit zu tun? Irgendwelche Verbindungen zu Dortmund?«

»In der Tat!« Kroko war ganz aus dem Häuschen. »Sie haben Fingerabdrücke gesichert, über Interpol abgefragt. Sie waren von Berisha.«

»Pffffff …«

»Und es kommt noch besser, also, schlimmer: Die Frau war schon einige Tage tot. Aber nicht länger als zweiundsiebzig Stunden, also irgendwann am Sonntag. Nach dem Hochamt, in der Kirche wurde sie noch gesehen. Sie starb also definitiv nach dem Tod von Berisha.«

Schüppe schien nicht ansatzweise so überrascht von dieser Geschichte zu sein wie Kroko: »Das war ja zu befürchten. Oder was glaubst du, warum man dem den Finger abgesägt hat?«

Kroko brauchte eine Denkpause. Enttäuscht über die abgeklärte Reaktion seines Chefs wandte er sich dem Kaffeeautomaten zu. Ab und zu würde er den Spaten gern mal ratlos erleben.

Schüppe stöhnte kurz auf und fasste sich ans Bein.

»Wieder das Knie?«, kam es prompt von Kroko, sehr besorgt.

»Das auch.« Doch viel mehr Sorge machte ihm, dass er die Deutungshoheit über diese Geschichte zu verlieren begann.

16:00 Uhr

»Ich höre.«

»Du weißt doch, dass ich überall in den Behörden Kontakte habe …«

»Ja, du Angeber.« Tom verdrehte die Augen. Schneidengel und seine Kontakte …

»… und der Wind hat mir ein Lied erzählt: Der tote Albaner, ist ja jetzt leider doch kein Ziggi, hat in Österreich eine deutsche Unternehmerin umgebracht. Aus Oberhausen.«

»Wie, beim Bergsteigen, oder was? Wann denn, habe ich noch gar nichts von gehört.«

»Bei mir gibt es ja auch nur ganz frische Ware. Haben sie gestern in ihrem Ferienhaus gefunden, beim Waterboarding ersäuft. Dieser Berisha, so heißt der, hat versucht, ihr die Safekombination zu entlocken. Dann hat er sie wohl etwas zu lange unter Wasser gedrückt, bevor sie ihm was sagen konnte. Shit happens. Aber weißt du, was der eigentliche Knaller ist? Die Frau ist definitiv frühestens Sonntagmittag gestorben.«

»Kann ja nicht sein. Ein Toter hat gemordet?«

»Geile Zeile, Alter! Muss ich mir merken. Habe ich natürlich auch gefragt, ob der vielleicht früher mal dort war und die Spuren alt waren. Aber die Österreicher sagen, alles frisch, ganz sicher. Ungefähr dreihundert Kirchenbesucher sind sich ebenfalls sicher, Julia morgens um zehn noch in der Messe gesehen zu haben. Ein Bergwanderer hat mittags einen weißen Geländewagen von ihrem Haus wegfahren sehen.«

»Verstehe ich nicht. Wo ist das denn überhaupt passiert, war da viel zu holen?«

»Zuständig ist die Polizei in Salzburg. Das Haus steht aber in Kössen, an der deutschen Grenze bei Reit im Winkel.«

In Tom regte sich ein Verdacht. Das konnte doch nicht sein …

»Nä, ne? Jetzt sag mir mal ganz schnell, wie die Leute heißen und was die für ein Unternehmen haben!«

»Den Namen darf ich dir nicht sagen, musst du selber telefonieren. Eine Transportfirma mit Sitz in Oberhausen, ziemlich groß, schon in zweiter Generation. Die müssen richtig Kohle haben, hat mir der Ermittler in Salzburg erzählt. Auf dem Kaminsims des Bauernhauses stand ein Foto vom Mann der Toten. Neben einem roten Mercedes-Flügeltürer mit seinen Initialen auf dem Kennzeichen. Vor einer Flotte von grünen Baubrummis. Der AMG wird erst seit einem Jahr gebaut und kostet über zweihunderttausend Euro. Ohne Extras.«

»Woher weißt du denn das schon wieder?«

»Von Kriminalrat Alois Mayrhuber in Salzburg persönlich. Den kenne ich gut.«

»Ah, pflegst du jetzt weltweit Kontakte?«

»Tja, mein Lieber, da muss man auch was für tun. Als ich letzten Sommer mit meiner Familie in Österreich im Urlaub war, habe ich Herrn Mayrhuber in Salzburg besucht und mich mal vorgestellt. Wir hatten ein sehr nettes Gespräch in seiner Dienststelle und waren abends noch einen Heurigen trinken.«

»Wie, du bist da in deinem Urlaub einfach reingelatscht?«

»Quatsch, ich habe natürlich vorher angerufen.«

»Wie kommt man in seinem Urlaub auf so eine Idee?«

»Weißt du, wie viele Deutsche jährlich bei Ski- und Bergunfällen zu Schaden kommen? Da kann es sehr von Vorteil sein, jemanden an der Quelle zu haben, der einem gelegentlich mit Personaldaten aushilft. Tja, und jetzt hat es sich sogar für einen Mord ausgezahlt. Kontakte sind eben alles. Wie gesagt, solltest du auch mal machen.«

»Okay, ich werde deinen Rat beherzigen. Aber jetzt muss ich mich erst mal um die Angehörigen von Jutta Schulfeld kümmern.«

Als Tom das Telefon in die Ladestation stellte, hörte er noch ein »Woher zum Teufel … Namen?«. Der Zeitungsredakteur hatte in Großbuchstaben gesprochen.

Das war nicht schwer gewesen, leider. Von dem Mercedes SLS AMG Final Edition waren weltweit nur dreihundertfünfzig Exemplare gebaut worden. Die meisten waren nie für den Straßenverkehr zugelassen worden und standen jungfräulich in Sammlergaragen. Auf der Straße sah man ein solches Auto fast nie. Wenn doch, saß fast immer Hermann Schulfeld am Steuer, jedenfalls im Ruhrgebiet. Er war der Einzige, der hier mit einem solchen Auto täglich herumfuhr, sogar zum Brötchenholen. Tom hatte ihn mal gefragt, ob er nicht Angst habe, damit Gangster anzulocken. »Um die anzulocken, brauche ich dieses Auto nicht. Die waren schon da«, hatte der hemdsärmelige Unternehmer beim Bier geprahlt. Und dass er mit seinem Schwarzgeld ja irgendwo hinmüsse. »Was glaubst du, wovon mein Vater das Haus im *Rozenbottel* bezahlt hat? Und wie das die anderen Unternehmer gemacht haben, die sich in den Sechzigern für die Familie ein Ferienhaus zugelegt haben, mal eben so? Und warum wohl lieber in Holland statt im Sauerland?«

In Gedanken an seine Hypothek, die er bei der *Rabobank* abstotterte, hatte Tom ungläubig gefragt: »Das war alles Schwarzkohle?«

»Ja klar. Was meinst du denn, warum hier nur selbstständige Handwerker, Kaufleute und Unternehmer wohnen?

Grenzüberschreitende Steuerfahndung, das gab es damals doch nur auf dem Papier. Wenn du hier einmal schreist: ›Schwarzgeld austreten!‹, dann brechen die Hütten zusammen.«

Tom hatte nur den Kopf geschüttelt und sich über seine Naivität geärgert.

Hermann hatte ihn förmlich ausgelacht: »Ja, Junge, man muss nur zur richtigen Zeit den Finger im richtigen Loch haben!«

Oder den Giftmüll im richtigen Loch verbuddeln, hatte Tom gedacht.In dieser Nacht hatte er erkannt, dass er es auf legale Art heutzutage möglicherweise zu etwas Wohlstand, aber nie zu richtigem Reichtum bringen würde. Im neuen Jahrtausend musste er dann schmerzlich lernen, dass an dieser Erkenntnis schon der erste Teil falsch war, der mit dem Wohlstand.

Dass es jetzt aber Julia erwischt hatte, die zurückgezogen in Österreich gelebt hatte, und nicht Hermann mit seinem offensiven Lebensstil, war schon tragisch. Tom kannte sie nur flüchtig, dieses ganze Chichi mit ihrer eigenen Make-up-Linie und das Namedropping bekannter Persönlichkeiten ihres Freundeskreises, teurer Boutiquen und exklusiver Events war nicht seine Welt. Sie hatte sich nie offiziell von Hermann getrennt, was sollten auch die Leute denken … Dass sie aber den größten Teil des Jahres im anderen Ferienhaus der Familie in Tirol verbrachte, schon seit Jahren, war kein Geheimnis. Und im *Rozenbottel* sah man die beiden auch nie gleichzeitig, da machten sie grundsätzlich getrennt Urlaub.

Sollte er jetzt Hermann anrufen und den trauernden Witwer interviewen? Außer in dieser einen Nacht bei Henk, dem Wirt ihrer Strandbar in Holland, hatte er nie näheren Kontakt zu ihm gehabt. Für einen privaten Anruf standen sie sich nicht nahe genug. Wenn er als Reporter anriefe, würde Hermann nichts sagen vor der Kamera, da war Tom sich sicher. Schon gar nicht über die Hintergründe, falls es welche gab.

Das war jetzt bereits der zweite Todesfall von Menschen, die er aus dem *Rozenbottel* kannte. Innerhalb weniger Tage. Menschen, die auch noch miteinander zu tun hatten. Tom wusste, dass der Vater von Frank für Hermanns Vater als Lkw-Fahrer gearbeitet hatte. Frank, Hermann und dieser dicke Lehrer aus Wanne-Eickel, Peter hieß der, waren als Jugendliche im *Rozenbottel* unzertrennlich gewesen. Irgendwann hatte Frank sich mit den beiden verkracht, warum, hatte er nie erzählt. Aber Sinn machte das Ganze nicht wirklich. Franks Tod war ja auch mehr oder weniger ein Unfall. Könnte man höchstens Tierschützern die Schuld für geben.

Und dann die Geschichte mit dem Albaner. Wenn das stimmte, was die Österreicher herausgefunden haben wollten, musste doch jemand dessen Spuren dort gelegt haben. Ob der Mann auf dem Foto von Krohl, der in der Nordstadt nach diesem Merid gesucht hatte, etwas mit der Sache zu tun hatte?

Aber das ganze Grübeln nützte ja nichts. Er würde mal Schüppe anrufen, vielleicht ließe sich dem etwas entlocken.

16:20 Uhr

Er hasste es, wenn diese Reporter sich direkt an ihn wandten, statt ihre Anfragen über die Pressestelle zu stellen. Daraus, dass er als Kommissariatsleiter des KK 11 das Recht hatte, direkt mit Journalisten zu sprechen, leiteten diese Windhunde immer eine entsprechende Pflicht ab. Und er bekam dann Ärger mit denen von der Pressestelle. Die wussten ja, dass er den Journalisten von aktuellen Fällen noch weniger erzählte als ihnen. Aber die Kollegen mussten natürlich auch ihre Existenzberechtigung nachweisen. Deshalb ließ er bei Gesprächen von außen meist Kroko die Anrufe annehmen. Seine private Handynummer hatte deshalb keiner von denen.

Fast keiner. Dieser schon.

»Was willst du, Nervensäge? So kurz vor Feierabend? Bei Geschwindigkeitsübertretungen kann ich nix machen, die Zeiten sind vorbei.«

»Hast du gehört, dass die Dortmunder demnächst ihre Straßenschilder umlackieren müssen?«

»Was hat das mit dem KK 11 zu tun?«

»Dann haben sie zum dritten Mal hintereinander ein Derby verloren und müssen statt ›Double-Stadt‹ ›Triple-Stadt‹ draufschreiben.«

Na ja. Ging so, fand Schüppe. »Und deswegen rufst du an?«

Der Reporter wurde plötzlich ernst. »Wir müssen uns treffen. Heute.«

»Du spinnst ja. Um über Fußball zu reden? Ich habe zu tun!«

»Nein, es ist sehr ernst. Aber nichts fürs Telefon. Komm bitte wirklich dringend um siebzehn Uhr ins *David's*, das ist die ehemalige *Bier Uni* an der Baroper Straße. Man kann da auch draußen sitzen und rauchen.«

»Wenn es denn der Aufklärung dient … Ich habe sowieso noch nichts gegessen. Also, bis gleich. Aber sei pünktlich!«

17:00 Uhr

Der ›Biergarten‹ bestand aus einer Kiesfläche, auf der die üblichen Bistromöbel verteilt standen. In großzügigem Abstand voneinander, das gefiel ihm. So würde er sein Bein bequem ausstrecken können. Da musste man auch nicht flüstern, was andere nicht hören sollten. Um diese Uhrzeit war noch nicht viel los, aber der Reporter hatte trotzdem den hintersten Tisch ausgesucht. Wenigstens pünktlich. Und mit Kaffee, sehr löblich. Natürlich hatte er wieder einen seiner stinkenden Zigarillos an, aber hier an der frischen Luft …

Schüppe nahm Platz und bestellte eine Apfelschorle, trank den ersten Schluck zu einer *Voltaren.* Kein Alkohol vor acht.

Während er in die Speisekarte blickte, fragte er: »Was gibt es denn so Wichtiges?«

»Der Andreas hat mir erzählt, euer ermordeter Einbrecher hätte in Österreich selbst eine Frau umgelegt.«

Verdammt. Schüppe stöhnte kurz auf. Andreas Schneidengel. Auch so eine Nervensäge, die an seinem Arsch klebte wie ein Furunkel und ihm permanent auf den Geist ging. Je nach Bedarf ›Schreib-Engel‹ oder ›Schrei-Bengel‹ gerufen. Dass Kroko nicht die Schnauze halten konnte. Trotz der eindeutigen Ansprache heute Morgen hatte der wohl wieder geplaudert. Krokowski war mit dem Kerl von BILD befreundet, sie hatten sich auf einem Seminar über den Umgang von Polizisten mit der Presse kennengelernt, das ausgerechnet dieser ›Schrei-Bengel‹ gehalten hatte.

»Und deshalb musste ich jetzt hierherkommen, um dir das zu bestätigen?«

»Komm, hör doch auf. Natürlich kenne ich auch den Rest. Hast du schon Hinweise auf den eigentlichen Täter? Oder den X5?«

Schüppe setzte sein schönstes Pokerface auf. »Was weißt du über den X5?«

»Du offensichtlich nichts. Da hat der Spaten wohl nicht tief genug gegraben.«

»Was willst du?«

Balzack zündete einen Zigarillo an, bevor er antwortete. »Ich kann mir bestimmte Zusammenhänge noch nicht zusammenreimen. Da hängt aber vielleicht mehr dran, als du ahnst und dir lieb ist.«

Wie wahr. Wenn du wüsstest …, dachte Schüppe. Dabei verzog er keine Miene und hörte unbewegt zu.

»Wäre ich noch bei BILD, könnte ich das zusammenspekulieren und schreiben. Dich sogar als ›wie uns ein Kommissar bestätigte‹ zitieren, ohne deinen Namen zu nennen. Leider mache ich Fernsehen. Da brauche ich einen vor der Kamera.«

»Ausgeschlossen!«

»Ruhig, Brauner. Es geht mir nicht um die schnelle Nummer. Wenn ich dir jetzt wesentliche Fakten nenne und ein Foto des möglichen Täters zeige, versprichst du mir dann, dass du oder jemand anders aus eurem Verein mir am Ende den Fall exklusiv in die Kamera erzählt?«

Schüppe zögerte. Er dachte an den Druck, den der Präsident in diesem Fall machte. Sein oberster Chef hatte ja offensichtlich kein Problem damit, einzelne Journalisten zu bevorzugen, hatte man ja bei dieser Geheim-PK gesehen. Schüppe könnte sein Vorgehen sogar begründen, wenn Balzack wirklich Informationen haben sollte, die sie entscheidend weiterbrachten bei der Lösung des Falles. Und er brauchte nicht selbst vor die Kamera, dafür hatte er schon jemanden im Auge, der das sicherlich gern machen würde.

»Aber nicht dein Krokowski!«, fügte Tom hinzu, als ob er Schüppes Gedanken gelesen hätte. »Der sieht mir zu unseriös aus. Bei dem denken die Zuschauer gleich, das wäre Atze Schröder auf Speed, und glauben die Geschichte nicht.«

Schade. Schüppe nickte trotzdem widerwillig. In seiner Behörde würde sich schon jemand finden lassen, der sich gern mit fremden Federn schmückte.

Balzack begann zu erzählen.

Harry Fitz hatte den Eindruck, dass der Spaten ziemlich erschrocken reagierte, als Tom ihm das Foto zeigte. Aber auf diese Entfernung, mit Verdoppler, durch den Schwarz-Weiß-Sucher, konnte er sich auch geirrt haben. Was sie sagten, konnte er sowieso nicht verstehen, sein Redakteur hatte bewusst auf das Funkansteckmikrofon verzichtet. Jetzt hatten sie zwar Bilder, aber nicht den Ton mit den Aussagen des Kommissars. In letzter Konsequenz war Tom einfach nicht hart genug und viel zu anständig. Das sagte er ihm immer wieder.

In diesem Moment tippte ihm jemand mit einem Finger auf die Schulter. Harry zuckte erschrocken zusammen und verwackelte ausgerechnet das Bild, als Schüppe gerade aufstand und sich verabschiedete. Das hätte er gern als Antexter gehabt.

Er drehte sich zur Seite und zischte: »Mensch!«

»Na, Herr Kollege, was drehen wir denn hier heimlich?«, fragte die rothaarige VJane und versuchte dabei, auf das seitliche Display seiner Kamera zu schielen. Harry schaltete die Mühle ab.

»Schönes Teil, Harry, hätte ich auch gern«, sagte sie mit sehnsüchtigem Blick.

»Ich vermute, du meinst die Kamera«, antwortete Harry anzüglich. »Kannst du die denn überhaupt tragen? Die wiegt nämlich mindestens doppelt so viel wie eure semiprofessionellen Plastikdinger.«

»Ich habe schon mit alten Betamühlen gedreht, die waren fünf Kilo schwerer als dein Digitalteil, Freundchen. Da hast du noch nach dem Nachtgebet krampfhaft versucht, die Hände über der Bettdecke zu halten«, konterte die Kamerafrau.

Stimmt, dachte Harry, diese Charly war bestimmt zehn bis fünfzehn Jahre älter als er. Das vergaß man bei der leicht. »Was willst du hier denn überhaupt?«

»Ich bin mit deinem Chef verabredet.«

»Beruflich?«, entfuhr es Harry.

Sie schüttelte ihre Löwenmähne und lachte ironisch. »Ach, hast du etwa Angst um deinen Job? Ich würde mal sagen, halbe-halbe: Er hat mich zum Essen eingeladen, als Bezahlung für gewisse Tätigkeiten. Beruflicher Natur, du Idiot! War aber eine Ausnahme, ich passe doch besser zum Bällchensender. Also keine Sorge. «

Der O-Ton mit dem Bademeister! Sie hatte den also für Tom geführt.

Erleichtert sah er ihr nach, wie sie in ihrem kerzengeraden Gang zu Tom an den Tisch ging. Mit den Bällchen hatte sie recht, fand er und packte seine Kamera wieder ins Auto. Er würde hier heute wohl nicht mehr benötigt.

Kapitel 4

21:30 Uhr

Die Südostlage war nach Peters Einschätzung der einzige Nachteil an seinem achthundert Quadratmeter großen Grundstück in der Einfamilienhaussiedlung in Wanne-Eickel, heute Herne. Entgegen allen Klischees gegenüber seiner Stadt und der Region war es hier wunderbar leise. Bis auf ein paar Tage im August natürlich, wenn sich die Cranger Kirmes bis hier herüber akustisch bemerkbar machte. Die Doppelhaushälfte hatte er 1993 gekauft, schlüsselfertig vom Bauträger. Für einen Oberstudienrat, damals sein Amtstitel am örtlichen Gymnasium, war das Anwesen etwas überdimensioniert, besonders wegen der kostspieligen Extras, die er nachträglich installieren ließ. Die Nachbarn erklärten sich das mit den kostengünstigen Beamtenkrediten und der Tatsache, dass Peters Frau Claudia trotz der beiden kleinen Töchter ebenfalls arbeiten ging. In Wirklichkeit rührte Peters Wohlstand aus dem kurz zuvor erfolgten Ableben seines Vaters, der ihm ein hübsches Vermögen hinterlassen hatte.

Peters Vater war einer der sogenannten Ruhrbarone gewesen. Auch noch in der Abwicklungsphase der Altindustrien hatten die Herren sich ihre Tätigkeit, die hauptsächlich in der Entsorgung menschlicher und sonstiger Altlasten bestand, noch vergolden lassen.

Die Zeit, die seine Berufskollegen mit Vorbereitung von Unterrichtsstoffen ihrer desinteressierten Kunden vergeudeten, investierte Peter nutzbringender in Anlage, Umschichtung und Vermehrung seines Vermögens. Auch jetzt lag der aktuelle Wirtschaftsteil der *Welt* sorgfältig gefaltet auf der Ablage neben seiner Badewanne, die in den Fußboden eingelassen war. Von Immobilien ließ er bei Geldanlagen lieber die Finger, die Verwaltung schien ihm zu mühsam und deren Wertentwicklung bei den Zukunftsaussichten im Nordteil des Ruhrgebiets zu riskant zu sein. Als Lehrer für Deutsch und Sozialkunde an einem Gymnasium mit siebenundsechzig Prozent Ausländeranteil hatte er über die Zukunft hier vor Ort seine eigenen Theorien, die er natürlich nur im engsten Freundeskreis von sich gab: »Ganz schlechtes Menschenmaterial, das da nachkommt. Unserer Sprache nicht richtig mächtig, unserer Kultur gegenüber ablehnend und nur damit beschäftigt, den demografischen Faktor durch die Geburtenrate zu ihren Gunsten zu verändern.«

›Die leben, die genießen!‹, ein Zitat aus Heinrich Manns Werk *Der Untertan* kam ihm in den Sinn. Dabei betrachtete er, in seinem sanft sprudelnden Whirlpool liegend, durch die weit aufgeschobene Panoramascheibe der Wellnessoase, Badezimmer konnte man das ja nicht mehr nennen, wohlwollend sein Reich. Auf der Marmorablage neben ihm standen eine frisch geköpfte Flasche *Moët* und zwei Gläser. Wenn schon, denn schon, dachte Peter, während er der Musik von Rachmaninow lauschte, dessen Klavierkonzerte aus den in allen Räumen angebrachten Boxen schallten. Das störte trotz der auch nebenan im Wohnzimmer geöffneten Schiebetür niemanden, denn die Nachbarn waren sowieso alle im Urlaub. Wie seine Frau und die Töchter, die es sich gerade in ihrem Ferienhaus an der Küste gut gehen ließen.

Die Nachbarn im *Rozenbottel* würden sich sicherlich wundern, dass ausgerechnet er wegen beruflicher Verpflichtungen in den Ferien erst ein paar Tage später nachreisen würde. Die hatten alle ein falsches Bild von dem Berufsethos eines deutschen Beamten an der pädagogischen Front.

Denn Peter Schultzky, zweiundfünfzig Jahre alt und in seiner Lehranstalt seit vielen Jahren als Chefzyniker berüchtigt, war durchaus willens, seinem pädagogischen Auftrag zur Förderung und Betreuung der ihm anvertrauten Benachteiligten dieser Gesellschaft nachzukommen. Sogar in den Ferien, sogar um diese Uhrzeit. Deshalb wunderte er sich nicht, als er hinter sich Schritte hörte. In Vorfreude auf den Einführungskurs in soziokulturelle Interaktivitäten stellte er sich wollüstig Adalans fast noch knabenhaft schlanken Körper vor, die haarlose glatte Brust, die strammen Oberschenkel, das vom Basketballtraining definierte Gesäß.

»Setz dich doch zu mir«, flötete der Studienrat mit einer Stimme, die man sonst nicht an ihm kannte.

»Ich fürchte, da muss ich Sie enttäuschen«, antwortete eine tiefe Männerstimme hinter ihm, an der Peter einen ganz leicht anklingenden, ihm sehr vertrauten Akzent herauszuhören glaubte, wie er in Wanne-Eickel eher selten vorkommt.

»Wer ... wer sind Sie?«, fragte er den Eindringling.

»Nennen Sie mich einfach Marten«, antwortete der Mann.

Der trotz seiner einhundertfünfundvierzig Kilogramm Gewicht bei einhundertachtzig Zentimeter Körpergröße ziemlich behände Pädagoge wollte aufspringen, doch zwei kräftige Hände drückten ihn von hinten ins Wasser. Die Berührung fühlte sich kühl an. Als Peter seinen Widerstand nach wenigen Sekunden aufgab, weil er dessen Sinnlosigkeit einsah, ließ der Mann, den er Marten nennen sollte, ihn wieder los. Dass es eine alte Walther PPK war, die er ihm stattdessen seitlich an die Schläfe hielt, wusste Peter nicht, er kannte sich mit Waffen nicht aus. Aber er sah, dass die Hand, die die Waffe hielt, in einem weißen Latexhandschuh steckte. Und dass die andere den Behälter mit dem Badesalz, der auf dem Wannenrand stand, komplett in den Whirlpool goss.

»Was machen Sie denn da? Was wollen Sie? Wenn es Geld ist, ich habe kaum etwas im Haus! Nebenan im Ankleideraum liegt meine Tennishose, darin ist das Portemonnaie«, quiekte er.

Wie ein Schwein auf der Schlachtbank, dachte Marten. Die zunehmende Rotfärbung des massigen Körpers in der Wanne passte hervorragend zu diesem Bild.

»Und stellen Sie die Temperatur wieder runter, ich verbrühe ja!«, fügte Peter flehentlich hinzu.

»Dann nehmen Sie doch einen Schluck Champagner, der perlt auch innerlich und kühlt ungemein! Oh, ich sehe zwei Gläser ... erwarten Sie Besuch?«

»Ja, muss jeden Moment eintreffen!«, japste Peter.

»Na, dann wollen wir uns mal beeilen!«

Bei diesen Worten griff er mit der freien Hand nach der Flasche und drückte sie Peter in den Mund, während er ihm gleichzeitig mit Daumen und Zeigefinger die Nase zuhielt, wodurch Peter zum Schlucken gezwungen wurde. Dreimal setzte er kurz ab, um sein Opfer atmen zu lassen. Dabei verstärkte er permanent den Druck, den er mit dem Pistolenlauf auf Peters Schläfe ausübte, um jeglichen Gedanken an Widerstand von vornherein zu unterdrücken. Als die Flasche bis auf einen winzigen Rest geleert war, stellte er sie beiseite und nestelte an irgendetwas herum. Anschließend hielt er Peter ein Foto vor das Gesicht. »Erinnern Sie sich?«

Hätte der Mann namens Marten nicht immer noch hinter, sondern vor Peter gestanden, hätte er in dessen Augen das langsame Wachsen der Erkenntnis beobachten können. Peter nickte, trotz der Waffe an seiner Schläfe, als der andere das Bild wieder vor seinen Augen weggezogen und eingesteckt hatte. Marten hatte den Eindruck, der Delinquent wäre jetzt bereit, sein Urteil und die sofortige Vollstreckung zu akzeptieren. Und richtig, ob es Resignation oder schon die Wirkung des Alkohols war – als er ihn mit den behandschuhten Händen unter Wasser drückte, wehrte Peter sich nicht. Das Zappeln seiner Beine und Arme beim vergeblichen Versuch, zum Luftholen wieder an die Oberfläche zu kommen, waren rein mechanische Reflexe, die durch keine aktive Willensanstrengung des Gehirns ausgelöst wurden.

Marten nahm die nur lose aufgesetzten Revisionsfliesen von der Seitenwand der Wanne ab, griff in das Loch mit den Leitungen, drehte dort an mehreren Schrauben, setzte die

Fliesen dann wieder ein und stellte sowohl die Temperatur als auch die Sprudelstärke auf ›Max‹.

Die wild sprudelnden Wellen des Whirlpools bewirkten, dass es so aussah, als ob der tote Oberstudienrat Peter Schultzky, zweiundfünfzig, immer wieder verneinend den nach vorn geneigten Kopf schüttelte. Dabei waberte Dampf von der Oberfläche des sich bis fast zum Siedepunkt aufheizenden Wassers des Pools durch das aufgeschobene Panoramafenster der Wellnessoase. Er fand seinen Weg auch durch die aufgestellte doppelflügelige Tür in das sparsam möblierte Wohnzimmer, wo sich hinter der frei im Raum stehenden Sitzmöbellandschaft ein dünner, nur etwa 1,65 Meter großer Junge flach auf den kühlen Marmorboden drückte und hoffte, dass der Killer ihn nicht entdecken möge.

Als Marten den Tatort sorgfältig reinigte, seine Fingerabdrücke akribisch von den jetzt überall feuchten Fliesen wischte, vermeinte er ein Geräusch aus dem Wohnzimmer zu hören. Er griff nach der Walther und fuhr herum, seine Augen scannten den halbdunklen Raum.

Doch da war nichts.

Vielleicht, dachte er, ein mechanisches Geräusch der Hi-Fi-Anlage, die sich nach Beendigung des Klavierkonzerts Nummer drei von Rachmaninow, Opus dreißig in D-Moll in der Liveaufnahme von Vladimir Horowitz 1978 gerade von selbst abstellte. Marten konnte sehen, wie der Tonarm des Plattenspielers selbstständig in den Ruhezustand zurückschwebte.

Donnerstag, 29. Juli
09:00 Uhr

BILD hatte tatsächlich seine Zeile aufgegriffen: *Hat hier ein Toter gemordet?*, aber die lag ja auch nahe. Daneben das Foto eines luxussanierten Bauernhauses in Tirol. Im Text, der für ihn nichts Neues enthielt, noch Bilder von Julia und Hermann aus dem Internet. Jeweils einzeln, natürlich. Fotos mit beiden zusammen wären auch kaum aufzutreiben gewesen.

Tom legte das Blatt zur Seite und wandte sich seinen Mails zu. Meist waren die Pressemeldungen der Polizei Bochum nett geschrieben. Manchmal wusste Tom aber nicht, ob bestimmte Wortspiele beabsichtigt oder unfreiwillig komisch waren. Wie diese:

POL-BO: Mann in Wanne ertrunken

29.07.13, 08:48 Uhr

Herne (ots) – In der Wilhelmstraße in Wanne ist gestern Abend ein 52-jähriger Mann in seiner Badewanne ertrunken. Offensichtlich hatte er einen Schwächeanfall erlitten. Sachverständige prüfen, ob ein technischer Defekt an der Temperatureinstellung des sogenannten Whirlpools mitursächlich für den Todesfall gewesen sein könnte.

Na ja, ›Mann in Wanne in Wanne ertrunken‹ wäre noch konfuser geworden, dachte Tom, als das Telefon klingelte.

Von Siegfried hatte er lange nichts gehört. Der Rentner hatte ihn früher alle paar Wochen angerufen, um ihn mit dem neuesten Klatsch aus dem *Rozenbottel* zu versorgen. Dadurch war Tom zwar immer noch derjenige unter seinen Nachbarn gewesen, der sein Ferienhaus am seltensten nutzte, aber trotzdem auch derjenige, der über alles mit am besten informiert war. Denn der zweiundsiebzigjährige Siegfried verbrachte fast das ganze Jahr dort, seitdem er pensioniert war. Er war noch nie verheiratet gewesen. Obwohl er mit seinem munteren Wesen, seiner strotzenden Gesundheit und seinem dichten schwarzen Haarschopf in Verbindung mit seiner komfortablen Rente und dem gepflegten Kraftfahrzeug für einige der verwitweten Rentnerinnen in der Siedlung durchaus eine Option gewesen wäre, gedachte Siegfried nicht, am Zustand des Junggesellentums im Alter noch etwas zu ändern.

Allerdings hatte er so ganz allein oft Langeweile und spazierte, auch wegen der guten Seeluft, oft stundenlang durch den *Rozenbottel.* Aus seinem früheren Beruf als Autoverkäufer war er es gewohnt, fremde Menschen anzusprechen. Von dieser Fähigkeit machte der Hagestolz, so nannte man das wohl früher, auf seinen Rundgängen hemmungslos Gebrauch. Wegen seiner freundlichen Art plauderte jeder gern mit ihm, manchmal wurde er auch auf einen Kaffee in einen Garten eingeladen.

Es ging in diesen Gesprächen meist um die Ferienhäuser. Reparaturen, Umbauten, ständig steigende Grundsteuern der Gemeinde Den Helder, zu der *De Rozenbottel* gehörte, um Vererbung und Verkauf. In den Sechzigern und Siebzigern, als die Siedlung abschnittweise errichtet worden war, hatte es nur drei verschiedene Haustypen gegeben. Sie wurden auf großzügigen Eigengrundstücken, die alle zwischen vier- und sechshundert Quadratmeter groß waren, in den holländischen Sand direkt hinter die Küstenstraße gepflanzt. Durch die Siedlung, über die Straße, durch die Dünen – in fünf bis zehn Minuten war man dort zu Fuß am Strand, das gab es fast nirgendwo anders in den Niederlanden.

Obwohl der Strand Siegfrieds Sache nicht war. Tom konnte sich nicht erinnern, ihn in fünfzehn Jahren auch nur einmal dort gesehen zu haben. Wenn Siegfried nicht durch den *Rozenbottel* strolchte oder mit seinem Tiguan einkaufen fuhr, verbrachte er die Zeit in seinem Garten. Oder telefonierte. Zum Beispiel mit Tom. Wie heute, zum ersten Mal seit zwei Jahren.

Statt einer Begrüßung legte Tom sofort los: »Sag mal, liegst du um diese Zeit nicht eigentlich noch im Bett? Und regnet es vielleicht wieder in Holland, dass du im Haus bist und telefonierst? Oder hast du schon die BILD-Zeitung gelesen?«

Siegfried lachte matt. »Jung, du hast dich überhaupt nicht verändert! Wie geht es dir denn so?«

»Siegfried, du weißt doch: Schlechten Menschen geht es immer gut. Und selbst? Was verschafft mir die Ehre deines Anrufes nach so langer Zeit? Ist es wegen Julia Schulfeld?«

»Nicht nur. Ich weiß ja nicht, mit wem du noch Kontakt hast hier …«

Tom schwieg.

»… und ob du Neuigkeiten erfährst. Ich dachte, wenn du es nicht schon weißt, es könnte dich vielleicht interessieren, dass wir hier zwei weitere Todesfälle haben.«

»Zwei? Julia Schulfeld und wen noch?«

Als Siegfried nicht weitersprach, drängte Tom: »Komm, spann mich nicht auf die Folter!«

»Außer Julia noch zwei. Also, der Peter Schultzky vom *Gentiaan* ist verstorben. Herzinfarkt in der Badewanne, dann ertrunken.«

»Dieser unglaublich dicke Deutschlehrer mit der dröhnenden Stimme? Ach, der war das? Ich habe das gerade gelesen, aber man denkt ja nicht bei jedem Toten, es könnte ein Bekannter sein! Das gibt es doch nicht, Siegfried! Der war doch in meinem Alter, so um die fünfzig, meine ich.«

»Genau zweiundfünfzig. Ich habe kurz mit seiner Frau gesprochen, als sie Hals über Kopf abreiste. Das ist wohl schon vor ein paar Tagen passiert, die Putzfrau hat ihn heute Morgen gefunden. Muss kein schöner Anblick gewesen sein. Ist in der Wanne verbrüht und ertrunken. Soll wohl auch eine ganze Flasche Schampus intus gehabt haben. Ganz tragische Geschichte.«

Ja. Tragisch. Schon wieder.

Tom bemerkte, dass sich sein Mitleid in Grenzen hielt. Er hatte sich das Haus in den Neunzigern gekauft, damit wenigstens seine Familie mal Urlaub machen und er sie am Wochenende besuchen konnte. Peter gehörte zu den Alteingesessenen. Wenn Tom sonntags bei schönstem Wetter wehmütig den Strand verließ, um zurück ins Ruhrgebiet zu fahren, hatte der ihm immer hämisch hinterhergerufen: »Na,

Tom, fährst du wieder arbeiten, unsere Beamtengehälter verdienen?«

Von dem Geld, das Tom damals beim gerade aufkommenden Privatfernsehen verdiente, hätte er drei oder vier Studienräte unterhalten können. Nur Zeit konnte er davon eben nicht kaufen.

Dieser Peter Schultzky war für ihn der Prototyp des Leistungsverweigerers. Von seinem eigenen Geld hätte der sich das Haus im *Rozenbottel* genauso wenig leisten können wie die Doppelhaushälfte in Wanne-Eickel. Beides geerbt. Peter war allerdings einer der wenigen Lehrer, die nicht über ihre Arbeitsbelastung klagten. Er gab freimütig zu, sich nach einigen Jahren Routine überhaupt nicht mehr auf seine Deutsch- und Sozialkundestunden vorbereiten zu müssen. Nachmittags spiele er immer Tennis, erzählte er beim Bier, was man sich bei seiner Fettleibigkeit nur schwer vorstellen konnte. Seine Klassenarbeiten korrigierte er grundsätzlich nur bei einem guten Wein auf der Terrasse seines Ferienhauses, wo er auch außerhalb der Ferien oft am Wochenende allein hinkam.

Oder fast allein, munkelte man.

Tom ertappte sich bei dem Gedanken an ausgleichende Gerechtigkeit.

»Jung, du sagst ja gar nichts? Hat dich das jetzt so mitgenommen?«

»Schwierig, Siegfried. Ich habe den Typen nicht besonders gemocht. Aber so einen Tod gönnt man natürlich niemandem.«

»Dann warte mal ab, es kommt noch dicker.«

Kaum vorstellbar, Siegfried, dachte Tom.

»Aber das weißt du bestimmt von deiner Frau ...«

Tom stellte sich dumm. »Wir sind geschieden, falls du das fragen wolltest, Siegfried.«

»Ich dachte ja nur. Dein alter Freund und Berufskollege Frank Reinhardt.«

»Mach keinen Quatsch!«

»Montagnacht war er an der Ruhr, um Vögel zu beobachten. Vom Hochsitz ins Wasser gefallen, bewusstlos, auch ertrunken.«

Zur selben Zeit wie Peter. Und Julia. Makaber. Auch ertrunken. Der Juli schien kein guter Monat für die Bewohner des *Rozenbottel* zu sein. Vor fünf Jahren war doch um diese Zeit auch Johannes gestorben ... sogar dort, in seinem Ferienhaus.

»Tom, bist du noch da?«

»Na klar, entschuldige, Siegfried. Aber deine Todesbotschaften muss ich erst mal verdauen.«

»Ja, mein Jung. Sei froh, dass du das Haus hier verkauft hast.«

So ernst hatte er Siegfried noch nie gehört, wusste auch nicht, wie er darauf reagieren sollte.

»Tom, lach mich jetzt nicht aus. Aber ich habe einen schrecklichen Verdacht. Ich glaube, ich weiß, wie das alles zusammenhängt. Werde ich dir aber nicht am Telefon erzählen. Keinesfalls.«

Tom dachte kurz nach.

Jetzt waren es schon drei Leute, die alle ein Haus im *Rozenbottel* besaßen und innerhalb weniger Tage zu Tode gekommen waren. Mindestens zwei davon auf gewaltsame Art. Das konnte irgendwie kein Zufall mehr sein. Vielleicht könnte Siegfried dieses ›irgendwie‹ aufklären. Vielleicht wollte er ihn aber auch nur zu sich locken, um mal wieder Unterhaltung zu haben. Und nicht ganz ausschließen konnte Tom, dass es ihn an der tiefsten Stelle seines Hinterkopfes auch reizte, wie es im *Rozenbottel* heute aussähe. Und was aus seinem Haus geworden war.

Deshalb fällte er spontan eine Entscheidung. »Siegfried, lass uns nicht lange herumreden. Ich komme vorbei. Gegen zwölf bin ich bei dir, da musst du heute wohl auf deinen Mittagsschlaf verzichten.« Dann drückte er das Gespräch weg, ohne auf eine Antwort zu warten.

Tom saß in seinem ramponierten Sessel vor seinem klapprigen Schreibtisch, schlürfte Kaffee und dachte über sein Leben nach. Er hatte sich im *Rozenbottel* immer wie in einem Versuchslabor gefühlt, ähnlich wie in der *Truman Show.* Immer beobachtet, fast belauert von den anderen Bewohnern. Anfangs hatte er gedacht, es läge daran, dass er so anders war als sie. Wenn er nur für ein Wochenende rüberkam, wollte er das auskosten, jede Stunde nutzen. Im Sommer hatte er schon um sieben Uhr morgens mit einem Kaffee im Garten gesessen, dann dort tagsüber wie ein Verrückter malocht. Den Rasen gemäht, die Sträucher beschnitten, mit seinen bescheidenen handwerklichen Fähigkeiten versucht, Schäden an dem alten Haus zu beheben. Er machte das gern und das konnte ruhig jeder beobachten. Ihn auch gern auf einen Kaffee oder ein *Heineken* bei der Arbeit unterbrechen. So konnte es auch schon mal drei Stunden dauern, bis er seine fünfhundert Quadratmeter Rasen gemäht hatte. Aber das war für ihn Urlaub. Sein Haus lag direkt an einer Kreuzung, die umgebende Hecke aus Wildrosen war nur rund einen Meter hoch. Sie hatten drei Kinder und einen Hund, bei ihnen war immer was los und viel Getöse.

Das unterschied die Balzacks sehr von diesen Zweikindfamilien wie die von Frank und Peter. Die hatten nur ein Ziel: Wie kann ich mit möglichst wenig Arbeit mein ererbtes Vermögen erhalten? Deshalb waren sie auch sparsam, fast geizig. Kochten zu Hause, bevor sie abends zu Henk und Antje gingen, den Wirtsleuten der Strandbar. Auf der Terrasse vom *Schip op't Strand* hielten sie sich dann krampfhaft am von Tom großzügig bestellten Bier fest und mussten ausgerechnet immer dann zur Toilette, wenn sie eigentlich mit der nächsten Runde an der Reihe gewesen wären.

Sie hatten ihn nicht nur beobachtet, weil er in ihren Augen ein Paradiesvogel, eben ein Fernsehfritze, war und man von Balzacks immer lustige Geschichten mit nach Hause brachte. Sie warteten auf das Scheitern seines Lebensmodells. Sahen sich bestimmt bestätigt, als sie von der anstehenden Scheidung hörten und er das Haus verkaufen musste. Abgerechnet wird bekanntlich zum Schluss. Sein Ziel war es nach wie vor nicht, unbedingt besonders angesehen und ereignislos besonders alt zu werden. Aber irgendwann wäre er auch gern dort in Rente gegangen, so wie Siegfried. Doch sein Haus, sein *Rosebud,* hatte er verloren. Und seinem kleinen Bruder trotzdem nicht helfen können. Someone will have to pay for this, dachte er grimmig.

»Harry, pack schon mal den Wagen!«, rief er seinem Kameramann zu. Bevor sie losfuhren, musste er noch ein Telefonat führen.

10:00 Uhr

»Blitze links unter der nächsten Brücke.« – »Blitze rechts hinter der Auffahrt.« – »Wahrscheinlich mobile Blitze an der nächsten Tanke in tausend Metern.«

So ging das jetzt schon seit der deutschen Grenze. Das Lustige war, dass es die meisten der Geschwindigkeitsmessanlagen gar nicht mehr gab, auf die Tom ihn hinwies. Sie waren durch *Traject Control* ersetzt worden. Dabei wurde jedes Auto gefilmt und über eine Strecke von mehreren Kilometern gemessen. Man konnte in dieser Zeit ruhig kurz beschleunigen zum Überholen, musste dafür an anderer Stelle etwas langsamer fahren. Wenn der Durchschnitt passte, passierte auch nichts. Sonst wurde es teuer. Die Holländer riefen ganz andere Tarife auf als die Deutschen. Deshalb hielt sich Harry auch von vornherein an die vorgeschriebene Höchstgeschwindigkeit. Er war sich nicht sicher, ob das eine gute Idee von Tom war, mitten in der Woche an die Küste zu fahren. Falls der Auftrag für einen Dreh käme, wären sie dreihundert Kilometer von der Redaktion entfernt. Aber Tom war der Meinung, einer großen Sache auf der Spur zu sein.

11:00 Uhr

Im KK 11 war es ruhig, was selten vorkam. Zum einen, weil die Kollegen mit schulpflichtigen Kindern Urlaub hatten und die meisten Büros gerade leer standen. Zum anderen hatte es seit dem Fund der Leiche in Hombruch auch kein weiteres Kapitaldelikt mehr gegeben.

Schüppe sah sich die Akte von Schumacher an. Der hatte wahrhaftig ein Geständnis von dem Libanesen. Der dreiundzwanzigjährige berufslose Khaled Omari hatte zugegeben, mitten in den Verhandlungen um den Preis für dreißig Gramm Cannabis ein Messer gezückt und seinen Landsmann erstochen zu haben. Mordmerkmal: Arg- und Wehrlosigkeit des Opfers, das mit dem Angriff nicht rechnen konnte. Ob das ungewöhnliche Motiv, das Omari für seine Tat angegeben hatte, zu den ›niedrigen Beweggründen‹ gehörte, somit ein weiteres Mordmerkmal wäre, musste die Justiz entscheiden. Der Staatsanwalt würde sich jedenfalls freuen. Der Verteidiger wahrscheinlich weniger. Schüppe fragte sich, wie diese jungen Migranten immer so schnell an die renommiertesten Anwälte kamen und wie sie die bezahlten. Wobei, eigentlich fragte er sich das nicht. Bei diesen kriminellen Libanesenclans hielt die Familie eben noch zusammen. Eigentlich eine urdeutsche Tugend, sinnierte Schüppe.

Dieser Omari hier wurde von Berthold Bettermann aus Dorsten verteidigt. Sah ein bisschen windig aus mit seinen langen dünnen Haaren, die die beginnende Glatze verdecken sollten. Aber das täuschte. Dieser Anwalt war extrem fit im Haftrecht, in der Strafprozessordnung und natürlich im StGB. Als Strafverteidiger war er schon jetzt, mit Mitte dreißig, fast so gut wie sein Vater, der legendäre Seyfried Bettermann. Und bestimmt nicht billig. Wie auch immer, er würde das nicht ändern und auf diesen Fall jetzt den Deckel draufmachen.

Kroko scrollte durch seinen *facebook*-Account. Die meisten seiner Kontakte posteten gerade Urlaubsbilder. Wenn sie weiblich waren und Bikinis trugen, vergrößerte er die Fotos und betrachtete sie genauer. Michael, ein alter Kumpel aus der Ausbildungszeit bei der Bereitschaftspolizei, kurz BePo, der jetzt in Bochum Dienst tat, hatte gerade geschrieben: *Lehrer in Wanne in Wanne ertrunken. Mann, war der dick, Mann.*

Freunde und Bekannte außerhalb der Polizei hatte er kaum noch, stellte Kroko fest. Nicht nur bei *facebook.* Das hing mit seinem Job und den unkalkulierbaren Arbeitszeiten zusammen. Mord und Totschlag nahmen keine Rücksicht auf Verabredungen zum Essen oder ins Kino. Mehrmals hintereinander bei einem Date versetzt zu werden, das machten nur die wenigsten auf Dauer mit.

Ein paar Journalisten gehörten noch zu seinem *facebook*-Freundeskreis, denen ging es ähnlich mit den Arbeitszeiten. Wie Andreas …

»Schneidengel, dem hast du also doch wieder alles weitererzählt?«, fragte ihn Schüppe in diesem Moment.

Kroko hatte die Nase voll und reagierte sehr gereizt. »Ich weiß ja, dass dich so etwas nicht interessiert. Aber im Fratzenbuch könnte ich dir jetzt zeigen, dass der Andreas auch mit dem Mayrhuber, diesem Kommissar aus Salzburg, ›befreundet‹ ist. Weiß der Teufel, woher die sich kennen. Vielleicht fragst du diesen Österreicher mal, statt immer sofort mich zu verdächtigen.«

Schüppe wirkte ratlos. Soziale Netzwerke waren nicht seine Welt. Überhaupt nicht. »Ist ja auch egal. Mach das Ding mal aus und lass uns nachdenken«, forderte er Kroko auf. In groben Zügen erzählte er von seinem Treffen mit Balzack.

Kroko versuchte, seine Wut im Zaum zu behalten. Ständig musste er sich Vorwürfe wegen seiner Kontakte zu Journalisten anhören, dabei ging sein Chef selbst mit einem Reporter essen.

»Also, was haben wir?«, fragte Schüppe rhetorisch und gab selbst die Antwort: »Wir haben einen Toten, dem ein Finger abgeschnitten wurde. Eine weitere Tote, bei der mittels dieses Fingers eine falsche Spur gelegt wurde. Die, wenn man Balzack Glauben schenken darf, Kontakt hatte zu einem dritten Toten in Essen, der auch nicht auf natürliche Weise ums Leben kam. Und jetzt einen vierten Toten, der auch zu den beiden letztgenannten in Kontakt stand.«

»Wie, da weiß ich ja noch gar nichts von!«

»Ist auch nicht unser Beritt, kümmern sich die Bochumer drum, ist in deren Bereich passiert, in Herne. Genauer gesagt in Wanne-Eickel. Ist auch noch gar nicht klar, ob das ein Tötungsdelikt ist.«

»Zufällig ein Mensch, der in einer Wanne ertrunken ist?«, fragte Kroko ungläubig.

»Woher weißt du das denn schon wieder?«

»Tja, Chef: *facebook!*«, feixte sein Assistent.

»Dann ruf dein *facebook* mal an oder besser die Kollegen vom KK 11 in Bochum ... Wen kenne ich da ...? Prütter. Arno? Oder Alex? Guter Mann. Habe ich vor Jahren mal kennengelernt. Wenn es den da noch gibt, bitte ihn, sich darum zu kümmern. Bestell einen schönen Gruß von mir: Sie sollen in Wanne bitte mal nach Abdrücken von Berisha suchen. Und die Kollegen in Essen bittest du, den Tatort mit dem toten Vogelkundler auch daraufhin noch einmal abzuklopfen. Denn wenn die etwas finden ...«, Schüppe unterbrach sich selbst, um eine *Voltaren* einzuwerfen.

»... wissen wir ziemlich genau, dass es sich auch bei dem Vogelfritzen und dem Dicken in Wanne um Tötungsdelikte handelt. Ziemlich sicher nicht begangen von Berisha, aber von jemandem, der mit Berishas Finger unterwegs war«, führte Kroko den Satz zu Ende und nahm schon das Telefon in die Hand.

»Und denjenigen müssen wir dann nur noch finden«, beendete Schüppe das Gespräch.

12:15 Uhr

Kurz vor dem Ziel setzte sich Tom ans Steuer. Der Regen, der sie unterwegs verfolgt hatte, hatte rechtzeitig aufgehört. Der Wind trieb wuschelige Schäfchenwolken über den blauen Himmel. Das Autothermometer zeigte dreiundzwanzig Grad. Sie fuhren über die N 9 am Noord-Holland-Kanal entlang. Ein Postkartenkitschidyll: der Kanal mit den Lastkähnen, Radfahrer am Ufer, kleine Häuschen mit Reetdächern. Auf der anderen Seite der Landstraße am Horizont die Dünen, davor saftig grüne Wiesen, ab und zu eine Windmühle. Und immer wieder Windräder, die auch hier die Landschaft verschandelten.

Hinter Callantsoog bogen sie auf die Küstenstraße ab, die direkt an den Dünen entlang führte. Im Grunde hatte sich hier in den letzten fünfzehn Jahren nicht viel geändert. Die Campingplätze mit ihren Mobilheimen hatten schon bessere Zeiten gesehen. Entlang der Straße gab es jetzt Bürgersteige, alle dreißig Meter eine rot lackierte Straßenlaterne. Auch entlang der Weiden mit Kühen oder Schafen. Tom fragte sich, ob die Gemeinde Den Helder die Laternen auch so eng nebeneinandergesetzt hätte, wenn diese ganzen Infrastrukturverbesserungen nicht von der EU bezahlt worden wären. Die zahlreichen Zebrastreifen und Kreisverkehre für die Strandgänger waren ebenfalls neu, von hier gingen Straßen ab ins Landesinnere. Straßen, für die beim Blick über die topfebene Landschaft kein Ziel zu erkennen war. Es führt ein Weg nach Nirgendwo, dachte Tom. Oder höchstens zu den zahlreichen Ferienhaussiedlungen, die in den Neunzigern entstanden waren. Seit der Jahrtausendwende war nichts Neues mehr gebaut worden. Es gab keine Käufer mehr dafür, seitdem Pläne der Landesregierung durchgesickert waren, in einigen Jahren die Dünen zu begradigen und wegen des steigenden Meeresspiegels diesen Teil des Landes zu opfern. Die Hausbesitzer würden natürlich entschädigt werden, blabla. Das kam Tom alles irgendwie sehr bekannt vor.

Harry nahm die Kamera auf die Schulter und filmte durch die Frontscheibe ihre Fahrt durch die Siedlung. Schmale, asphaltierte Sträßchen, stellenweise noch feucht vom Regen. Kleine Bungalows mit Flach- oder Spitzdach, die meisten rot verklinkert, auf großzügigen Grundstücken. Dazwischen Wiesen, Spielplätze, ein Bolzplatz. Eingefasst mit Büschen aus Heckenrosen, deren Blüten weiß und rosa leuchteten. Ihre Früchte, die intensiv orangefarbenen Hagebutten, standen kurz vor der Reife und warteten darauf, dass Kinder ihre Samen als Juckpulver verwendeten. Wenn ihnen ein anderes Auto entgegenkam, mussten sie auf den begrünten Seitenstreifen ausweichen. Vor den Kreuzungen standen Schilder: *Let op! Drempel!*, die auf Straßenerhöhungen durch Schweller hinwiesen.

Harry fluchte. Bei jeder Überquerung schwankte das Auto, wie sollte er so ruhige Bilder drehen? Die gemächlich spazierenden Fußgänger auf der Fahrbahn gingen mit ihren Hunden nur zögerlich zur Seite, wenn sich ein Auto im Schritttempo näherte. Wahrscheinlich habt ihr Angst, in die Scheiße eurer Köter zu treten, wenn ihr über den Grünstreifen geht, dachte Harry. Außerdem seid ihr ja im Urlaub und nicht auf der Flucht. Ist klar. Hier hat man wohl Zeit zu haben.

Sie fuhren gerade über eine Straße namens *Parnassia*, als Tom noch langsamer wurde. Mit verkniffenem Gesicht starrte er auf ein Haus an einer Kreuzung.

Ach so. »Ist das dein Haus?«, fragte Harry neugierig.

»War«, antwortete Tom nur und beschleunigte das Auto, als eine Person aus dem Garten zu ihnen herüberschaute.

Harry schwenkte mit der Kamera nach links und rechts, damit man nicht nur die Straßen, sondern auch die kleinen Häuschen der Feriensiedlung sehen konnte. Viele von ihnen schienen nachträglich umgebaut worden zu sein. Mit allem verschönert, was sich aus deutschen Baumärkten in Kombikofferräumen oder Anhängern anschleppen ließ. Harry schüttelte sich innerlich. Hier könnte er sich nicht wohlfühlen, der Geschmack der Hausbesitzer erinnerte ihn doch sehr an die Zechensiedlung in Herne-Baukau. Vielleicht treffe ich ja sogar Nachbarn, dachte er. Die Autos auf den Grundstücken hatten E, BO, HER, OB, RE, DU oder DO auf den Kennzeichen stehen. Niederländische Kennzeichen sah man aber auch.

Gerade fuhren sie an einem weiß verklinkerten Haus vorbei, das größer zu sein schien als die anderen und offensichtlich in die Mitte zweier zusammengelegter Grundstücke gebaut worden war. In der Einfahrt stand ein weißer BMW X5 mit gelbem Kennzeichen. Das rechte vordere Scheinwerferglas war gerissen.

»Kennst du eigentlich auch die Holländer, die hier in der Siedlung wohnen?«, fragte Harry.

»Diese da nicht, das Haus gehörte vor drei Jahren noch einer reichen Unternehmerfamilie aus dem Ruhrgebiet. Die kannte ich aber auch nicht persönlich. Waren selten da, lebten total zurückgezogen. Am Strand oder bei Henk in der Kneipe habe ich die nie gesehen.«

»Und sonst?«

Tom schüttelte den Kopf. »Die Holländer grüßt man zwar freundlich, hat aber meistens nicht viel mit ihnen zu tun. Es gibt da auch einen Konflikt. Anfangs gehörten fast alle Häuser Deutschen aus dem Ruhrgebiet, die wurden in den Sechzigern und Siebzigern ausschließlich bei uns vermarktet. Damals konnten sich Einheimische hier noch keine Ferienhäuser leisten. In den letzten Jahren haben die sich ihr Land zurückerobert, immer mehr der Hütten hier aufgekauft. Im Vergleich zu den enorm gestiegenen Immobilienpreisen im Land ist es hier für sie spottbillig. Dazu bekommen sie für holländische Verhältnisse riesige Grundstücke als Eigengrund, normal ist in den Niederlanden Erbpacht.

Dann noch die erstklassige Wohnlage direkt am Meer. Die gesetzliche Größenbegrenzung der Häuser auf fünfundsiebzig Quadratmeter haben sie schon gekippt, jetzt arbeiten sie am Dauerwohnrecht. Im *Rozenbottel* mit Erstadresse zu wohnen, ist bislang nämlich noch illegal. Die ziehen hier aber einfach mit Sack und Pack ein, und nach ein paar Jahren wird das von der Gemeinde Den Helder dann legalisiert. Dadurch hat sich der Charakter als Feriensiedlung bereits sehr verändert. Das Leben beginnt schon frühmorgens, wenn die Urlauber noch schlafen wollen. Um sieben Uhr lassen die Niederländer ihre Autos und Mopeds an, um zur Arbeit zu fahren. Ein Schulbus kurvt jetzt auch schon hier durch, die Müllabfuhr kommt häufiger. Letzten Monat haben sie sogar einen Antrag auf einen Kindergarten für die Siedlung gestellt. So wird das Ganze immer mehr zu einem normalen Unterstadtteil von Juliandorp.«

»Na, dann kannst du ja froh sein, dass du dein Haus rechtzeitig losgeworden bist.«

Tom nickte nur grimmig und konzentrierte sich wieder auf die Fahrbahn. Jetzt, in der Ferienzeit, dominierten wie eh und je Urlauber das Straßenbild. Er bremste den Wagen noch mehr ab, weil vor ihnen eine dreiköpfige Familie die Straße blockierte.

Die optisch dominierende Person der Dreiergruppe war der Familienvater. Mindestens 1,90 Meter hoch, rund wie ein Fass. Sein orangefarbenes Unterhemd hob sich farblich schön vom stark gebräunten Oberkorper ab. Das Muskelshirt war an der Seite, vorn und hinten sehr tief ausgeschnitten, sodass sich der unfreiwillige Betrachter an einem großen Teil des Buschwerks delektieren konnte, das aus der starken Behaarung seiner Achseln, des Rückens und der Brust bestand. Bunte Boxershorts aus einem flabberigen Material, bedruckt mit floralen Motiven in Rot auf Blau, umspielten seine Beine bis zu den Knien. Darunter schauten zwei dünne schneeweiße Stelzen hervor. Oben dunkel, unten hell, wahrscheinlich Straßenbau, dachte Tom. Leider tat der Mann ihm nicht den Gefallen, dem Klischee vom deutschen Urlauber komplett zu entsprechen. Zu braunen Sandalen trug er nämlich keine weißen Tennissocken, sondern schwarze aus Helanca. Er watschelte mit weit ausholenden seitlichen Armbewegungen kreuz und quer über die Straße, wie ein schnüffelnder Köter immer gerade dorthin, wo ein gardinenloses Fenster seine glotzende Aufmerksamkeit auf sich zog. Das schien ihm Mühe zu bereiten, denn vorn und hinten auf seinem Shirt hatten sich große dunkle Flecken gebildet. Neben ihm, genauer gesagt einen Schritt hinter ihm seitlich versetzt, ging seine Frau, ebenfalls stark übergewichtig und stark schwitzend. Ihre Beine waren in hauchzarte hellrosa Leggings gepresst. Darüber trug sie eine gelbe, bis fast zu den Knien reichende Flatterbluse, die eine Schulter unbedeckt ließ. Das machte aber nichts, denn auch der Rest des zeltförmigen Gebildes war so durchsichtig, dass man oberhalb diverser Speckrollen das weiße Fleisch aus ihrem schwarzen BH herausquellen sah.

Tom stellte sich vor, er hätte sein Ferienhaus noch und müsste es an diese Menschen vermieten. Er schüttelte sich. Dann lieber so.

Hinter sich her zog die Frau den hier obligatorischen Bollerwagen, dessen Ladung aus einem Kasten *Grolsch,* einer Kühlbox, einem Stranddrachen sowie einigen Handtüchern bestand. Vervollständigt wurde das farbenfrohe Ensemble durch einen dünnen Jungen, vielleicht zwölf Jahre alt, mit Harry-Potter-Brille und BVB-Trikot. ›Kevin aus Eving‹, wie Tom den Jungen innerlich spontan taufte, lief ein paar Schritte voraus und trieb gemächlich einen Ball vor sich her. Das Papier seines *Snickers*-Riegels ließ er achtlos neben sich auf die Straße fallen. Die Eltern mussten das gesehen haben, sagten aber nichts.

Asozial und Spaß dabei, dachte Tom. Früher hätte er sich über die gedankenlose Verschmutzung ›seiner‹ Siedlung aufgeregt, die Leute angesprochen und auf die grünen Abfallkörbe verwiesen, die alle hundert Meter am Straßenrand standen. Jetzt fühlte er sich dazu nicht mehr befugt.

Als Tom das Elternpaar im Schritttempo überholte, drehte der Bengel sich um und kickte seinen Ball gegen das Vorderrad des Passats.

»Pass doch auf!«, bölkte sein Vater.

Zu Toms Erstaunen meinte der Kevinvater nicht seinen Sohn, sondern ihn. Der Mann hatte sich gebückt und stierte mit bebendem Walrossbart durch die geöffnete Seitenscheibe, wobei er sich mit seiner Pranke auf dem Autodach abstützte. Er kam Tom und Harry mit seinem rot geäderten Gesicht voller Schweißperlen so nahe, dass sie feststellen mussten, dass der Mann das Begrüßungsbier bereits intus hatte.

Tom fuhr kommentarlos weiter.

Harry wirkte erschüttert. »Ich habe gedacht, die wären ausgestorben, solche Leute gäbe es nur noch bei *Mitten im Leben*. Haben die etwa auch von deinem Tellerchen gegessen und in deinem Bettchen geschlafen?«

Tom schüttelte den Kopf. »Ich habe niemals vermietet«, antwortete er knapp.

Harry sah noch mal in den Rückspiegel und schüttelte sich. »Ich glaube, dann hätte ich das Haus auch lieber verkauft.«

Tom fragte sich, warum Harry das jetzt zum zweiten Mal betonte.

12:20 Uhr

Als sie das Auto am Bordstein vor Siegfrieds Haus ausrollen ließen, stand der Rentner vergnügt vor der Tür. Die Hände hinterm Rücken verschränkt, in einem kurzärmligen karierten Hemd, die Jeanshose weit über den Bauch hochgezogen, von einem breiten Gürtel und zusätzlichen altmodischen beigefarbenen Hosenträgern gehalten, wie auch Toms Vater sie immer zum Anzug getragen hatte.

Trotz des schönen Wetters setzten sie sich nicht nach draußen, sondern in Siegfrieds Wohnzimmer an den Esstisch. Dort standen eine silberne Thermoskanne und drei Kaffeepötte bereit.

Der Rentner legte ein Foto vor sie auf den Tisch. Es zeigte eine Gruppe von Menschen am Strand, die sich fröhlich zuprosteten. »Das war am 31. Juli 2002. Kannst du dich daran noch erinnern, Tom?«

Der Reporter schüttelte den Kopf. »Die meisten der Leute kenne ich, klar. Aber wann und zu welchem Anlass – ich habe das Foto nicht gemacht und bin auch nicht darauf zu sehen.«

»Doch, bist du. Guck mal die kleine Gestalt am rechten oberen Bildrand, die aus der Entfernung auf die Leute zugeht.«

Tom blickte nachdenklich aus dem Fenster auf die Straße, wo gerade die Familie vorbeitosselte, die sie vorhin überholt hatten. Ihm dämmerte da etwas. »Stimmt. War das etwa der Tag, als …?«

Siegfried nickte und begann mit ernster Miene zu erzählen.

Als er fertig war, musste Harry innerlich Abbitte tun. Tom hatte das richtige Gespür gehabt. Aber nicht einfach umzusetzen, die Geschichte.

Am liebsten wäre Tom nach diesem Gespräch sofort wieder gegangen. Aber das wollte er dem alten Mann nicht antun. Er fragte Siegfried nach Hermann Schulfeld, den er nicht besonders gut kannte.

Auch über den hatte Siegfried eine Geschichte zu erzählen. Noch länger her, aber nicht weniger interessant.

Hermann war dieses Mal mit Siegfried im *Schip op't Strand* versackt, sie hatten schon ganz schön getankt. Bier und *Genever*, immer im Wechsel. Und Hermann war ins Erzählen gekommen. Wie sein Vater sich bei Kriegsende allein und zu Fuß von der Front bis nach Bochum durchgeschlagen hatte. In den Ruhrwiesen hatte er einen Lastwagen gefunden, von der Wehrmacht auf der Flucht zurückgelassen. Er machte ihn wieder flott und fuhr mit dem Ding die letzten fünfunddreißig Kilometer nach Oberhausen. Zu Hause bugsierte er den Lkw in seine Garage und mauerte die Einfahrt zu. Als die Besatzer weg waren, riss er die Mauer wieder ein. Der alte Wehrmachtslastwagen wurde zum Grundstock für das Transportunternehmen. Später ergatterte Hermann senior einen der begehrten Verträge mit der Ruhrkohle. Damit hatte er ausgesorgt. Richtig reich wurden die Schulfelds aber durch ein anderes Geschäft: Bei einigen Transporten des Abraums von den Zechen zur Halde machten die Fahrer für ein kleines Handgeld einen kleinen Umweg und luden zusätzliches ›Zeugs‹, so hatte Hermann sich ausgedrückt. Unter dem ›sauberen‹ Abraum wurde dieses ›Zeugs‹ dann auf den Halden beerdigt.

»Moment mal!«, unterbrach Tom Siegfried. »War Franks Vater nicht Fahrer bei Schulfeld?«

Siegfried nickte und erzählte weiter: Die richtige Kohle für jeden dieser etwa zehn Umwege im Monat bekam natürlich Hermanns Vater, der alte Schulfeld. Ende der Achtziger, als Hermann junior bei *Schulfeld Transporte* einstig, waren das zehntausend Mark. Pro Fahrt. »Machte rund hunderttausend Negertaler im Monat zusätzlich. Cash Kralle. So hat mein Alter aus Scheiße Gold gemacht«, hatte ihm Hermann erklärt. Das Ganze war über Jahrzehnte gelaufen.

»Und auf diesen vergifteten Halden bauen wir im Ruhrgebiet inzwischen sogar Wein an!«, beendete Siegfried seine Erzählung.

Tom ging darauf nicht ein, ihn interessierte etwas ganz anderes. »Der Vater von Frank hat also auch dieses Handgeld kassiert. Deshalb konnte der sich als einfacher Lkw-Fahrer hier das Haus leisten, hat mich schon immer gewundert. Und Peters Vater war doch im Vorstand dieses Essener Chemiekonzerns. Das muss die zusätzliche Verbindung zwischen den drei Toten sein: Sie waren nicht nur an dem besagten Tag am Strand, sie sind auch die Kinder bzw. Schwiegerkinder der Auftraggeber, Transportunternehmer, Fahrer des Giftmülls! Vielleicht steckt da ja sogar das eigentliche Motiv!«

»Was könnte das denn sein? Rache an den Kindern der ›Täter‹ wegen Umweltvergiftung? Ich weiß nicht. Und vergiss die anderen Toten nicht! Die haben damit ja wohl nichts zu tun. Jedenfalls soweit wir wissen«, erinnerte Siegfried den Reporter.

Um sich von dem starken Tobak zu erholen, plauderten sie noch ein wenig von früher. Als Siegfried auf die neuen Besitzer von Toms Haus zu sprechen kam, er erzählen wollte, was die schon alles umgebaut hatten, stand Tom abrupt auf. Sie mussten jetzt los.

Während sie sich verabschiedeten, fiel Tom noch etwas ein. Er kramte das schon zerknitterte Foto aus der Überwachungskamera am Nordmarkt aus seiner Gesäßtasche. »Ist ja unwahrscheinlich, Siegfried, aber hast du den schon mal gesehen?«

Der Rentner setzte die Brille wieder auf, die an einem Band um seinen Hals hing. »Also, wenn ich mir den Oberlippenbart wegdenke und die Haare etwas dunkler ... Das könnte ... nee, ganz sicher, das ist der Holländer, der seit Jahren in dem großen Haus wohnt, das früher den Essener Unternehmern gehörte. Oder noch gehört, vielleicht hat er es ja gemietet. Da vorne am *Watermunt.* Ich glaube, der fährt zur See.«

»Wie kommst du denn darauf? Hat er das erzählt?«

»Nee, aber der ist immer wochenlang weg, deswegen komme ich darauf. Erzählt hat der mir gar nix. Der spricht nicht mit einem. Nickt freundlich, das ist es. Fährt so einen weißen BMW X5. Wenn der Holländer da ist, steht sein Wagen in der Einfahrt. Was ist denn mit dem?«

13:30 Uhr

Er saß an seinem Gartentisch in der Sonne und ölte gerade seine Walther PPK, als er den Kies in seiner Einfahrt knirschen und zwei Männer deutsch reden hörte. Sehen konnte er sie durch die hohe Hecke nicht. Was zum Teufel …? Er sprang auf und lief zum Tor. Die beiden Männer, die sich gerade das defekte Scheinwerferglas seines Autos beguckten, kamen auf ihn zu.

»Gode middag, kann ik helpen?«, sprach er sie auf Niederländisch an.

»Sprechen Sie Deutsch?«, fragte der Ältere der beiden.

Marten schüttelte den Kopf.

»English perhaps?«

Der Fragesteller war etwas älter und etwas größer als er, leicht dicklich, schien kräftig, aber nicht sportlich zu sein. Im Nahkampf hätte er mit dem keine Probleme, schätzte Marten. Mit dem kleinen Wiesel daneben vielleicht schon eher. So kleine Zähe unterschätzte man leicht.

»We are tourists from Germany and looking for a vacation home for our families. Is your house for rent? If so, can we take a look inside?«

Das fehlte noch. Was waren das für komische Vögel? Urlauber, von wegen. Bullen vielleicht? Unwahrscheinlich. Aber warum interessierten die beiden sich für sein Haus und sein Auto?

»Sorry, this house is not for rent. I live here permanently. Bye-bye, have a nice day.«

»Oh, what a pity.« Der Ältere gab nicht auf. »Do you know someone else who rents houses?«

Noch ein Ton, Bürschchen, und du lernst Herrn Walther kennen. Er ging einen Schritt auf die beiden zu und beschied ihnen in einem Ton, der keine Zweifel daran ließ, dass dieses Gespräch jetzt beendet war: »That is easy. You only have to look for the signs at the entrances. There is also always a phone number you can call. And now goodbye!«

Die beiden winkten ihm noch einmal zu und gingen zu einem schwarzen VW Passat mit Essener Kennzeichen, der auf der anderen Straßenseite stand. Der Kleine holte ein Handtuch aus dem Wagen, dann latschten sie weiter Richtung Strand. Marten eilte in sein Schlafzimmer und druckte sich von seiner Überwachungskamera Standbilder der beiden aus. Dann öffnete er seinen Kleiderschrank.

Tom und Harry gingen weiter, bis sie definitiv außer Hörweite waren.

»Das ist der Kerl von dem Foto. Erst war ich mir nicht sicher, aber das ist er.« Tom war ganz aufgeregt. »Und dann das kaputte Scheinwerferglas, und am hinteren Radkasten sind winzige Folienreste. Der hat die Karre für den Einsatz in Dortmund mit mattschwarzer Folie beklebt. Die Dortmunder Polizei sucht noch immer nach einem schwarzen X5 und hier steht dieses Auto offen herum, weiß wie die Unschuld. Überlege dir mal den Aufwand, den Wagen für diese eine Tat komplett folieren zu lassen. Dann war der Oberlippenbart, den der Typ auf dem Foto trug, bestimmt auch nur angeklebt und die Haare offensichtlich gefärbt. So etwas macht man nicht zum Spaß.« Als Harry nicht antwortete, fügte Tom nach einer Zeit hinzu: »Lach mich jetzt bitte nicht aus. Aber auf mich wirkte der irgendwie … bedrohlich.«

Harry schwieg weiter. Als sie schon fast über die Dünen waren, das Meer sehen konnten, fragte er Tom: »Hast du gesehen, was da auf dem Gartentisch lag?«

Tom schüttelte den Kopf.

»Ein Ölkännchen, ein Lappen, ein Magazin und eine alte Pistole. Walther PPK, ganz sicher.«

13:39 Uhr

»Hallo, Tom, Koffie oder Biertje?«, hatte Henk gefragt, als sie in die Strandbar kamen. In einem beiläufigen Ton, als ob er noch gestern Abend da gewesen wäre und nicht vor drei Jahren zuletzt. Das *Schip* sah aus wie immer, erkannte er mit einem schnellen Blick. Diese Unaufgeregtheit hatte Tom an diesem Wirt schon immer sehr geschätzt. Er konnte sich noch an die EM 2006 erinnern, als Henk ›Public Viewing‹ veranstaltet hatte: Ein alter Röhrenfernseher stand auf einem Barhocker, fertig. Auch auf der Terrasse vor der Bar hatte sich nichts verändert. Wegen des Wetters war es nur mäßig voll. Wenn es morgens geregnet hatte, gingen die Leute meist nicht mehr zum Strand. Tom suchte nach bekannten Gesichtern. Niemand da, vielleicht auch besser so. Auf dummes Gequatsche und scheinheilige Fragen nach seinem Befinden hatte er sowieso keine Lust. Sein Bedarf an Geschichten aus der Vergangenheit und der Vorvergangenheit war für heute gedeckt.

Tom und Harry hatten erst mal verschnauft und ihren Kaffee geschlürft. Waren doch eine Menge Eindrücke in kurzer Zeit gewesen. Dann sahen sie sich im Display die Aufnahmen des Camcorders an, den Harry mit einem Handtuch umwickelt hatte. Die kleine *Sony* war fast perfekt im Auto platziert gewesen. Manchmal stand Tom im Bild, manchmal Harry. Aber es gab genügend Sequenzen, auf denen auch der Mann gut zu sehen war. Etwas zu weitwinklig vielleicht, aber gestochen scharf. Wenn man diese Bilder mit dem Digitalzoom am Schnittplatz bearbeitete, würde er gut zu erkennen sein.

Anschließend wollte Tom seine Mails checken. Aber im Schatten der Dünen hatte man mal wieder keinen Empfang. Das hatte ihn jahrelang geärgert. Wie die anderen ihre dummen Witze rissen, wenn er vorn am Wasser hin und her lief, um zu telefonieren und Mails abzurufen. Dass er nie so ganz Freizeit hatte, auch wenn er nur für ein Wochenende rübergerutscht kam, dafür hatten die Leute kein Verständnis gehabt.

Vorbei.

Tom trank jetzt eine Apfelschorle und dachte unter anderem darüber nach, woher sich sein Kameramann wohl so gut mit Waffen auskannte.

15:20 Uhr

Vor dem Autobahnring um Amsterdam hatte Tom höchsten Respekt. Obwohl es bis zu vier bestens ausgebaute Fahrbahnen gab, herrschte hier Tempo hundert. Wenn man nur hundertvierzig fuhr, kostete das schon fünfhundert Euro. Falls man sofort bezahlte. Wenn man so viel Geld nicht bei sich hatte, gab es für Ausländer zwei Alternativen: Entweder lotste die Zivilstreife den Delinquenten zum nächsten Geldautomaten. Oder sie legte das Auto mit einer Parkkralle fest, bis er das Geld herbeigeschafft hatte. Tom wollte das nicht noch einmal erleben und hielt sich an die Geschwindigkeitsbegrenzung.

Plötzlich begann das linke Vorderrad des Passats zu schlackern. Das Auto zog nach links, Tom drehte das Lenkrad nach rechts. Der Wagen reagierte kaum, es war, als sei die Servolenkung ausgefallen. Wie immer in solchen Situationen blieb Tom eiskalt. Er fühlte sich wie ein Chirurg bei einer schwierigen Operation oder ein Pilot, dem ein Triebwerk ausgefallen war.

Er trat auf die Kupplung und nahm den Fuß vom Gaspedal, sagte ruhig: »Warnblinklicht.«

Harry drückte blitzschnell die rote Taste in der Mittelkonsole. Der Passat wurde rapide langsamer und entwickelte einen fatalen Hang hin zur linken Spur. Hinter ihnen hing Wagen fast auf der Stoßstange, der Fahrer gestikulierte wild, sah Tom im Rückspiegel. Sie befanden sich auf der mittleren Spur, selbst auf der rechten fuhren die Niederländer jetzt schneller als er. Ein fieses metallisches Geräusch vom Vorderrad – offensichtlich fuhren sie auf der Felge. Als sich endlich eine Lücke auftat, riss Tom das Lenkrad mit aller Kraft nach rechts, der VW holperte quer über die rechte Fahrspur hinweg bis auf den Seitenstreifen. Dort ließ Tom das Auto ausrollen. Als sie endlich standen, atmete er tief durch.

Harrys Nasenspitze war weiß. »Puh«, atmete er erleichtert aus. »Das hätte ins Auge gehen können!«

Sie sahen sich die Bescherung an, als sie ausgestiegen waren. Vom linken Vorderrad war nur noch die Felge übrig. Der Reifen hatte sich förmlich aufgelöst und abgewickelt, Reste des Gummis lagen noch auf der Fahrbahn. Nachdem sie die Warnwesten übergestreift hatten, begann Harry sofort, die Ausrüstung aus dem Kofferraum zu packen, um an das darunterliegende Ersatzrad und den Wagenheber zu kommen. Die Autos brausten mit einem Meter Abstand an ihnen vorbei, als er das Rad wechselte. Tom packte währenddessen die Ausrüstung wieder ein. Die verbeulte Felge legte er in den Fußraum von den Rücksitzen.

»Nicht ganz Formel-1-Standard, aber 07:17 Minuten für einen Boxenstopp in dieser Situation sind ja wohl nicht ganz schlecht!«, lobte Harry sich selbst, als Tom auf dem Standstreifen vorsichtig beschleunigte und sich auf die rechte Spur der Autobahn einfädelte. Dort blieb er auch, fuhr konstant Tempo achtzig.

Harry sah ihn fragend an.

»Ich habe mir die anderen Reifen angesehen. Hinten links war ein Schnitt an der Seitenwand der Karkasse, ungefähr ein Drittel des Reifenumfangs lang. Nicht tief, scheinbar, aber das war er vorn vielleicht auch nicht.«

Trotz der niedrigen Geschwindigkeit fuhr Tom sehr konzentriert Richtung Redaktion weiter. Als sich sein Handy hinter der Grenze wieder ins deutsche Netz eingebucht hatte, wählte er Schüppes Nummer.

16:25 Uhr

Georg Schüppe hatte bereits den Rechner heruntergefahren. Er nahm eine *Voltaren* und goss sich ein Glas Wasser ein. Da klingelte sein Telefon. Es war Tom Balzack, sah er an der Nummer.

»Hallo, Tom, ich wollte gerade los zu unserer Verabredung.«

»Die muss ich leider absagen. Ich hatte gerade eine Reifenpanne, ein zweiter Reifen könnte sich auch jeden Moment auflösen. Ich versuche, mit dem Auto nach Essen zur Redaktion zu kommen, kann aber keinesfalls damit noch nach Dortmund fahren.«

»Deine Ausreden werden auch immer abenteuerlicher«, antwortete der Kommissar schmunzelnd.

»Mir ist nicht zum Lachen«, antwortete Tom. Dann erzählte er, was er heute erlebt hatte.

Der Kommissar setzte sich wieder an seinen Schreibtisch und hörte aufmerksam zu. Das Schmunzeln war aus seinem Gesicht gewichen. Dabei trank er sein Wasser und sah das Glas angewidert an. Abgestanden.

Er verabredete mit Tom ein Treffen für den nächsten Tag und schärfte ihm ein, vorsichtig zu sein. Genaueres, wann und wo, erführe er am nächsten Morgen. »Tom, mit dem Mann ist nicht zu spaßen. Du hast nicht ansatzweise eine Vorstellung, wie der tickt.«

»Och, ich glaube schon. Ansatzweise zumindest.«

Allein in seinem Büro, die Tür stand offen, der ganze Trakt war schon verwaist, dachte Georg nach. Das hätte auch schiefgehen können. Wenn Balzack schon auf der deutschen Seite der Autobahn gewesen wäre, als der Reifen sich auflöste. Er wusste, wie dieser Reporter fuhr. Bei Tempo zweihundert …

Marten, was ist nur aus dir geworden. Ein Hitzkopf, ein Draufgänger warst du schon immer. Ein unkonventioneller Beamter, dem im Zweifelsfall Kameradschaft über alles ging.

Er erinnerte sich noch genau an diese Demo. Eine Reihe links, eine Reihe rechts, so hatten sie einige Hundert Linke durch die Dortmunder Nordstadt eskortiert, um ein Aufeinanderprallen mit den Neonazis zu verhindern. Darunter auch gewaltbereite Demonstranten, der sogenannte ›Schwarze Block‹. Diese Autonomen machten sich einen Spaß daraus, mal stehen zu bleiben, dann wieder plötzlich loszurennen. Dabei skandierten sie »SS! SA! SEK!« und »Ich bin nichts, ich kann nichts, gebt mir eine Uniform!«. Seine Leute hatten sich nicht provozieren lassen, das hatten sie gelernt. Doch plötzlich hatten vermummte Autonome, es waren etwa zwanzig, von einer Brücke herab Steine auf sie geworfen. Marten hatte kurz mit zwei jungen Kollegen gesprochen, sie zum linken Brückenaufgang geschickt. Er selbst war zum rechten gegangen. Dann hatten sie die Brücke geräumt. Zu dritt. Anschließend mussten mehrere Krankenwagen kommen.

Wegen solcher Aktionen wurde Marten von den jungen Leuten in den Spezialeinheiten gefeiert, einige vergötterten ihn fast. Taten es noch heute, befürchtete Schüppe. Hier ein kleiner Gefallen, da ein Gegengefallen … Aus Bewunderung und Kameradschaft konnte schnell Kumpanei, sogar Korruption werden. Der erste Kriminalhauptkommissar vertrat nach achtunddreißig Dienstjahren die Überzeugung, dass Vorschriften und Disziplin ihren Sinn hatten.

Marten. Wann und warum bist du auf die dunkle Seite gewechselt?

Georg Schüppe nahm das Telefon in die Hand. Er würde noch einige Gespräche führen müssen. Während er die Nummer von Ritterswürden wählte, warf er die Wasserflasche, in der sich noch ein kleiner Rest befand, in den Papierkorb. Das ist wohl das Ende einer großartigen Freundschaft, dachte er. Das Ruhrgebiet war eben nicht Hollywood.

18:00 Uhr

Als sie sah, wie erschöpft beide waren, und hörte, was passiert war, setzte Lydia einen Kaffee für Tom auf. Harry nahm sich einen Energydrink aus dem Kühlschrank.

Während Tom seinen Kaffee austrank, ließ er sich von Lydia darüber informieren, was er in der Redaktion verpasst hatte.

Der Herr von der Sparkasse hatte schon wieder angerufen, es habe dringend geklungen. Die Steuerberaterin hatte die Gehaltsabrechnung gemailt.

Stimmt, heute war der Neunundzwanzigste …

Tom ging im Netz auf die Seite der Sparkasse. Der Sender hatte immer noch nichts überwiesen. Die ältesten Rechnungen, die zumindest für die Gehälter von Harry und Lydia gereicht hätten, waren jetzt schon seit vierunddreißig Tagen unterwegs.

Da würde er sich morgen drum kümmern müssen.

Kapitel 5

Marten Emmerich hatte in einem versteckt im Schatten einer Burgruine gelegenen Landhotel an der Essener Stadtgrenze übernachtet. Er hatte sich dort mit hervorragend gefälschten englischen Papieren auf den Namen ›Edward James‹ angemeldet. Jetzt war er auf dem Weg ins Sauerland zu seinen Auftraggebern.

Unangenehme Menschen. Typisch, dass er sie wieder auf dem Friedhof treffen sollte, am Grab ihrer Kinder. Der Junge ertrunken, das Mädchen an einer Umweltkrankheit gestorben. Tragisch, ja. Aber ihre Reaktion, die Fokussierung auf dieses eine Thema … Auch nach den vielen Jahren noch. Fast krankhaft. Er war überzeugt, dass sie ihn gnadenlos über die Klinge springen lassen und ersetzen würden, falls die letzte Sache schiefging. Auf jeden Fall schienen sie noch bessere Quellen zu haben als er.

Ganz aktuell gab es offensichtlich ein Problem mit Georg Schüppe, das sie besprechen wollten. Der alte Spaten sollte bloß nicht zu tief graben, dachte er, das wäre nicht gut, für keinen von ihnen. Der sollte ihn doch in Ruhe lassen. Er hatte ihm den Gefallen mit Merid getan, dabei sogar noch jemanden geschützt … Auf jeden Fall waren sie jetzt quitt.

Heute Mittag müsste er zurück in Essen sein, da hatte er noch etwas zu erledigen.

Die beiden Trottel vom Fernsehen hatten ihn gestern nicht gesehen, als er auf der Autobahn an ihnen vorbeifuhr. Waren wohl zu sehr mit dem Reifenwechsel beschäftigt. Augenscheinlich war ihnen nichts passiert. Schade.

Gut, dass er die Möglichkeit der Halterabfrage noch hatte. Der hilfreiche Exkollege hatte das Kennzeichen des Passat direkt in den Fahndungscomputer eingegeben, sich die Namen der drei Mitarbeiter dieser Firma notiert, die als Fahrzeughalter eingetragen war. Ab sofort würden die drei unter besonderer Beobachtung der Staatsorgane stehen.

Broadcast.tv, bescheuerter Name. Aber solche Klitschen gab es ja zu Hunderten. Dass die zufällig bei ihm vor der Tür gestanden hatten, und nur bei ihm, er hatte die Bilder der Ü-Kameras nachträglich gecheckt, war wohl kein Zufall. Zuvor hatten sie sich länger bei diesem geschwätzigen alten Mann aufgehalten, zeigten seine Aufnahmen, um den würde er sich vielleicht auch noch kümmern müssen. Und um diese beiden Vögel, natürlich. Langsam nahm das Ganze epidemische Ausmaße an.

Marten Emmerich dachte an das Bild von René Magritte, das Bild seines Lebens. Ihm gefiel der Gedanke, dass sich täglich Hunderte Menschen in einem Museum in Rotterdam dieses Gemälde ansahen und ahnungslos auf einer kleinen Tafel daneben lasen, worum es sich bei diesem Werk eigentlich handelte: eine *Reproduction interdite.*

Dafür war er zu jedem Mord bereit.

Freitag, 30. Juli
09:30 Uhr

Den mobilen Blitzer der Polizei hatte Tom gerade noch gesehen: Er stand neben seiner Stammtankstelle, wo Karl-Heinz ihm heute früh direkt die Reifen gewechselt hatte, vor der Grundschule im Gebüsch. Ausschließlich wegen der Schulkinder war dort eine kurze Tempo-dreißig-Zone eingerichtet worden. Auch jetzt in den Ferien, wenn dort keine Kinder die Straße kreuzten, hielt die Polizei es offensichtlich für eine gute Idee, dort abzukassieren.

Erleichtert rollte er über die schmale Anliegerstraße am Waldesrand auf die Redaktion zu, als ihm in einer schmalen Kurve ein kleiner Chevrolet Matiz in einem Affenzahn entgegenkam, deutlich schneller als erlaubt und angemessen. Weil der Kleinwagen in einem hell leuchtenden Stahlblau lackiert war, hatte Tom ihn rechtzeitig gesehen und blieb einfach stehen. Der Matiz-Fahrer brachte seinen Wagen knapp vor ihm auch zum Stillstand. Um aneinander vorbeizufahren, war die Straße zu schmal. Beide warteten.

Nach quälend langen zwanzig Sekunden ließ der Mann im Matiz sein Fenster herunter. »Du glaubst doch wohl nicht, dass ich mit meinem frisch gewaschenen Auto hier durch die Mocke fahre?«, herrschte er Tom an.

Sein Wagen hätte mit den rechten Rädern durch den unbefestigten Waldrand fahren müssen, Tom mit dem Passat über den Rand des Ackers, der auf seiner Seite neben der Fahrbahn begann.

Tom ließ sein Fenster runter und rief: »Das glaube ich sehr wohl, weil ich nämlich Anlieger bin und hier fahren darf!«

Der Matiz-Fahrer drückte mehrmals auf seine quäkende Hupe und rührte sich nicht.

Tom stieg aus. Sein Nervenkostüm war nach der Sache gestern nicht das Beste. Die Rechnung für die beiden neuen Reifen, die er gerade bezahlt hatte, hob seine Laune nicht. Über die Radarabzocke ärgerte er sich ebenfalls noch. Er hatte die Faxen dicke und ging zur Fahrerseite des Matiz.

Der blonde Mann, Tom überlegte: gefärbt?, in schweinsfarbener Lederjacke und Bluejeans blieb ruhig hinter dem Steuer sitzen. Aus der Innentasche zog er einen Dienstausweis und wedelte damit herum. »Ich bin Polizist im Einsatz und außerdem ebenfalls Anlieger. Und jetzt machen Sie die Straße frei, aber plötzlich!«

Tom grinste ironisch. »Mindestens eine Lüge. Ich kenne meine Nachbarn. Was haben Sie bei uns vor der Tür denn für wichtige Einsätze, wenn ich fragen darf?«

»Das geht dich gar nichts an, Freundchen! Wenn du hier nicht sofort verschwindest, dann …«

»Dann erschießen Sie mich? Oder rammen mich mit Ihrem Panzer von der Straße?«, fragte Tom lachend.

Er zückte sein *iPhone* und schoss in aller Ruhe Fotos von dem angeblichen Polizisten, seinem Kennzeichen und den beiden Autos.

Dann ging er zum geöffneten Fahrerfenster des Beamten. »Das, mein lieber Freund, gibt eine Dienstaufsichtsbeschwerde an den Polizeipräsidenten. Und wenn Sie nicht eindeutig nachweisen können, für welchen Einsatz Sie hier mit überhöhter Geschwindigkeit durch die Anliegerzone brettern und dabei Anlieger schikanieren, weil Sie Ihr schönes Auto nicht schmutzig machen wollen, dann gibt das ein gepflegtes Diszi wegen Bedrohung und Amtsmissbrauch. Gute Fahrt noch!«

Tom setzte sich in sein Auto und fuhr langsam durch den lehmigen Acker an dem Kleinwagen vorbei. Dessen Fahrer schaute mit grimmiger Miene stur nach vorn und gab Vollgas.

Lydia und Harry waren bereits in der Redaktion, als Tom endlich eintraf. Er nahm sich erst mal einen Kaffee und steckte sich einen Zigarillo an. Die beiden wollten wissen, was denn da auf der Straße gerade los war, sie hatten das Geschrei aus dem geöffneten Fenster gehört, aber nichts sehen können.

Tom erzählte es ihnen.

Als er fertig war, schaute Lydia Harry an. Der hatte auch keine guten Neuigkeiten. Er hatte am Abend zuvor noch einen Unfall gehabt. Ein junges Mädchen war ihm mit ihrem Kleinwagen auf die Stoßstange geprallt, als er vor einer Ampel bremste. Sie hatte die Polizei gerufen, der Fall war eindeutig, sie wurde im Bericht als ›01‹, also als Verursacherin des Unfalls, genannt.

Doch plötzlich, aus heiterem Himmel, hatten die Polizisten bei Harry einen Drogentest durchführen wollen. Die Beamten hatten ihn mit zur Wache genommen, extra einen Arzt dorthin kommen lassen, was mehr als eine Stunde gedauert hatte.

»Und?«, fragte Tom.

Es stellte sich heraus, dass Harry vor acht Jahren mal mit einer so geringen Menge Cannabis erwischt worden war, dass die Sache eingestellt worden war. Und dass er Dienstagabend noch gekifft hatte. Jetzt fürchtete er um seinen Führerschein.

»Ich finde das alles sehr merkwürdig, Tom. Erst verübt ein ehemaliger Polizist einen Anschlag auf uns, du erzählst das deinem Freund Schüppe und jetzt werden wir plötzlich permanent von der Polizei schikaniert.«

Eine vernünftige Antwort fiel Tom darauf nicht ein. Deshalb schwieg er und sah auf seinen Tannenbaum. Der wirkte auch merkwürdig auf alle, die seinen Sinn nicht verstanden.

11:00 Uhr

»Jankowski, Vorzimmer des Polizeipräsidenten. Guten Tag, Herr Balzack. Das Treffen um sechzehn Uhr wird nicht im Polizeipräsidium in Dortmund stattfinden, sondern in Essen. Kommen Sie möglichst nicht mit einem Ihrer Firmenfahrzeuge. Fahren Sie zur neuen Staatsanwaltschaft, kennen Sie ja, Sie sind ja aus Essen. Biegen Sie dort einfach ab in die Tiefgarage, die Schranke wird geöffnet sein. Fahren Sie geradeaus durch bis zum Ende. Gehen Sie dort in den Aufzug und drücken Sie auf ›U2‹.«

15:00 Uhr

Natürlich waren sie zu früh dran, eine ganze Stunde. In Harrys überbreitem schwarzen Geländewagen mit den verspiegelten Scheiben hatten sie genau gegenüber der Einfahrt zur Tiefgarage des Neubaus der Essener Staatsanwaltschaft geparkt. »Meine Karre ist so auffällig, die fällt nirgendwo auf!«, pflegte der Kameramann immer zu sagen. Das hatte sich schon einige Male als zutreffend erwiesen, wenn sie heimlich in der Nähe eines Tatortes standen. Dass Reporter so doof sein könnten, sich mit einem auffälligen Auto anzupirschen, damit rechnete niemand.

Harry hielt die Kamera auf Stand-by und schoss die wenigen Autos ab, die in die Tiefgarage hineinfuhren. Bei einem der Wagen mussten beide herzlich lachen.

15:58 Uhr

Als seine Stunde gekommen war, lief Tom die paar Meter um die Ecke zurück zu dem Golf, den er sich von seiner Mutter geliehen hatte, und fuhr damit in die Tiefgarage, bis hinten durch. Er parkte neben einem anderen dunklen Golf direkt vor dem Aufzug.

Ein Beamter hatte im zweiten Untergeschoss auf ihn gewartet, ihn durch einen endlos langen unterirdischen Gang geführt. Tom hatte den Eindruck, dass über ihm Straßenbahnen ratterten. Von wegen U-Bahn-Bauarbeiten – die hatten beim Neubau der Staatsanwaltschaft also einen Tunnel zum Präsidium gebaut. Wahrscheinlich ging er sogar weiter, spekulierte Tom, bis zu den Vorführzellen im Keller des Landgerichts, das genau nebenan lag. Vielleicht sogar bis zur JVA ein paar Straßen weiter. Er würde jetzt wohl in diesen Raum geführt, der in keinem offiziellen Plan verzeichnet war. Seine Kollegen spekulierten schon länger über dessen Existenz, aber gesehen hatte ihn noch kein Journalist.

Bis jetzt.

Durch die gepolsterte Doppeltür trat er ein. Der Raum war nur vier Meter breit, schätzte Tom, aber ungefähr dreimal so lang. Die niedrige Deckenhöhe, um die 2,30 Meter, verlieh ihm etwas Beklemmendes. In die Decke waren Strahler eingebaut, die ein gleichmäßiges kaltes Licht verbreiteten. Keine Fenster, natürlich. Frischluft kam durch eine leise surrende Klimaanlage. Die Wände in Sichtbeton, auf dem Boden ein schallschluckender dunkler Teppichbelag. Vor Kopf eine Leinwand, auf einem Pult ein Beamer. Dominiert wurde der Raum durch einen langen Konferenztisch, dessen Ecken abgerundet waren. Links, rechts und vor Kopf standen insgesamt dreizehn Stühle.

Wie beim letzten Abendmahl, dachte Tom, ob das Zufall war?

Am Ende des Tisches standen der leitende Oberstaatsanwalt Reuter aus dem Justizministerium, den hatte Tom mal interviewt, als er noch Pressedezernent in Hagen war. Neben ihm der Dortmunder Polizeipräsident Ritterswürden, der Spaten und ein Mensch knapp unter vierzig, der sich mit »Keller, BKA Sicherungsgruppe« vorstellte.

Aha, der war das also. Sicherungsgruppe, kurz SG. Eine Abteilung des BKA, die für den Schutz von Politikern zuständig war. Zur Sicherungsgruppe gehörten die Personenschützer, die man immer im Fernsehen dicht bei den Politikern sah. Aber auch Ermittler, die sich um Gefährdungen in deren Umfeld kümmerten. Die sah man meist nicht. Dazu gehörte anscheinend dieser Keller.

Offensichtlich hatten sie sich gerade noch besprochen, schwiegen aber, sobald sie Tom bemerkten. Alle fünf setzten sich an ein Ende des Konferenztisches. Dort standen Tassen und Gläser, Mineralwasser und Kaffee in Thermoskannen aus Edelstahl. Dazu Portionsmilch und neutrale Zuckertütchen in einer Schale. Früher hatte es noch Teilchen oder wenigstens Kekse dazu gegeben, aber die Landesregierung muss ja sparen, dachte Tom. Er hatte sich instinktiv neben Schüppe gesetzt, ihm gegenüber saß der Mensch der Sicherungsgruppe neben dem Polizeipräsidenten. Der leitende Oberstaatsanwalt hatte sich vor Kopf platziert, schien also der Chef im Ring zu sein. Er erteilte zunächst Schüppe das Wort.

»Also, Tom, zunächst mal die einfachen Sachen, wegen denen du mich heute Morgen angerufen hast: Der Kollege, mit dem du im Wald zusammengerasselt bist, sollte vor deiner Redaktion unauffällig Streife fahren und gucken, ob ihm etwas Ungewöhnliches auffällt. Die Zusammenhänge, dass es uns um deine Sicherheit ging, kannte der gar nicht, kennt er bis jetzt nicht. Deshalb will er sich auch nicht bei dir entschuldigen.«

Das sollte wohl das Eis brechen. Halbherzig stimmte Tom in das Lachen der anderen ein. Er antwortete mit einer Gegenfrage: »Und die Drogenkontrolle?«

»Die hängt auch mit dir zusammen, aber auf eine unangenehmere Art. Es scheint, als ob unser Hauptverdächtiger … Wie auch immer, es wird für deinen Kameramann jedenfalls definitiv kein Verfahren geben, das haben wir geregelt.«

Tom runzelte die Stirn, sagte aber erst mal nichts. Er sah sich den Menschen von der SG genauer an, der ihn offensiv feindselig anstarrte.

Jetzt übernahm der Oberstaatsanwalt das Kommando. »Ich fasse mal den Stand unserer Ermittlungen zusammen: Bei der in Österreich getöteten Unternehmerin führen wir ein Todesermittlungsverfahren durch. Das gibt uns ziemlich weitreichende Möglichkeiten, ihre persönlichen Verhältnisse zu überprüfen, auch die finanziellen. Auf den Ehemann beziehungsweise Witwer werden daher noch relativ unangenehme Fragen im Hinblick auf gewisse Konten in den Niederlanden und in Österreich zukommen. Das ist für uns hier jetzt aber unerheblich. Im Adressbuch der Toten und in ihrem Handy haben wir weder Namen und Nummer des ertrunkenen Lehrers noch des toten Hobbyornithologen gefunden. Die Ehepartner aller drei Toten behaupten, sich gegenseitig nicht zu kennen. Wir haben nämlich trotz ihrer vagen Hinweise …«, der Staatsanwalt machte eine kleine Kunstpause, drehte sich Tom zu, der ein Pokerface aufgesetzt hatte und nach unten in seine Kaffeetasse starrte, »… auch bei den beiden anderen Fällen die Todesermittlungen wieder aufgenommen. Den Lehrer, bei dem der Hausarzt das Ertrinken in der Wanne für eine ›natürliche Todesursache‹ hielt, obduzieren wir gerade. Für diese Tat gibt es einen Zeugen. Ein fünfzehnjähriger Iraner, den wir schon mehrfach wegen Straßenprostitution festgenommen haben, hat via *facebook* auf der Seite eines Essener Rappers behauptet, einen Mord beobachtet zu haben. Er wird zu dieser Stunde von den zuständigen Beamten angehört.«

Elektrisiert sah Tom hoch. Peter schwul! Unglaublich. Und über einen *facebook*-Eintrag bei Sinan G. hatte die Polizei den Stricher gefunden. Die Staatsorgane überwachen aber auch alles und jeden.

»Kann ich den interviewen?«, fragte er.

»Keine Chance, minderjährig!« Der Oberstaatsanwalt schüttelte entschieden den Kopf.

Tom insistierte nicht weiter. Den Namen des Zeugen würde sein neuer ›Bruda‹ Sinan G. ihm geben, da war er sich sicher.

»Das Haus von Herrn Schultzky und eine am Tatort, so müssen wir es jetzt wohl nennen, aufgefundene Champagnerflasche wurden nachträglich auf DNA-Spuren untersucht. Wir haben tatsächlich den Fingerabdruck des toten Albaners gefunden.«

Wahrscheinlich war seine Frau gerade in Holland gewesen und Peter musste zu Hause Klassenarbeiten korrigieren. Mit einer männlichen Nutte. Vielleicht war der Junge sogar einer seiner Schüler mit Nebenerwerb? Für Tom klang das nicht unwahrscheinlich.

»Wir haben auch die Stelle an der Ruhr, an der wir den Ornithologen gefunden haben, noch einmal durchkämmt. Das war recht mühsam, weil es sich dort auch um einen Treffpunkt junger Leute handelt, die dort nachts ungestört gewissen Vergnügungen nachgehen.«

Also nicht Vögel beobachten, sondern beim Vögeln beobachten, dachte Tom. Doch, wenn er es sich genauer überlegte ... das war Frank durchaus zuzutrauen. Innerlich musste er lachen. Diese ehrenwerten Bürger ...

»Dessen Nachtsichtgerät haben wir immer noch nicht gefunden, aber einen Schuhsohlenabdruck, der zu dem Abdruck im Garten des Hauses in Dortmund-Hombruch passt, also mutmaßlich Merid B. oder dessen Mörder zuzuordnen ist. Die Essener Beamten haben sich unter dem Aspekt eines gezielten Anschlags auch die Tatortfotos noch einmal angesehen, die Trümmer sind ja längst weggeräumt. Es hat den Anschein, dass alle Teile des Hochsitzes auf Herrn Reinhardt liegen, er also vor und nicht mit dem Gerüst zu Boden gestürzt ist. Sie, Herr Balzack, haben uns die Hinweise auf die beiden weiteren Fälle gegeben, dafür sind wir Ihnen dankbar. Wir würden jetzt aber gern mal wissen, wodurch Sie diese Kenntnisse erlangt haben.«

Tom zögerte, räusperte sich. »Herr Reuter, nun ... wie soll ich es sagen?«, er blickte den Oberstaatsanwalt direkt an. »Sie haben jetzt sehr schön ausgeführt, was Sie ohne meine Hinweise bis jetzt noch nicht wüssten. Allerdings habe ich von Ihnen noch nichts für mich Neues erfahren, speziell zum Täter. Den Sie ohne das von mir gelieferte Foto übrigens auch noch nicht identifiziert hätten. Zweitens: Warum lassen Sie mich überwachen, warum passiert diese völlig unmotivierte Drogenkontrolle bei meinem Kameramann? Und drittens: Wenn an alldem nix dran wäre, wären wir wohl nicht auf diese halb konspirative Weise im Essener ›War Room‹ der Landesregierung für besondere Krisenlagen gelandet. Dann hätten wir das ja auch im Dortmunder Polizeipräsidium besprechen können.«

Tom hatte ruhig gesprochen, sehr konzentriert. Den letzten Satz vielleicht etwas zu süffisant.

Reuter wollte antworten, doch der Schnösel vom BKA war schneller. »Ihr Ton gefällt mir nicht. Wenn Sie nicht kooperieren wollen, dann fahren Sie eben wieder nach Hause und Sie werden nie belegen können, dass dieses Gespräch hier jemals stattgefunden hat. Sie wissen doch rein gar nichts!«

So, so, Herr Keller. Nicht nur vom Namen her erinnerte der Typ ihn an diesen sauertöpfischen Schalke-Trainer. Dieser Keller hätte also am liebsten, Tom würde sagen, was er weiß, und ansonsten die Schnauze halten. Nicht mit mir, dachte er. Er würde dem jetzt mal einen vorsichtigen Schuss vor den Bug geben.

»Mein lieber Herr Keller, ich habe mich auf Wunsch der Behörden mit der Berichterstattung bisher sehr zurückgehalten und längst nicht alles veröffentlicht, was ich weiß. Herr Schüppe wird Ihnen das bestätigen können. Ich habe dadurch, ich bin freier Fernsehproduzent und werde nach gesendeten Minuten bezahlt, auf sehr viel Geld verzichtet. Ich bin mir ziemlich sicher, dass es sich hier um eine Mordserie handelt, die wahrscheinlich noch nicht abgeschlossen ist. Statt meine Informationen in irgendeiner Form zu honorieren, wollen Sie mich lästigen Reporter am liebsten wieder nach Hause schicken. Das erinnert mich irgendwie an die Mordserie des NSU, wo die Behörden ebenfalls konsequent Hinweise ignoriert und lieber wegen Schutzgelderpressung gegen Migranten ermittelt haben.«

Jetzt ging dieser Keller erst richtig ab. »Und wir, Herr Balzack …«, er beugte sich nach vorn, blickte Beifall heischend in die Runde.

Ritterswürden sah unbeteiligt an die Decke, Schüppe und Reuter guckten weiterhin stur in ihre Unterlagen.

»… wir wissen auch eine ganze Menge über Sie. Dass Sie es in dreißig Berufsjahren nicht geschafft haben, in einem Sender oder Verlag Karriere zu machen, weil Sie sozial inkompatibel sind. Dass Ihre Familie sich von Ihnen abgewendet hat und Sie größenwahnsinnig mehrere Häuser gekauft und gebaut haben, die Ihnen wie Mühlsteine am Hals hängen. Dass Sie auch Ihre Medienklitsche nicht profitabel führen können, kurz vor der Insolvenz stehen. Sie sind in unseren Augen …«, er blickte wieder in die Runde.

Schüppe und Reuter guckten gequält, Ritterswürden weiterhin unbeteiligt. Ihnen schien der Auftritt des SG-Fredis peinlich zu sein.

»… ein großspuriger Versager, dessen Geschichten niemand glauben, drucken oder senden wird. Darüber hinaus würde Ihnen Ihre Bank, übrigens ein Institut in öffentlich-rechtlicher Trägerschaft, mit Freuden den Hahn zudrehen, wenn wir nur mit dem Finger schnippen würden.«

Tom versuchte, sein neutrales Pokerface beizubehalten. Das hatte gesessen. Besonders der letzte Satz. Mit dem Rest hatte der ja recht. Also, fast. Konnte man jedenfalls so sehen. Natürlich hatte er darüber hinaus auch drei Kinder zu anständigen Menschen erzogen und sich sein finanzielles Scheitern nicht leicht gemacht. Trotzdem musste er sich das von so einem Beamtenschnösel nicht sagen lassen. Wut stieg in ihm auf, wurde größer. Wie immer, wenn es in ihm kochte, wurde Tom nach außen eiskalt.

»So, so, Herr Keller, Sie haben mich also überprüft und für zu leicht befunden. Jetzt sag ich Ihnen mal, Herr Keller, was ich über Sie weiß: Ihr schicker Anzug, für den viele unschuldige Polyester sterben mussten, hat höchstens hundertneunzig Euro gekostet und stammt wahrscheinlich von C&A. Sie haben zwar gehört, dass man in dieser Saison gestreifte Krawatten zu karierten Hemden trägt, aber offenbar nicht, dass die farblich zueinanderpassen sollten. Da passt so manches nicht bei Ihnen, auch die Schuhe. Zum Anzug sollten die aus Leder und glänzend sein, statt der Trekkingschuhe mit Lehmresten, die Sie tragen.«

Natürlich wäre Tom noch mehr eingefallen, aber er wollte es nicht übertreiben. Es war mucksmäuschenstill, niemand sprach ein Wort, auch Keller nicht. Der wusste schon, warum, und hatte Angst vor dem, was folgen könnte. Schüppe und Reuter guckten verstohlen auf die Schuhe des Mannes von der Sicherungsgruppe. Darum herum lagen Reste getrockneten Lehms auf dem Teppichboden.

Tom hatte sich in Rage geredet und setzte nach. »Sie interessieren sich für Autos, Herr Keller, sonst hätten Sie nicht diese überbreiten Proletenfelgen auf Ihrem VW. Ihrem Rang beim BKA nach, wahrscheinlich Kriminalrat, müsste es eigentlich für einen schicken Dreier statt für einen gebrauchten Golf V reichen. Aber mit Ihren acht- oder neununddreißig Jahren haben Sie jetzt andere Prioritäten. Aufgrund Ihres Beamtenstatus haben Sie trotz zu geringen Eigenkapitals den Kredit für ein Reihenhaus für Ihre kleine Familie bekommen, das gerade im Rohbau steht und wo Sie heute Morgen schon nach dem Rechten gesehen haben. Daher der Lehm an Ihren Schuhen. Finanziell wird das jetzt schon eng mit dem Haus, das Sie bis zur Rente abzahlen müssen, sonst hätten Sie die beiden Ausparkbeulen an der Stoßstange und dem linken Kotflügel längst reparieren lassen. Ich muss Ihnen sagen, Herr Keller, an Ihnen gefällt mir auch so manches nicht.«

Peinliches Schweigen.

Tom hätte noch mehr sagen können, aber er dachte an Kellers Satz mit der Bank. Noch mehr Stress von dieser Seite konnte er nicht gebrauchen.

Keller lief rot an, der Oberstaatsanwalt sprang für ihn in die Bresche: »Herr Balzack, mäßigen Sie sich! Sie behaupten hier eine ganze Menge. Das ist, wie bei unserem Fall auch, eine Mischung aus Vorurteilen, Beobachtungen und ganz viel Spekulation. Wahrscheinlich haben Sie in der Tiefgarage ein Auto gesehen, das Sie jetzt einfach Herrn Keller zuordnen. Ich nehme zum Beispiel an, dass der Kollege vom BKA mit einem Dienstwagen gekommen ist.«

Jetzt wurde Tom richtig ärgerlich. Für wie doof hielten die ihn? »Ach, haben die Dienstwagen des BKA jetzt Düsseldorfer statt Wiesbadener Kennzeichen? Mit den Initialen samt Geburtsdatum ihrer Fahrer? Und Fortuna-Düsseldorf-Aufkleber und Kindersitze? Wahrscheinlich heißt Herr Keller auch noch Kevin mit Vornamen.«

Schüppe konnte ein leichtes Grinsen nicht unterdrücken. Der Oberstaatsanwalt und Ritterswürden blickten Keller fragend an.

Der saß zusammengesunken in seinem Sessel, hatte die Arme vor der Brust verschränkt und zischte: »Es ist eine Doppelhaushälfte. Und ich heiße Klaus!«

Das war ihm jetzt wohl beides wichtig. Wieder betretenes Schweigen.

So kamen sie hier nicht weiter. Tom übernahm die Initiative. »Also gut, meine Herren. Herr Keller und ich kennen uns jetzt. Ich wüsste nun gern mal, wer eigentlich der Onkel auf dem Foto ist, das ich Herrn Schüppe gezeigt habe. Schließlich scheint dieser Mensch Zugriff auf die ausführenden Organe der Staatsmacht zu haben, die er zu unmotivierten Drogenkontrollen anspitzen kann, und trachtet mir nach dem Leben.«

Der BKA-Fritze zog die Brauen hoch, schwieg aber.

Reuter wirkte ungehalten. »Jetzt übertreiben Sie mal nicht! Wie kommen Sie denn zu einer solch absurden Behauptung?«

»Zwei Stunden, nachdem ich dem Mann auf dem Foto gegenübergestanden habe, hatte ich einen Unfall auf dem Ring Amsterdam. Da hat sich ein Reifen abgewickelt. In einem anderen war ein Schnitt. Wenn das hundert Kilometer weiter auf deutscher Seite passiert wäre, bei höherer Geschwindigkeit, säße ich jetzt nicht hier.«

Fragend blickte der Oberstaatsanwalt den Mann vom BKA an.

Keller setzte sich jetzt wieder aufrecht hin, räusperte sich, knetete seine Hände. »Der Vorfall ist uns nicht bekannt. Passierte ja auch im Ausland. Ist aber nicht undenkbar.«

Reuter explodierte fast. »Herr Keller, ich finde, Sie müssen uns jetzt mal reinen Wein einschenken! Wer ist dieser Mann auf dem Foto?«

Keller nahm einen Schluck Wasser und trug aus seiner Akte vor: »Ich muss zunächst betonen, dass die Weitergabe der folgenden Informationen die Interessen der Bundesrepublik Deutschland beeinträchtigen würden.«

Dabei sah er in die Runde, sein Blick verharrte auf Tom, der innerlich aufstöhnte. Der älteste Trick der Welt gegenüber Journalisten: Du erfährst alles, aber nur vertraulich, kannst es deshalb nicht verwenden. Selbst wenn du es hinterher aus anderen Quellen recherchierst. Eigentlich müsste er jetzt aufstehen und gehen. Wenn seine verdammte Neugier nicht wäre ... Also nickte auch Tom zustimmend.

»Es handelt sich um Marten Emmerich, geboren 12.04.1969. Herr Emmerich hat eine niederländische Mutter und einen deutschen Vater, besitzt beide Staatsangehörigkeiten und wuchs in Kleve am Niederrhein auf. 1988 machte er dort Abitur mit einer Durchschnittsnote von 1,3. Danach ging er zur *Nederlandse Krijgsmacht,* der niederländischen Bundeswehr. Nach dem Grundwehrdienst durchlief er direkt eine Spezialausbildung. 1995 gehörte Herr Emmerich zu dem niederländischen Bataillon *Dutchbat III,* das unter UNO-Kommando stand. Mit rund vierhundertfünfzig Kameraden musste er tatenlos zusehen, wie beim Massaker von Srebrenica bis zu achttausend Bosnier abgeschlachtet wurden. Aufgrund von Vorfällen später im Kosovo, die wir nicht kennen, gab es einen internationalen Haftbefehl gegen Emmerich. Das war 1998/99. Weil wohl auch deutsche Beamte in den Vorgang verwickelt waren, die sich dort in inoffizieller Mission aufhielten, und er schließlich auch über die deutsche Staatsangehörigkeit verfügt, wurde Emmerich in Absprache mit den niederländischen Behörden nach Deutschland verbracht, bekam eine neue Identität und Legende unter dem Namen ›Axel Sommer‹. Da es trotzdem ratsam war, ihn nur im Inland operieren zu lassen, und man eine ausbildungsadäquate Verwendung für ihn suchte, ließ man ihn in den Polizeidienst eintreten. Er wurde Einsatzleiter des Essener SEK. Herr Schüppe war damals sein Vorgesetzter und kennt ihn am besten von uns allen. Bereits im Jahr 2002 schied Emmerich auf eigenen Wunsch wieder aus dem Polizeidienst aus.«

»Und was macht er seitdem?«, fragte Reuter ungeduldig.

»Emmerich hat eine Sicherheitsfirma gegründet, deren einziger Angestellter er selbst ist. Unseres Wissens hatte er von Anfang an auch nur einen Kunden.«

Reuter, genervt: »Und wer ist das?«

»Ich weiß nicht, ob ich das hier sagen kann.« Keller warf einen vielsagenden Blick auf den Reporter.

Tom lehnte sich abwartend zurück, mit neutralem Gesichtsausdruck.

Endlich mischte Schüppe sich ein, der bisher geschwiegen hatte. So ärgerlich hatte Tom ihn noch nie erlebt. »Herr Keller, ich weiß nicht, was Sie und Balzack für ein Ding laufen haben. Mich erstaunt, wie viel Sie jeweils übereinander wissen. Aber diese kindischen Schwanzvergleiche zwischen Ihnen kotzen mich an. Herr Balzack hat bisher in dieser Angelegenheit gezeigt, dass er sich an Absprachen hält. Und nach dem, was Sie bisher erzählt haben, bekommt er den Rest sowieso raus.«

»Ja klar, weil es immer irgendwo undichte Stellen bei uns im Apparat gibt!«, blaffte der BKA-Mann zurück. Mit giftigem Blick auf Schüppe fuhr er fort: »Aber meinetwegen. Bei Emmerichs Auftraggeber handelt es sich um die Familie Manfred Holz.«

Schüppe und Reuter guckten fragend, der Name sagte ihnen nichts. Ritterswürden guckte wissend und schwieg.

Der Reporter klärte sie auf. »Manfred Holz hat den Namen seiner Frau angenommen. Sein Geburtsname ist Frostmann, er ist der Sohn der bekannten Zeitungsdynastie. Er hat sich vor Jahren mit vielen Millionen abfinden lassen und lebt seitdem zurückgezogen als Ökobauer im Sauerland. Wozu braucht der einen Mann wie Emmerich? Als Personenschutz für seine Familie?«

Keller hatte sich etwas beruhigt, klang jetzt fast freundlich. Offensichtlich hatte er sich entschieden, dem Reporter zu vertrauen.

Geht doch, dachte Tom.

»Das haben wir uns auch gefragt. Wir wüssten auch gern, was eine lebende Waffe wie Emmerich so treibt. Wir kennen nicht einmal seinen Wohnort, seine Basis. Wir sind da immer an Grenzen gestoßen …«

Im wahrsten Sinne des Wortes, ihr Pfeifen, dachte Tom.

»Diese großen Verlegerdynastien lassen zwar gern alle und jeden in ihre Gazetten und Kanäle zerren, dort vorführen, nur ihr eigenes Leben ist komplett abgeschottet. Sogar ablichten lassen sie sich nur auf Benefizgalas. Da besteht ein Kodex untereinander, da plaudert auch die Konkurrenz nix aus. Und jedes Mal, wenn wir noch so vorsichtig wegen Emmerich vorgefühlt haben, kam ein ›Stopp!‹ von ganz oben. Die Politiker aller Parteien wollen es sich mit den Medienmagnaten auch nicht verderben, könnte schlecht für die Karriere sein.«

Jetzt wurde er ja richtig zum Klassenkämpfer, der kleine Keller, dachte Tom.

Die Reaktion ließ nicht lange auf sich warten. »Herr Keller, das ist eine persönliche Wertung von Umständen, deren Einsicht und Beurteilung Ihren Dienstgrad übersteigen. Halten Sie sich zurück.«

Interessant, Ritterswürden war doch nicht eingeschlafen.

»Herr Schüppe, Sie kennen Emmerich doch am besten«, griff Reuter ein. »Wie schätzen Sie den Mann ein?«

»Marten Emmerich hat ein archaisches Gerechtigkeitsempfinden, Auge um Auge. Nach seinen Erfahrungen in Bosnien und dem Kosovo würde er auch bestehende Gesetze ignorieren, um seine Vorstellung von Gerechtigkeit durchzusetzen. In seiner Zeit als Einsatzleiter des Essener SEK wäre jede Geiselnahme mit einem finalen Rettungsschuss beendet worden, wenn es ausschließlich nach Herrn Emmerich gegangen wäre. Er meinte immer: Das erspare dem Staat teure Prozesse mit geringen Strafen. Und für die Geiseln sei es langfristig schlimmer, so einen Geiselnehmer noch unter den Lebenden zu wissen, als zu erleben, dass neben ihnen jemand erschossen wird. Er hat auch immer angeboten, diesen finalen Rettungsschuss selbst anzusetzen, um die jungen Scharfschützen nicht damit zu belasten. Der Vorgang des Tötens schien ihm absolut nichts auszumachen. Wenn es um ein höheres Ziel ginge, auch nicht das Töten unschuldiger Menschen. Das wären in seiner Welt dann die sogenannten Kollateralschäden. Weil er diese Ansichten immer offensiver gegenüber den jungen Kräften vertreten und dadurch ein sehr ungesundes Klima geschaffen hat, haben wir ihm damals nahegelegt, den Dienst zu quittieren.«

Schöne Aussichten. Bankenopfer oder Kollateralschaden, was ist dir lieber?

Balzack machte sich um die Sache mit der Bank größere Sorgen. Denn wenn diese erfahrene Kampfmaschine Emmerich ihn tot sehen wollte, wäre er das wahrscheinlich bereits. Die Sache mit den aufgeschnittenen Reifen war sicherlich nur eine Warnung gewesen.

»Und eins noch«, fuhr Schüppe fort. »Emmerich hat immer einen Plan B. Den Mord in Hombruch hat er so geplant, dass er sich bei einer Entdeckung auf Notwehr hätte herausreden können. Zur Sicherheit hat er in Herne-Wanne und in Österreich DNA und Abdrücke von Berisha hinterlassen, um dem die Tötungsdelikte in die Schuhe zu schieben, falls wir in seine Richtung ermitteln. Hätte ja auch alles funktioniert. Wenn wir Berisha nicht so frühzeitig gefunden hätten, dass sich sein genauer Todeszeitpunkt noch bestimmen ließ. Selbst zum jetzigen Zeitpunkt haben wir nicht die geringsten Beweise gegen Emmerich. Keine Spuren an einem der Tatorte, nur eine wackelige Indizienkette durch seine Hinweise auf den Albaner. Und zwei vage Augenzeugen: den Rentner, der ihn am Tatort in Dortmund gesehen hat. Die Tötung Berishas dort könnte Emmerich sogar zugeben und sich auf Notwehr herausreden. Wenn er sagt, er habe mit dem abgesägten Finger nichts zu tun, bleibt uns derzeit nur der Stricher als Zeuge des letzten Mordes. Wenn der ihn überhaupt identifizieren kann.«

Irgendwie passte an Schüppes Erzählungen etwas nicht zusammen, dachte Tom. Aber das sollte er seinen Kollegen selbst erklären. Wenn das nicht schon längst geschehen war. Er jedenfalls würde sich jetzt mal ganz dumm stellen.

»Wenn diese Kampfmaschine so tickt, wie der Spa… also wie Herr Schüppe es darstellt, ist mir immer noch einiges unklar. Durch meine Recherchen und Spekulationen«, dabei blickte Tom Keller an, »kann ich mir den Grund für die drei Morde an den Deutschen zusammenreimen. Jedenfalls, wenn ich mich in die verquaste Gedankenwelt Emmerichs und seiner Auftraggeber hineinversetze. Nur das mit Berisha passt da nicht rein: jemanden komplett Unschuldigen zu töten, nur um andere Straftaten zu verdecken? Fiel derAlbaner dabei auch unter die Rubrik ›Kollateralschaden‹?«

Oh Tom, warum tust du das? Schüppe rückte unbewusst von dem Reporter ab. Er musste etwas sagen, alle Augen im Raum waren jetzt auf ihn gerichtet.

»Berisha war bei Weitem nicht der harmlose Kleinganove, für den man ihn auf den ersten Blick in die Akten halten könnte. Er gehörte zu den *Schwarzen Adlern*, einer Eliteeinheit der UCK-Miliz. Bei einer Auseinandersetzung im Kosovo 1998 hat Berisha auf den niederländischen Soldaten Emmerich geschossen, ihn verfehlt und das Knie eines deutschen Beamten getroffen. Berisha gelang die Flucht. Emmerich hat im Rahmen einer privaten Racheaktion ganz allein ein lokales Hauptquartier der UCK in Denica gestürmt, vier bewaffneten Anwesenden die Knie zertrümmert. Übrigens mit einem Baseballschläger. Berisha hat er dabei nicht angetroffen. Diese Aktion war auch der Grund, warum Emmerich damals so schnell aus dem Kosovo wegmusste. Später hat Berisha in Deutschland eine junge Frau vergewaltigt, dabei ein Kind gezeugt, das er dann durch Schläge und Tritte gegen die Frau versucht hat abzutreiben. Das Kind kam behindert zur Welt, Berisha kam mit einer Bewährungsstrafe davon. Später hat er im Ruhrgebiet Schutzgelder für die UCK eingetrieben, die heute im organisierten Verbrechen aktiv ist. Zuletzt hat er gestohlene SUVs auf den Balkan exportiert.«

Keller guckte betroffen, Tom war überrascht. Die Kosovo-Geschichte kannte er noch nicht.

Schüppes Vorgesetztem Ritterswürden dämmerte etwas. »Herr Schüppe, ich weiß, dass Sie für Vorgänge zu bestimmten Zeiten Ihrer früheren Dienstzeit keine Ausnahmegenehmigung haben oder jeweils erhalten werden. Trotzdem frage ich Sie das jetzt ganz offiziell: Handelte es sich um Ihr Knie, das bei Berishas Angriff zerschossen wurde, und um Ihre Tochter, der er dieses Leid angetan hat?«

Schüppe nickte. Mit ruhiger, fester Stimme antwortete er seinem Präsidenten: »Das kann ich bestätigen. Mein Knie. Meine Tochter. Mein behinderter Enkel. Ich habe die Zusammenhänge mit mir persönlich erst erahnt, als ich Berisha bei der Obduktion erkannte. Dass es sich bei dem mutmaßlichen, also wahrscheinlichen Täter um den mir ebenfalls bekannten Emmerich handelt, habe ich erst durch Herrn Balzack erfahren. Ich kann Ihnen aber versichern, Herr Präsident, dass ich in diesem Fall ausschließlich nach geltendem Recht und nach allen Regeln der Kriminaltechnik und -taktik ermittelt habe. Ich hätte allerdings auch vollstes Verständnis dafür, wenn Sie mich jetzt wegen Befangenheit von dem Fall abziehen würden.«

Der Polizeipräsident und der Staatsanwalt wirkten plötzlich sehr nachdenklich. Und sehr besorgt. Herr Keller von der Sicherungsgruppe des BKA musste zur Toilette.

16:40 Uhr

Harry Fitz fand es sehr langweilig und vor allem sehr heiß in seinem schwarzen Geländewagen mit den dunklen Scheiben. Ab und an ließ er den Motor laufen, um die Klimaanlage einschalten zu können. Er wartete jetzt schon vierzig Minuten auf seinen Chef und hatte den Eingang zur Tiefgarage des Polizeipräsidiums im Auge. Dabei nuckelte er an einer kalten Cola, die er sich gegen Toms ausdrückliche Anweisung, den Wagen nicht zu verlassen, gerade am Kiosk vor dem Landgericht geholt hatte. Die Scheibe der Fahrertür hatte er einen Spalt geöffnet.

Dann sah er den Mann, der zu Fuß aus dem Haupteingang des Präsidiums kam. Trotz der Hitze trug er über Jeans und schwarzem T-Shirt eine dieser M65-Jacken. In beiden Händen hielt er Gegenstände, die Harry nicht erkennen konnte. Aber den Mann kannte er. Und er lief in seine Richtung.

Harry ließ die fast volle Colaflasche fallen, die klebrige Flüssigkeit ergoss sich in den Fußraum des Wagens. Während er sich nach unten rutschen ließ, zog er gleichzeitig die Kamera vom Beifahrersitz auf seinen Schoß, drückte dabei schon den Aufnahmeknopf. Langsam zog er sie so weit hoch, dass die Optik gerade über das Armaturenbrett lugte. Er drehte das Display zu sich und betätigte die Zoomvorrichtung. Jetzt konnte er mehr erkennen.

In der linken Hand hielt der Mann ein kleines technisches Gerät, vielleicht einen Walkman. In der rechten Hand, mit dem Lauf nach unten zum Gehweg, eine Pistole. Frisch geölt, wie Harry wusste. Der Mann, den er schon einmal in Holland heimlich gefilmt hatte, kam direkt auf das Auto zu. Harry versuchte, noch weiter Richtung Fußraum zu rutschen. Der Killer war jetzt nur noch dreißig Meter von ihm entfernt. Zwanzig Meter. Drei Wagenlängen. Zehn Schritte. Er schien ihn direkt anzusehen, und er schien ironisch zu grinsen. Als er nur noch sechs, sieben Meter von ihm entfernt war, steckte der Mann die Hand mit der Waffe plötzlich in die Jackentasche. Gleichzeitig klopfte jemand an die Scheibe der Fahrertür.

Harry glaubte, sein Herz bliebe stehen. Erschreckt guckte er nach links – das Gesicht von Atze Schröder grinste ihn an.

»Herr Fitz, aus Ihrem Fahrzeug tropft eine braune Flüssigkeit. Sind Sie inkontinent oder ist es Ihr Auto?«, wollte Kroko von dem Kameramann wissen.

Als Harry wieder nach vorn sah, war der Mann verschwunden.

16:45 Uhr

Sie hatten ihre Konferenz unterbrochen, bis Keller von der Toilette zurück war. Der Oberstaatsanwalt und der Polizeipräsident hatten sich in eine Ecke des Raumes verzogen, tuschelten intensiv miteinander. Schüppe ging in der anderen Ecke hin und her, um sein Bein zu durchbluten. Tom hatte sich eine neue Tasse Kaffee eingegossen und war zu dem Beamer geschlendert, um sich dessen Funktionsweise anzusehen.

Als Keller mit einem verlegenen Grinsen den Raum wieder betrat, dachte Tom: Der Kerl hat sich reichlich Zeit gelassen. Aber er wirkte jetzt erleichtert.

Auch Schüppe fiel die veränderte Körpersprache des BKA-Mannes auf. Vielleicht war er vorhin so aggressiv gewesen, weil er unter Druck stand, sinnierte der Kommissar. Wie hatte der Libanese sich noch im Verhör ausgedrückt: »Ich habe den abgestochen, weil ich keine Zeit mehr zum Labern hatte. Ich musste aufs Klo.«

Tom stand noch immer am Beamer und begann mit seinem Vortrag. »So, meine Herren, nachdem die Modalitäten nun geklärt sein dürften, ich verlasse mich dabei auf Ihr Wort …«, dabei schaute er über den Konferenztisch von

Ritterswürden zu Reuter, fuhr mit ironischem Blick auf den Mann vom BKA fort, der sich gerade wieder auf seinen Platz setzte, »… und Herr Keller auch zurück in unseren Kreis gefunden hat, wollen wir uns mal gemeinsam ein Foto ansehen.« Er hatte seinen Datenstick in den Beamer geschoben und warf jetzt ein Foto auf die Leinwand. »Bei dieser Aufnahme vom 16.07.2002 geht es um insgesamt neun Personen. Es entstand an einem herrlichen Sommertag am Strand von Juliandorp aan Zee, einem Stadtteil von Den Helder in Noord-Holland. Hinter diesen Menschen sehen Sie bunte Holzhütten, die sie ihren Familien für die Ferien gemietet hatten, um dort ihre Strandutensilien unterzubringen. Die zweite Hütte von rechts ist mit einem Vorhängeschloss gesichert. Es ist die Kabine der Familie Holz. Manfred Holz und seine Frau Doris hatten den Strand an diesem Tag eher verlassen, weil es ihrer zwölfjährigen Tochter Denise schlecht ging. Ihren neunjährigen Sohn Damian überließen sie der Aufsicht der übrigen Gruppe, allesamt langjährige Freunde, Nachbarn und Eigentümer von Ferienhäusern der nahe gelegenen Siedlung *De Rozenbottel.* Genau zu dem Zeitpunkt, als sich diese Menschen fröhlich mit Bier und Sekt aus mitgebrachten Kühlboxen zuprosteten, kämpfte fünfzig Meter vor ihnen der kleine Damian in den Wellen der Nordsee um sein Leben. Als ihre Kinder angelaufen kamen, um Hilfe schrien, nahmen ihre Eltern sie nicht ernst und glaubten an einen Scherz. Sie wollten in ihrer Plauderei nicht gestört werden, in Ruhe weitertrinken und dieses Foto machen. Die Kinder rannten zum etwa einen Kilometer entfernten Stützpunkt der *Reddingsbrigade.* Als sich schließlich nach Foto und Prösterchen doch zwei Väter zum Wasser begaben, waren die Rettungskräfte schon mit Wiederbelebungsmaßnahmen beschäftigt. Vergeblich, Damian war ertrunken.«

»Und auf dem Bild sind auch unsere Mordopfer?«, wollte Reuter wissen.

Tom Balzack nahm einen Zeigestab zur Hand, der neben dem Beamer lag, und fuhr fort: »Nicht nur. Das Ehepaar Dullmeyer, Fleischfabrikanten aus Hamm, das sind diese beiden hier, damals Ende dreißig. Im Juli 2004 verschwanden sie bei einer Skandinavienkreuzfahrt. Einfach so. Angeblich sind sie nachts betrunken über Bord gefallen. Der zweite Herr von rechts starb im Juli vor sechs Jahren. Er war damals vierundfünfzig Jahre alt. Er hatte versucht, im Keller seines eigenen Hauses in Herten einen Abwasserschacht zu reinigen, sich dort hineingebeugt. Dabei ist er stecken geblieben und ertrunken, als oben die Toilette gespült wurde und Fäkalien in den Schacht liefen. *Klempnermeister an eigener Scheiße erstickt*, hat der *Express* damals wenig pietätvoll geschrieben und sich eine Rüge des Presserates eingefangen. Dieser Herr hier starb vor drei Jahren, ebenfalls im Juli. Er war gerade Rentner geworden. Angeblich Selbstmord, etwas Genaueres weiß ich nicht. Das hier ist unsere in Österreich getötete Unternehmerin Jutta Schulfeld, das der Hobbyornithologe Reinhardt und das der Lehrer Schultzky, der in der Badewanne ertrunken ist. Die drei, von denen ihre Angehörigen behaupten, dass sie sich untereinander nicht kennen. Vielleicht ist es Ihnen auch aufgefallen: Bei allen mir bekannten Fällen hat der Tod in irgendeiner Form mit Wasser zu tun. Oder zumindest mit Flüssigkeiten.«

»Teilweise sogar mit Salzwasser«, präzisierte Schüppe. »Bei Frau Schulfeld und Herrn Mayer wurde ein sehr hoher Salzanteil in dem Wasser festgestellt, in dem sie ertrunken sind.«

»Sprachen Sie nicht von neun Menschen? Bis jetzt sind das sieben«, fragte Reuter, ohne auf Schüppes Feststellung einzugehen.

»Wenn wir das Foto mal größer zoomen … Moment, wie funktioniert das denn hier? …Ach so, jetzt … sehen Sie Nummer acht. Der Typ, der von ganz weit hinten gerade ins Bild läuft und noch voll bekleidet ist. Etwas unscharf, aber ich kann Ihnen versichern: Das bin ich, auf dem Weg zum

Strand. Zufällig durchs Bild gelaufen. Ich hatte mit dieser Gruppe wenig zu tun, kannte sie auch nur flüchtig. Ich kam also erst nach dem Geschrei der Kinder hinzu, hatte von dem ganzen Drama überhaupt nichts mitbekommen. Aber ich bin mit auf dem Foto.«

»Dann fehlt aber immer noch einer!«

»Sie vergessen den Fotografen. Dr. Jürgen Bartow, damals Staatssekretär, mittlerweile Innenminister von Schleswig-Holstein und demnächst wahrscheinlich in gleicher Funktion Mitglied der Bundesregierung. Wenn er den Juli überlebt.«

16:55 Uhr

An dieser Stelle wurden die Teilnehmer der Konferenz durch ein Klopfen an der Tür unterbrochen. Im Gang davor standen Kroko, Harry und der Türwächter. Nachdem Schüppe kurz mit seinem Vertreter gesprochen und dem Beamten an der Tür Anweisungen gegeben hatte, kam er wieder in den Raum. Die Anwesenden erlebten einen völlig veränderten Menschen. Georg Schüppe schien sich in wenigen Sekunden mit Energie und Körperspannung aufgeladen zu haben.

Mit ungewohnter Kommandostimme gab der Rangniedrigste seine Anweisungen: »Meine Herren, wegen eines Vorfalls im Zusammenhang mit unserem Thema müssen wir jetzt abbrechen. Es ist von einem geplanten Anschlag auf einen oder mehrere Teilnehmer dieser Runde auszugehen. Ich muss Sie bitten, diesen Raum sofort zu verlassen. Herr Ritterswürden, Sie lassen sich am besten sofort nach Dortmund zurückfahren. Herr Oberstaatsanwalt, Herr Keller, im Hof des Polizeipräsidiums wartet ein gepanzerter Wagen des SEK, der Sie beide nach Düsseldorf bringen wird. Ich werde Sie alle zeitnah unterrichten, sobald ich die Einzelheiten abgeklärt habe. Herr Balzack und Herr Fitz, Sie bleiben hier. Krokowski ebenfalls.«

Der Polizeipräsident und der Leitende Oberstaatsanwalt wirkten verärgert, Keller wollte protestieren. Ein Blick in Schüppes eisblaue Augen ließ ihn verstummen. Während die drei Männer den Raum verließen, kamen Kroko und Harry Fitz herein.

Schüppe verschloss die Tür mit einem Zahlencode. »So, hier sind wir erst mal sicher«, meinte er dann. »Was ist genau passiert?«

»Ich habe, wie du es gesagt hast, das Umfeld des Polizeipräsidiums beobachtet. Mir ist das Auto von Herrn Fitz aufgefallen. Es war leer. Dann habe ich ihn mit einer Cola vom Kiosk kommen sehen. Wenig später bemerkte ich, wie eine dunkle Flüssigkeit unter der Fahrertür aus dem Auto tropfte. Weil mir das merkwürdig vorkam, aber auch, um dem Fitz zu zeigen, dass ich ihn im Blick habe, habe ich an die Seitenscheibe geklopft. Herr Fitz hat zusammengesunken auf dem Fahrersitz gelegen, hatte sich offensichtlich eingenässt und schien einer Ohnmacht nahe. Er zeigte immer nur auf seine Kamera und stammelte unverständliches Zeug. Ich habe mir ihn und seine Kamera gegriffen, die er unbedingt mitnehmen wollte, und bin in die Wache des Präsidiums marschiert. Dort hat er mir seine Aufnahmen gezeigt. Daraufhin hielt ich es für richtig, dich sofort zu unterrichten. Wir haben uns dann zu diesem Raum hier vorgekämpft, was wirklich nicht einfach war.«

Schüppe nickte. »Lassen Sie mal sehen«, forderte er den Kameramann auf.

Harry spulte die Kamera zurück und klappte das Display an der Seite der *Sony* auf. Er drehte es so, dass der Kommissar und Tom die Szene begutachten konnten.

»Was hältst du davon?«, fragte Tom, nachdem die Aufnahme geendet hatte.

»Tja. Schwer zu sagen«, antwortete Schüppe. »Möglicherweise hat Kroko durch sein Auftauchen deinem Kameramann unbewusst das Leben gerettet.«

»Dann war ich ja doch mal für was gut!«, krähte Holger Krokowski stolz dazwischen.

»Ja, unbewusst, wie ich schon sagte. Die andere Sache macht mir mindestens genauso viel Sorgen.«

Tom fror in der Kamera ein Standbild ein, zoomte auf ein Detail. »Sieht wie ein Diktiergerät aus. Laut Timecode entstand die Aufnahme um 14:42 Uhr.«

Der Reporter und der Hauptkommissar sahen sich an. Sie hatten denselben Verdacht.

»Dieses Arschloch. Beklagt sich noch scheinheilig über undichte Stellen in unserem Apparat. Woher wusstest du eigentlich so viel über den Keller?«, fragte Schüppe.

»Letzte Woche haben wir in einem Edelpuff in Düsseldorf recherchiert. Es ging um Freier, die mit K.-o.-Tropfen schachmatt gesetzt und anschließend mit eindeutigen Fotos erpresst worden sein sollen. Kellers Auto stand auf dem Kundenparkplatz, mit Babyschale und Bauakte auf dem Rücksitz. Beim Ausparken ist Harry leicht gegen die Stoßstange gekommen. Wir haben uns das Kennzeichen aufgeschrieben und meine Visitenkarte unter den Scheibenwischer geklemmt. Über den Zentralruf der Versicherer habe ich dann den Halter recherchiert und ihn angerufen. Er meinte, an seinem Auto sei nichts dran, ich solle ihn in Ruhe lassen.«

»Ah, jetzt wird mir einiges klar. Warum der so aggressiv auf dich reagiert hat und so viel über dich wusste. Der hat im Gegenzug deinen Hintergrund ermittelt. Wir müssen den elegant ins Abseits stellen, damit der nicht noch weitere Informationen weitergeben kann. Wenn alles vorbei ist, soll die Innere sich um ihn kümmern. Aber jetzt«, dabei blickte er Tom und Harry sehr ernst an, »müssen wir erst mal überlegen, wie wir euch hier rausbringen und vor Marten schützen. Nach meiner Einschätzung schwebt ihr in Lebensgefahr. Besonders, wenn er das Diktiergerät abgehört hat und den Inhalt unserer Besprechung kennt.«

Tom hatte eine Idee, die Schüppe nicht wirklich gefiel. Aber er hatte keine bessere.

20:00 Uhr

Seine Wohnung lag im Dortmunder Kreuzviertel, das war ganz okay, bis auf die Parkplatzsituation. Aber sein Auto stand sowieso meistens am Präsidium, die paar Meter schaffte er auch zu Fuß. Ein Zimmer, Küche, Bad. Achtunddreißig Quadratmeter, kein Balkon. Kleine Räume, kurze Wege. Schicker Jugendstil von außen, innen seit fünfzig Jahren nicht mehr renoviert. Hohe Decken, dicke Mauern, die morschen Holzfenster einfach verglast. Die Wohnung war nur frei und für Schüppe bezahlbar gewesen, weil sie noch mit Nachtspeichern beheizt wurde. Bett, Schrank und Sideboard aus weißem Schleiflack stammten noch aus Lisas Kinderzimmer. Seine Frau hatte ihren Anblick nicht mehr ertragen können, und er hatte damals bei der Trennung ja nichts anderes. Der Kleiderschrank aus Kiefer, der billigste von IKEA. Seine Bücher standen seit Jahren in Umzugskartons, ordentlich an der Wand aufgestapelt.

Kroko war mal kurz dagewesen, als Einziger, und hatte sich entsetzt umgesehen. »So lebst du?«

»Na, wie denn wohl sonst?«

»Ja, ich dachte, wie ... wenigstens wie ein Kommissar!«

Der hatte gut reden. Hatte ja auch mehr als tausenddreihundert Euro netto zum Leben. Wobei Geld Georgs geringstes Problem war. Im Laufe der Jahre hätte er natürlich durchaus etwas verändern können. Aber es war ihm egal. Völlig egal.

Wie so vieles.

Auf dem alten Kacheltisch vorm Bett stand noch die Blechtasse mit dem Kaffeerest vom Morgen. Schüppe humpelte in die Küche, holte eine Flasche *Genever* aus dem Kühlschrank.

Aus dem Sideboard griff er nach der CD. Wenigstens die uralte *Sony*-Anlage hatte Gisela ihm überlassen. Klang immer noch gut.

Er legte sich bekleidet aufs Bett, während die Hubschraubergeräusche von der linken zur rechten Box wanderten, in den Song übergingen.

Of our elaborate plans, the end
Of everything that stands, the end
No safety or surprise, the end

Die *Genever*-Flasche war schon halb leer, als er sie doch wieder unter dem Bett hervorzog, die Kiste. Mit den Fotos seiner Familie, Gilla und er mit Lisa als Kind im Italienurlaub. Lisa mit Schultüte bei der Einschulung. Wunderschön auf ihrem Abiball.

I'll never look into your eyes … again

Er mit Marten im zerbombten Drenica. Der niederländische Soldat und der deutsche Polizist im Kosovo-Krieg. *Wahre Freunde kann niemand trennen, 1998/99.* Marten hatte bei seinen anderen Landsleuten, den Holländern, immer irgendwo seinen Lieblingsschnaps aufgetrieben: »Auf unsere Sekte, die Zeugen *Genevers*«.

Can you picture what will be
So limitless and free

Lisa in ihrer ersten eigenen Wohnung. Mit Merid, diesem Drecksack. Das Foto hatten sie erst später gefunden. Lisas unendlich verzweifelter Gesichtsausdruck mit dem kleinen Stefan im Arm, direkt nach der Geburt. Die Todesanzeige: *Gekämpft und doch verloren.* Die Scheidungsurkunde:

Frau Gisela Schüppe behält das alleinige Sorgerecht für den gemeinsamen Enkel Stefan ... Das gemeinsame Haus in Gelsenkirchen wird ihr übertragen ... Herr Georg Schüppe verpflichtet sich, angesichts des erhöhten Pflegeaufwandes für den Enkel Stefan monatlich 2.400 Euro zu bezahlen ...

Marten hätte es bei Merid belassen müssen. Georg hatte seinem Freund nie einen Vorwurf daraus gemacht, dass er den jungen Albaner damals als Dolmetscher angeschleppt hatte. Konnte ja keiner wissen, dass der Kerl Mitglied der *Schwarzen Adler* war und sie nur für ihre angeblichen ›Freunde‹ von der UCK ausspionieren wollte. Als Merid aufflog und betrunken losballerte, hatte Georg die Kugel abbekommen, die für Marten bestimmt war. Weil er Idiot diesen Teufel nur vorschriftsmäßig mit einem Schulterschuss gestoppt hatte, statt ihm das Licht auszublasen.

Of our elaborate plans, the end

Dann wäre ihnen vieles erspart geblieben. Merid hätte nicht mehr nach Dortmund kommen und sich an Lisa ranmachen können. Aus Rache an ihm, wegen des Scheißschultertreffers. Lächerlich. Eigentlich hätte er sich an Merid rächen müssen. Diese dauernden Schmerzen im Knie. Aber das war ja noch das Wenigste. Merid hatte sein Leben zerstört.

Er las noch einmal die Anklageschrift. Obwohl er sie auswendig kannte. Immer noch. Darin stand ja nur ein Bruchteil der ganzen Wahrheit.

Am 06.11.1999 schlug der Angeklagte die Geschädigte und trat ihr in den Bauch, nachdem sie ihm offenbart hatte, dass sie von ihm ein Kind erwarte. Auch schlug er die Geschädigte wiederholt mit dem Hinterkopf an eine Badezimmerwand und begann, ihr Teile des schulterlangen Haares abzuschneiden. Am nächsten Tag schlug der Angeklagte die Geschädigte mit der Faust in den

Bauch und schubste diese weg, wobei er billigend in Kauf nahm, dass hierdurch der Fötus getötet werden könnte. Die Geschädigte erlitt zwar starke Blutungen, zu einem Schwangerschaftsabbruch kam es jedoch nicht.

Keine Rede von der vorausgegangenen Vergewaltigung, nicht beweisbar. Nichts über Stefans schwere Behinderung, angeblich keine medizinische Folge der Schläge und Tritte. Nichts über Lisas schwere Depressionen. Warum hatte seine Tochter ihm nur nichts von ihrem neuen Freund erzählt und diesem Kerl seine Märchen geglaubt?

Lost in a Roman … wilderness of pain

Er war damals nicht zum Prozess gegangen, er konnte das nicht. Die Anwälte hatten mit dem Gericht einen Deal ausgehandelt: Merid gab einen Teil der Tat zu, das ersparte Lisa die Aussage.

Dass der Strafnachlass durch das Geständnis so groß war, dass der Kerl mit Bewährung davonkam, obwohl er keinen festen Wohnsitz und keinerlei soziale Bindungen in Deutschland hatte, damit hatte niemand rechnen können. Einhundertvierzig Tagessätze à zehn Euro. Das war nicht Teil des Deals gewesen.

Dass seine Tochter wenige Monate später nach Hause kam und sich in ihrem Zimmer unterm Dach an einem Balken erhängte, weil sie ihren Peiniger in der Stadt gesehen hatte, war aber auch nicht Teil des Deals. ›Papa Gnädig‹ nannten sie den Richter in Gelsenkirchen. Für die Opfer eher ungnädig. Wenn er als Polizist in Strafprozessen aussagen musste, konnte dieser Richter ihm seitdem nicht mehr in die Augen sehen.

And all the children are insane

Einige Monate hatte er Giselas bitter fragende Blicke noch ausgehalten, wenn er abends nach Hause kam. Er wusste ja, was sie von ihm erwartete.

Merid aufzuspüren, das wäre kein Problem gewesen mit seinen Möglichkeiten bei der Polizei. Auch nicht, ihn auszublasen. Aber gerade er wusste doch auch, dass man mit so etwas nicht durchkommt. Beziehungstaten haben die höchste Aufklärungsquote. Wer hätte denn das Geld für Stefans teure Pflege aufgebracht, wenn er im Knast gesessen hätte?

Schüppe nahm noch einen Schluck. Direkt aus der Flasche, wie früher auf dem Balkan, wenn sie unangenehme Einsätze runterspülen mussten. Er musste sich eingestehen, dass er es wohl auch nicht gekonnt hätte: einen Menschen vorsätzlich zu töten. Wenn der Drecksack ihm nach der Sache mit Lisa gegenübergestanden und ihm nur den geringsten Grund geliefert hätte, okay, dann hätte er dieses Mal tiefer und mehr in die Mitte gezielt. Aber kein eiskalter Mord. Das konnte er nicht.

Kill, kill, kill, kill, kill, kill

Marten konnte das, offensichtlich. Er hatte es sogar so choreografiert, dass er ziemlich schnell erkennen musste, wessen Werk das war. Nach Textstellen ihres Lieblingssongs, den sie in Split immer gehört hatten.

The killer awoke before dawn, he put his boots on
He took a face from the ancient gallery
And he walked on down the hall

Dann hatte er ihm noch den Zeigefinger abgetrennt, mit dem Merid damals den Abzug der PPK betätigt hatte. Und Georg hätte ihn mit dieser Geschichte sogar davonkommen lassen. Er hätte Kroko nur ganz normal ermitteln lassen müssen. Jemand anders als Georg hätte keine Verbindung zwischen Merid und Marten herstellen können. Selbst wenn: Marten, der gerissene Hund, hatte in dem Haus in Hombruch alles auf Notwehr getrimmt. Wäre maximal wegen Einbruchs dran gewesen. Um den Drecksack Merid war es nicht schade. Georg könnte seinem alten Freund Marten jetzt sogar dankbar sein.

Wenn der Kerl nur an diesem Punkt aufgehört hätte. Die Nummer mit dem abgesägten Zeigefinger hatte er zunächst nur als makabren Gruß gedeutet. Aber damit waren sie quitt.

Weil Marten weitergemordet hatte, würde er keine Rücksicht mehr nehmen können. Er fragte sich, ob dieser Marten noch die gleiche Person war, die früher sein Freund gewesen war.

The end of laughter and soft lies
The end of nights we tried to die
This is the end

Als die *Doors* fertig waren, machte Schütte die Anlage aus und legte sich ins Bett. Morgen würde er fit sein müssen, trotz des vielen *Genevers*. Morgen würde es um die Lebenden gehen, nicht mehr um die Toten. Und um ihn, genau dazwischen.

Kapitel 6

Hier oben fühlte er sich wie der König der Welt. Sehr zufrieden stand Klaus Keller, neununddreißig, Polizeirat und Bauherr, auf dem Balkon vor dem Dachstudio seines neuen Eigenheims.

Er stützte sich an der provisorischen Brüstung ab und schaute hinunter auf die Brachfläche, die später mal sein Garten werden sollte. Genau unter ihm hatten die Betonbauer gestern die Fläche für die Terrasse vor dem Wohnzimmer eingeschalt. Die Armierung lag noch frei, spitze Eisen ragten heraus. Heute sollte der Beton geliefert werden. Keller war extrafrüh auf die Baustelle gekommen, er traute diesen Burschen nicht, die im Stundenlohn abrechneten. Er wollte sich vergewissern, dass sie pünktlich waren. Das hatte er jedenfalls seiner Frau gesagt, die sich über die frühe Fahrt zur Baustelle an seinem freien Tag gewundert hatte.

In Wirklichkeit wollte er hier jemanden treffen, den er schlecht nach Hause einladen oder in sein Büro bestellen konnte. Obwohl es sich um eine dienstliche Angelegenheit handelte, sozusagen.

Es hatte Keller überrascht, dass die Betonbauer sogar schon um 07:50 Uhr erschienen waren. Der Polier hatte ihm erklärt, dass sie den Wagen mit dem Beton gegen 08:15 Uhr erwarteten. Um zehn, wenn es richtig heiß werden würde, wollten sie mit der Arbeit bereits fertig sein. Sie hatten Angst, dass bei der Hitze und dem Wind die Platte zu schnell trocknen und Risse bilden könnte, und dem Bauherrn deshalb eingeschärft, die gegossene Platte spätestens morgen, am Sonntag, gründlich zu wässern. Jetzt hielten sich die Männer in ihrem Bauwagen auf, zogen sich um und tranken, hoffentlich, Kaffee oder Mineralwasser.

Er hatte den Mann weder gehört noch ihn kommen sehen. »Guten Morgen, Herr Keller«, ertönte die kehlige Stimme plötzlich hinter ihm.

Keller drehte sich nicht um. »Guten Morgen. Haben Sie mit Ihren Auftraggebern gesprochen? Haben Sie das Geld?«, fragte er nur.

»Ja, hier. Genau dreißigtausend«, antwortete sein Gast und reichte ihm einen Umschlag.

Gierig griff Keller danach und steckte ihn direkt in die Innentasche seines leichten Blousons. »Danke. Geht doch. Trifft ja keine Armen«, sagte er.

In diesem Moment verspürte er einen heißen, stechenden Schmerz. Als er den Kopf senkte, sah er eine rostige Eisenstange, die vorn aus seiner Brust ragte.

Wie ein aufgespießtes Grillhähnchen, dachte Marten. Er ließ das andere Ende der Monierstange, die er Keller von hinten durch die Brust gestochen hatte, los. Er bückte sich und griff nach den Fußgelenken des Bauherrn, hob sie an, Kellers Körper machte eine Rolle über das oberste Rohr der Absturzsicherung und fiel in die Tiefe.

Emmerich zog den Sicherungssplint heraus, der das Querrohr und ein längs verlaufende Rohr verband. Mit einer kleinen Zange aus seinem Brotbeutel knipste er den Splint halb durch, nach mehrmaligem Biegen von Hand brach er ganz. Die Bruchstelle hatte ein unregelmäßiges Aussehen, das später auf eine Materialermüdung schließen lassen würde. Dann zog er das Querrohr heraus und warf es vom Balkon hinunter.

Es landete auf der Leiche von Klaus Keller, aus dessen Körper noch eines der mit braunem Flugrost behafteten Moniereisen ragte, die sich beim Gießen mit dem Beton verbinden und ihm seine Festigkeit verleihen.

Aus dem Bauwagen hörte man die Stimmen der Bauarbeiter. In der Ferne sah Emmerich eine Staubwolke, die der Betonwagen hinter sich herzog, als er sich über die provisorisch mit verdichtetem Split befestigten Wege des Neubaugebietes im Zickzackkurs seinem Ziel näherte.

Samstag, 31.07.
09:00 Uhr

Sie hatten dieses Mal Toms Passat genommen. Der Reporter fuhr selbst, das war ihm in dieser Situation lieber.

Georg Schüppe missfiel seine Fahrweise zu Anfang ganz offensichtlich, wenigstens meinte Tom, das aus seinem Gesichtsausdruck ablesen zu können. Obwohl der Spaten ja meist recht griesgrämig guckte. Außerdem legten die beiden Fahrzeuge des SEK, zwischen denen sie eingekeilt waren, ein ganz schönes Tempo vor, nachdem sie gemerkt hatten, dass Tom dabei gut mithalten konnte.

Schüppe hatte seinen Sitz ganz zurückgeschoben, um sein Bein ausstrecken zu können. Das Funkgerät, mit dem er eigentlich Kontakt zu den Begleitfahrzeugen halten wollte, hatte er entnervt in die Seitenablage gepfeffert. Der neue Digitalfunk mochte in Albanien seit Jahren funktionieren, auf der A 3 war es hoffnungslos. Hinter ihm kauerte der schmächtige Harry Fitz auf der Rückbank, hinter Tom war Kroko eingeschlafen.

Tom hatte Rückenschmerzen. Die Matratzen der Feldbetten in der Polizeischule an der Gruga, wo Harry und er die Nacht verbracht hatten, waren völlig durchgelegen. Kein Wunder, dass die Bereitschaftspolizisten bei Großeinsätzen so schlechte Laune hatten, dachte er.

In den Radionachrichten erzählte der Sprecher, dass die Kanzlerin nach den vorgezogenen Neuwahlen ihr Kabinett vorgestellt habe. Acht Ministerposten für die CDU, fünf gingen an die CSU, einer an die AfD. Einzige Überraschung sei Jürgen Bartow als Innenminister. Von dem sei jedoch keine Stellungnahme möglich, weil er am Morgen mit seiner Familie mit unbekanntem Ziel in den Urlaub abgereist sei und erst zur Vereidigung am fünften August wieder in Berlin erwartet würde.

Nach einem kurzen Telefonat, bei dem er nur »Ja«, »Mist«, »Wann genau?«, »Wie viel?« und »Danke« gesagt hatte, zeigte Schüppe auf das Raststättenschild: *BAT Hünxe, 1000 Meter.* »Die Einschläge kommen näher. Blink die Kollegen mal an, dass wir da vorn rausfahren. Muss denen Anweisungen geben. Keller ist vor dreißig Minuten tot auf seiner Baustelle gefunden worden. Sieht aus, als ob er vom Gerüst gestürzt wäre, während die Arbeiter gerade in ihrem Bauwagen frühstückten. Der Notarzt hat einen Briefumschlag mit dreißigtausend Euro in der Innentasche seiner Jacke gefunden. Dass der Keller da nicht zufällig runtergefallen ist, davon können wir wohl ausgehen. Demnach scheint Emmerich noch in Deutschland zu sein. Dein Plan könnte also funktionieren.«

Tom nickte, während er das Fernlicht mehrmals aufblitzen ließ und den rechten Blinkerhebel betätigte. »Dreißigtausend Silberlinge. Eine schöne Summe«, sagte er nachdenklich.

Schüppe zuckte mit den Schultern. »Weiß nicht. Um dafür zu sterben? Mit ins Grab nehmen kannst du die auch nicht.«

In dem schwarzen Kombi mit den beiden Aufklebern von *Broadcast.tv* und *Schalke 04,* der gerade auf die Raststätte Hünxe-West auffuhr, war das an diesem Tag die einzige Trauerrede für den verstorbenen Polizeirat Klaus Keller, neununddreißig, BKA Sicherungsgruppe.

Die Autofahrer auf der A 3 in Richtung Niederlande fluchten nicht schlecht, als plötzlich wenige Hundert Meter vor der Grenze zwei schwere Limousinen nebeneinander herfuhren, ihre Blaulichter auf dem Dach einschalteten und ihre Geschwindigkeit immer mehr drosselten, bis sie, so gerade noch auf deutscher Seite, zum Stillstand kamen und die Autobahn damit gesperrt war. Auch das noch. Temporäre

Grenzkontrollen, oder es hatte sich irgendwo vor ihnen ein Unfall ereignet. Die meisten von ihnen griffen zum Telefon, um wen auch immer über die drohende Verspätung zu informieren.

Ein weißer BMW X5 mit niederländischem Kennzeichen befand sich fünfhundert Meter vor der Raststätte Hünxe. Der Fahrer schaffte es noch so gerade in die Ausfahrt, bevor der Verkehr zum Stillstand kam. Der BMW bog sofort auf den Wirtschaftsweg ab, der eigentlich nur zur Versorgung der Raststätte gedacht war. Das Schild *Durchfahrt für Unbefugte verboten* ignorierte er. Marten Emmerich ließ sich von seinem Navigationsgerät parallel zur Autobahn führen, bevor er hinter der Grenze in Richtung Arnhem wieder auf die Autobahn auffuhr. Zweieinhalb Stunden später, Marten bog gerade bei Groote Keten von der N 9 auf die Küstenstraße ab, erhielt er ein Signal auf sein Handy. Es waren Bilder einer Überwachungskamera, die durch Bewegungsmelder ausgelöst worden war.

11:37 Uhr

»Er weiß jetzt also, dass wir hier sind.« Schüppe schaute zu der Überwachungskamera unter dem Dachansatz, die genau auf sie zielte. »Falls er schon unterwegs war, wurde er durch den künstlichen Stau etwas aufgehalten. Fünfundvierzig Minuten, schätze ich. Maximal. Davon kann er etwas aufgeholt haben, wenn er keine Reporterblase hat.« Strafend guckte er zu Tom hinüber. »Wir müssen also um zwölf null null Uhr hier wieder raus sein. Kroko, mach die Tür auf und sichere dann von außen«, sagte Schüppe, während er diese Uhrzeit auf dem Wecker seines alten *Nokia 6310* einstellte.

Kroko fummelte vergeblich an dem Haustürschloss herum, geriet ins Schwitzen.

»Lassen Sie mich mal«, meldete sich plötzlich Harry Fitz. Der Kameramann deckte das Schloss mit seinem Körper ab, sodass die anderen nicht sehen konnten, was er dort trieb. Nach fünfzehn Sekunden war die Tür auf.

Tom staunte über die ungeahnten Fähigkeiten seines Kameramannes. Die drei Männer traten ein, Tom schaltete das Licht in dem fensterlosen Flur an. Die Raumaufteilung schien ähnlich zu sein wie in seinem ehemaligen Haus. Nur alles um zwanzig Prozent größer, man hatte nicht so ein Engegefühl. Vom granitgefliesten Eingangsflur gingen links zwei kleine Zimmer ab, rechts ein größeres Schlafzimmer. Alle mit Echtholzdielen belegt, erkannte Tom. Die beiden kleineren Zimmer waren vollkommen leer. In dem größeren stand neben dem 1,40 Meter breiten Eichenbett ein Schreibtisch vor dem Fenster. Vor Kopf ein wuchtiger, zum Bett passender Kleiderschrank. Aus diesem Raum kam man direkt in ein Bad mit Dusche. Es war durchgehend mit schneeweißem Marmor gefliest, Keramik und Armaturen von Edelmarken, erkannte Tom.

Er war überrascht. Dass so etwas hier in der Siedlung gab …

Sie gingen weiter ins Wohnzimmer. Es war mindestens fünfunddreißig Quadratmeter groß, auch hier Echtholzdielen auf dem Boden. Links eine Küchenzeile, *Bulthaup*, mit teuren Geräten. Der Gasherd hatte vier Platten. Rechts ein Esstisch, ebenfalls Eiche, mit vier Stühlen. In der Mitte, gegenüber dem Panoramafenster mit Blick über die Hecke auf die Dünen, stand ein elegantes Designersofa, mit schwarzem Leder bezogen. Im rechten Winkel dazu ein bordeauxroter Ohrensessel und eine Stehlampe. Das entsprach komplett Toms Geschmack. Wenn der Couchtisch nicht gewesen wäre. Genau dieses Modell hatte seine Oma auch gehabt. Mit einer Kurbel zum Hoch- und Runterschrauben. Die Tischfläche bestand aus braunen und beigen Kacheln im Schachbrettmuster. Stumm schaute Tom auf diesen Stilbruch. Das gibt es doch nicht, dachte er.

An den schneeweiß gekälkten Wänden hingen Reproduktionen von Gemälden. Eines davon hatte Tom schon mal gesehen. Es zeigte einen Mann in einem schwarzen Anzug von hinten, der sich in einem Spiegel nicht spiegelte, sondern auf einen Mann im schwarzen Anzug von hinten starrte. Surrealismus: alltägliche Dinge, verfremdet dargestellt, um das dahinterliegende Verborgene und Rätselhafte sichtbar zu machen. Ein Magritte.

Er erinnerte sich an seine Interpretation im Kunstunterricht, Oberprima: Lediglich ein Buch auf einem Regal spiegelte sich real. Damit wollte der Künstler wohl sagen, dass wir die Realität nur verstehen, wenn sie uns von Schriftstellern erklärt wird. Tom hatte damals noch den Traum, Schriftsteller zu werden. Leider hatte es nur zum Journalisten gereicht und deshalb war er jetzt hier.

Die Bilder waren bestimmt richtig teuer gewesen, das schienen sehr aufwendige Kunstdrucke zu sein, für ihn als Laien von den Originalen nicht zu unterscheiden. In offenbar teuren Rahmen.

Es waren sieben.

11:51 Uhr

Er musste mal wieder draußen bleiben. Aufpassen, ob der ach so gefährliche Killer auftauchte. Kroko überlegte, ob er sein Hawaiihemd ausziehen sollte, damit etwas Sonne an seinen Oberkörper kam. Und man zu Hause auch sah, dass er an der See war. Aber zum einen hätten die Leute, die auf dem Weg zum Strand an dem Grundstück vorbeigingen, dann sein Holster mit der Waffe gesehen. Zum anderen wollte er nicht schon wieder einen Anschiss vom Spaten riskieren. Er öffnete zwei weitere Knöpfe und zog das Hemd etwas auseinander, das musste reichen. Dann suchte er eine strategisch gute Position. Direkt neben der Hecke bot seine Brust der Sonne die beste Angriffsfläche und er konnte von hier den vorderen Teil des Grundstücks und die Straße am besten überblicken. Jetzt erst mal eine *Lucky Strike.* Genüsslich sog er das Nikotin in die Lunge. Es war die erste Zigarette nach drei Stunden Autofahrt.

Die beiden Beamten der Sicherungsgruppe machten auch gerade eine Raucherpause vor der Tür des Nachbarhauses. Sie konnten ihn nicht sehen hinter der hohen Hecke, die die beiden Grundstücke trennte. Amüsiert hörte Kroko ihrem Gespräch zu.

»Sie scheint ja 'ne ziemliche Zicke zu sein, mit der bekommen wir bestimmt noch Spaß!«, meinte der eine.

»Glaube ich auch. Wobei, ich hätte lieber Spaß mit der Tochter!«, antwortete sein Kollege.

Das war das vorläufig Letzte, was Kroko hörte. Ein stechender Schmerz an der Schläfe, dann wurde ihm schwarz vor Augen. Wie ein Ballon, dem man die Luft rauslässt, sackte er zusammen.

Die leichten Schleifgeräusche, die Krokos Körper verursachte, als Marten ihn über den Rasen hinters Haus in die dornige Hecke aus Wildrosen zog, aus der er gekommen war, gingen im schmutzigen Gelächter der Sicherheitsbeamten unter.

11:52 Uhr

Martina Bartow war die verstohlene Aufmerksamkeit der anderen Gäste auf der Terrasse nicht einmal unangenehm. Die Sonnenbrille hatte sie in die blond gelockten Haare geschoben. So kamen ihre hellblauen Augen in dem sanft gebräunten Gesicht besser zur Geltung. Trotz der siebenundzwanzig Grad und des leichten Seewindes trug die Fünfundvierzigjährige eine weiße Seglerhose und ein dunkelblaues *Lacoste*-Poloshirt. Undenkbar, wenn man die Frau des zukünftigen Innenministers der Bundesrepublik Deutschland hier im Bikini ablichten würde. Außerdem hätte sie auch ungern Hautkontakt zu den einfachen Plastikstühlen gehabt. Wenn sie sah, wie die anderen Gäste, die nur Badekleidung trugen, ihren Schweiß darauf verteilten ... Wahrscheinlich waren es noch dieselben Stühle, die schon 1977 hier standen, als Henk das *Schip* übernommen hatte. Die starke UV-Strahlung der Sonne hatte sie von strahlendweiß in hellgrau verfärbt. Auch alles andere sah noch so aus wie damals. Nur die Sonnenschirme waren nicht mehr von *Gauloises,* sie trugen jetzt den Schriftzug einer holländischen Biermarke.

Huldvoll nahm Martina die Glückwünsche ihrer Freundinnen entgegen, die nach und nach an ihrem Tisch vorbeikamen, sich kurz auf einen Kaffee zu ihnen setzten. Diese Lehrerinnen und Rechtsanwaltsgattinnen, sie hatte es ihnen allen gezeigt. Wie hatten die früher auf sie herabgesehen, weil sie nur Sprechstundenhilfe in der Zahnarztpraxis ihres Vaters gewesen war. Mit einem stolzen Blick auf ihren Mann dachte sie: Wir sind Innenminister! Hoffentlich würde ihre Tochter Victoria auch einmal so weit kommen. Doch da machte sie sich keine Sorgen. Ihr neuer Freund von der *Jungen Union,* Konstantin von Hammerstein, war eine vielversprechende Partie. Das musste man fördern.

»Warum geht ihr denn nicht mal schwimmen, Kinder?«

»Mama, der Konsti ist doch nicht so für den Strand!«, rief Vicky lachend.

»Och, so manchmal. Obwohl ich ja eher der Am-Pool-Lieger bin. Aber hier stören mich dann doch die Wassertemperaturen!«, antwortete der junge Mann neben ihr.

Martina blickte sich um. *Luft: 27 Grad, Wasser: 18 Grad* stand auf der Tafel der *Reddingsbrigade.* Martina erinnerte sich daran, dass die in letzter Zeit auffallend freundliche Frau von Hammerstein sie und ihren Mann für den Herbst in ihr Ferienhaus auf Mallorca eingeladen hatte. Das Mittelmeer hatte natürlich andere Temperaturen als die Nordsee. Aber daraus würde nichts werden. So hatte es damals bei Christian auch angefangen. Und hinterher hatten sie ihn vor Gericht gezerrt. Wegen solcher Peanuts. Von der Apanage, die einem Exbundespräsidenten zusteht, konnte man leben. Aber sein Ruf war perdu.

Jetzt wandte sich Martina Bartow ihrem Mann zu. »Jürgen, was ist denn mit dir? Du wirkst so unentspannt.«

»Ist das ein Wunder?«, antwortete der Endvierziger mit besorgtem Rundumblick.

An die ganzen Sicherheitsbeamten würde er sich noch gewöhnen müssen. Dagegen hatten sie sich in Kiel doch verhältnismäßig frei bewegen können. Angeblich Sicherheitsstufe Gelb. Hier, in Julianadorp. Bei Henk auf der Terrasse. Worum es ging, wollten sie ihm nicht verraten. Daran würde er ab nächster Woche etwas ändern müssen. Oben in den Dünen standen zwei Mann, einer am Eingang des *Schip op't Strand.* Eine Beamtin im schwarzen BKA-Dienstbadeanzug mit roten und gelben Streifen lag demonstrativ unbeteiligt unterhalb der Terrasse im Sand.

Wie eine Robbe unter Ölsardinen, dachte er und blickte durch seine Sonnenbrille auf die anderen jungen Frauen. Die Holländerinnen konnte man gut unterscheiden. Oben topless, unten weitgehend celluitefrei. Wahrscheinlich vom Fahrradfahren, dachte er.

Der fünfte Beamte, der sie vom Wasserrand aus beschützte, kam gerade mit einem Telefon in der Hand in einem Affenzahn auf sie zugesprintet. Was war denn jetzt schon wieder? Drohte ein Angriff von Al-Kaida-Tauchern? Was für ein Affentheater. Aber alles hatte eben seinen Preis.

Dr. Jürgen Bartow blickte auf sein Smartphone. Neuerdings hatte man sogar auf Henks Terrasse Empfang. Jedenfalls manchmal. Keine neuen Meldungen. Die Zeitanzeige gab 11:52 Uhr an.

In seinem Bauch rumorte es schon seit einiger Zeit. Jetzt hatte er plötzlich das dringende Bedürfnis, zur Toilette zu gehen. Durchfall. Und das hier, wie eklig. Antje sollte wirklich häufiger ihr Pommesfett wechseln.

11:53 Uhr

Bis jetzt hatte niemand von ihnen gesprochen. Sie hatten sich nur schweigend in Emmerichs Haus umgesehen. Schüppe war wieder in das größere Schlafzimmer gegangen und stand vor dem mächtigen Kleiderschrank. Er war mit drei übereinanderliegenden Schlössern gesichert.

»Aufmachen!«, befahl Schüppe Harry Fitz.

Der nickte und holte ein Brecheisen aus seiner Kameratasche. Als die Türen aufsprangen, gab es ein lautes Geräusch von splitterndem Holz.

Schüppe verzog erschrocken das Gesicht. »Mensch, machen Sie doch nicht so einen Lärm! Nebenan sind Personenschützer, wenn die uns hier finden, wird es unangenehm.«

Der Schrank konnte mit einem Schalter von innen beleuchtet werden. In der Mitte war er durch eine Holzablage geteilt. An der Rückwand hing rechts eine Vergrößerung des Strandfotos, das Tom von Siegfried bekommen hatte. Jedenfalls dachte er das zunächst. Sieben Gesichter waren mit rotem Filzstift eingekreist und mit einem Kreuz durchgestrichen. Um das Gesicht von Tom war ebenfalls ein Kreis gezogen, darin befand sich statt des Kreuzes ein Fragezeichen. Wenn man genauer hinsah, konnte man erkennen, dass es sich um eine Fotomontage handelte. Die Personen standen nicht am Strand, sie waren ausgeschnitten und in das Bild einer Abraumhalde hineinkopiert worden.

Links von dem Foto, da, wo der Fotograf gestanden haben musste, war ein gleich großes Bild eines einzelnen Mannes angeheftet. Es zeigte Dr. Jürgen Bartow, den zukünftigen Innenminister. *31. Juli – 5. August, Watermunt 13* stand auf einem Zettel unter seinem Foto.

Die Innenseite der linken Schranktür war mit einem Spiegel beklebt. An die Innenseite der rechten Tür war mit Heftzwecken ein Foto der Terrasse des *Schip op't Strand* angeheftet. Das Bild war untersichtig aufgenommen, offenbar hatte der Fotograf im Sand direkt vor der Terrasse gestanden, die auf Pfeilern etwa siebzig Zentimeter über dem Niveau des Strandes ruhte.

Auf der Holzablage in der Mitte des Schrankes lagen zwei Wurfmesser aus Federstahl, geeignet zum lautlosen Töten. Daneben drei Dynamitstangen im klassischen Rot. Die Apparaturen, die danebenlagen, hielt Tom für Teile eines Fernzünders.

Aber er war ja kein Fachmann.

Schüppe schon. »Welches Datum haben wir heute?«, schrie er, während er hektisch eine Nummer von einem Zettel in sein Handy tippte.

Harry antwortete nicht, schaute wie hypnotisiert auf die Wurfmesser, ging wie in Trance darauf zu. Seine Hände schienen von den grau glitzernden Stahlobjekten wie von Magneten angezogen zu werden.

Tom schaute auf die Datumsangabe seiner Rolex. »Den 31. Juli, wieso?«

Schüppe reagierte nicht. »Code Mexiko!«, schrie er in sein Telefon, sobald der Anruf angenommen wurde. »Terrasse vom Strandcafé räumen, sofort! Sprengstoffanschlag auf Zielperson Innenminister! Zielperson nicht, ich wiederhole: NICHT in Basis zurückbringen!«

11:55 Uhr

»Ist ja fast wie in alten Zeiten, Georg!«, sagte plötzlich eine Stimme hinter ihnen. »Ganz ruhig. Nicht umdrehen. Die Hände bleiben, wo sie sind.«

»Hallo, Marten. Hab ich dich endlich«, antwortete Schüppe ungerührt.

Marten Emmerich grinste ihn aus dem Spiegel in der Tür an. »Sieht erst mal nicht danach aus.« Er hielt die alte Walther PPK auf die drei Personen gerichtet.

Tom wurde plötzlich heiß, er merkte, wie er schwitzte. Früher hatte er davon geträumt, irgendwann mal in einem Ferienhaus im *Rozenbottel* die Augen für immer zu schließen. Aber nicht hier. Nicht so.

Schüppe guckte Martens Spiegelbild in die Augen. »Warum hast du nicht nach Merid aufgehört?«

»Du wirst lachen, das mit Merid, das war ich gar nicht. Jedenfalls nicht allein. Als ich in dieser Nacht die Treppe herunterkam, presste er seine Hand auf eine heftig blutende Stichwunde in seinem Bauch. Nach meiner Einschätzung war die tödlich. Ich habe es dann nur noch zu Ende gebracht, während eine Gestalt aus der Wohnzimmertür in den Garten flüchtete.« Mit einem merkwürdigen Unterton in der Stimme fügte er hinzu: »Ich hatte übrigens den Eindruck, das war eine Frau, Georg.«

Interessant, dachte Tom. Ob das eine Schutzbehauptung war? Aber wozu? Bei den vielen Morden kam es doch auf einen mehr oder weniger nicht an. Und wer war die Frau, wenn das stimmte?

Aber selbst wenn er das noch erführe – Tom war sich nicht sicher, ob er diese Information tatsächlich noch verarbeiten können würde.

Jetzt sprach wieder Schüppe. »Mir ist nicht zum Lachen, Marten. Was ist denn mit Keller? Und all diesen unschuldigen Menschen hier? Welche Ausrede hast du denn dafür?« Er nickte mit dem Kopf in Richtung des Fotos, das in dem Schrank hing.

»Sie hatten es alle verdient.«

»Und du bist ihr Richter?«

»Nein, die Richter sind meine Auftraggeber. Sie haben diese Personen zum Tode verurteilt wegen vorsätzlich unterlassener Hilfeleistung, manche zusätzlich wegen krankheitserregender Umweltvergiftung. Und wegen mangelnder Reue. Ich bin nur der Vollstrecker.«

»Gegen einen anständigen Henkerslohn, nehme ich an?«

»Wie man es nimmt. Ich habe schließlich mehr als zehn Jahre an nichts anderem gearbeitet. Unter erschwerten Bedingungen: Es musste immer im Juli geschehen und der Tod musste etwas mit Wasser zu tun haben. Möglichst mit salzigem Wasser. Im Optimalfall sollten sie kurz vor ihrem Tod noch erkennen, warum sie sterben mussten. Ist mir, glaube ich, in den meisten Fällen gelungen. Dafür haben meine Arbeitgeber mir dieses Haus als Basis überlassen, da hatten sie sowieso keine Verwendung mehr für. Einen ordentlichen monatlichen Fixbetrag für Gehalt und Spesen, das haben sie über den Konzern abgerechnet. Und eine ganz besondere Prämie für jeden erledigten Fall.«

Die Surrealisten im Wohnzimmer, schoss es Tom durch den Kopf. Das waren Originale! Und bisher waren es sieben …

»Einen hast du ja noch offen«, erinnerte ihn Schüppe.

»Eigentlich eineinhalb. Bei diesem Reportervogel hier waren sich meine Auftraggeber nicht sicher. Er ist damals möglicherweise erst am Strand zu den anderen gestoßen, als er nicht mehr hätte helfen können.«

»Genau! Ich bin nur zufällig in das Bild gelaufen, hatte mit denen nichts zu tun!«, warf Tom ein.

Emmerich lachte. Er schien oft und gern zu lachen, dachte Tom, wenn auch auf eine irgendwie wölfische Art.

»Zu spät, Bürschchen, du hast dein Urteil selbst gesprochen. Hättest dich besser aus der Sache rausgehalten. Und den kleinen Mann hier auch.«

Harry grinste, obwohl Tom wusste, dass er auf Anspielungen auf seine Größe normalerweise sehr empfindlich reagierte.

»So, genug gelabert. Wir warten hier jetzt noch zwei Minuten dreißig in andächtiger Stille. Ich will ja keine schlafenden Hunde wecken oder Personenschützer. Dann dürft ihr noch Zeugen sein, wie ich auf diesem Handy eine Taste drücke. Exakt um zwölf Uhr, am Tag und zu der Stunde, als damals das Kind starb, wird ein gewisser Dr. Jürgen Bartow samt Familie in die Luft fliegen. In diesem Fall fehlt meinem Gemälde leider die Farbe des Wassers, aber wenigstens werden Teile ihrer Überreste im Meer landen. Und leider wird es wohl jede Menge Kollateralschäden geben, Georg. Trotz deiner Warnung, die ich übrigens als Fehlalarm per SMS sofort wieder aufgehoben habe. Vielleicht hört ihr die Explosion vom Strand noch, während unser Walther hier dreimal kurz bellt.«

Dass Schüppes Anruf bei den BKA-Leuten angekommen war, wusste Tom. Bei Emmerichs SMS war er sich nicht so sicher. Er kannte die schlechte Empfangslage hinter den Dünen.

Tom witterte eine klitzekleine Hoffnung, zumindest für die Menschen auf dem *Schip*. Für sich selbst und die beiden anderen sah er wenige Chancen.

Schüppe schien es ähnlich zu gehen. Mit resignierter Stimme sagte er: »Marten, du bist krank.«

11:53 Uhr

Sieben Minuten sind relativ wenig Zeit für fünf deutsche Beamte in Zivil, zum Teil in Badekleidung, um die Terrasse eines holländischen Strandcafés zu räumen. Das Vorzeigen deutscher Dienstausweise würde die einheimische Bevölkerung wohl kaum dazu veranlassen, an einem schönen Julitag ihre *Patat* und ihre *Biertjes* sowie sämtliche Wertsachen, ihre Handtücher und ihre Plätze aufzugeben, für die sie lange angestanden hatten.

Also verfügte die Einsatzleiterin Bianca Werner, dreiunddreißig Jahre alt, Trägerin eines schwarzen Gürtels in Karate und aktuell eines schwarzen Dienstbadeanzugs, nach einem Blick von der Terrasse auf den nur etwa siebzig Zentimeter tiefer liegenden Sandstrand Folgendes: »Hegger, Sie geleiten Frau und Tochter Bartow unverzüglich von der Terrasse. Und diesen … Schwiegersohn. Aber unauffällig! Schmitz,

Sie suchen Bartow und bringen ihn raus. Nach der Familienzusammenführung verfrachten Sie alle in den T5, den wir am Dünenaufgang geparkt haben. Fahren Sie nicht in die Siedlung zurück, fahren Sie erst mal zum Polizeigebäude in der Bastiondreef.«

Während der eine Beamte im *Schip* verschwand und der andere auf die Familie zuging und intensiv mit Frau Bartow flüsterte, wandte sich Bianca Werner den beiden Kollegen zu, die gerade von der Düne zu ihr heruntergestürmt waren. Sie wies Jäger und Börzel an, die dicken Taue zu durchschneiden, die wie eine Schiffsreling die Terrasse umgaben und wohl als in Deutschland niemals zulassungsfähige Absturzsicherung dienen sollten. Oder besser noch, direkt die morschen Pfeiler umzutreten, an denen die Taue befestigt waren. Als das unter den erstaunten Blicken der Touristen erledigt und Familie Bartow verschwunden war, also genau drei Minuten nach Auslösung der Alarmstufe Rot durch Schüppes Anruf, stellte Bianca Werner sich mitten auf die Terrasse, streckte beide Hände nach oben wie eine Schwimmerin auf dem Startblock und feuerte mit ihrer Dienstwaffe dreimal schnell hintereinander in den strahlend blauen Himmel. Geschockt blickten die Besucher der Terrasse sie an.

Da sie jetzt deren Aufmerksamkeit hatte, schrie sie laut: »Meine Damen und Herren, das ist ein Notfall. Verlassen Sie sofort die Terrasse! Sie können durch die Gaststätte gehen oder direkt hier herunter in den Sand springen. Gehen Sie bis hinter die Dünen oder bis an die Wasserlinie. Sofort!« Dabei machte sie, damit sie auch die niederländischen Kunden des *Schip* verstanden, Bewegungen wie eine Stewardess bei der Sicherheitseinweisung. Anschließend feuerte sie noch zwei Schüsse in den Himmel ab.

Die Touristen reagierten genau so, wie sie es vorhergesehen hatte: Ein Teil rannte rein ins *Schip,* weiter zum Ausgang und bloß noch weg, weg, weg. Als es in der schmalen

Tür einen Stau gab, entschieden sich die übrigen Gäste, einfach von der Terrasse in den Sand zu springen, wie ihre Kinder es verbotenerweise mehrfach täglich taten, und Richtung Wasser zu flüchten. Angesichts der Frau mit der Waffe taten es ihnen diejenigen gleich, die vor der Terrasse im Sand gelegen hatten. In dem Chaos gelang es Frau Werner sogar, selbst die Wirtsleute Antje und Henk mit sanfter Gewalt samt ihrem *Bouvier*-Rüden Titus von Bord zu drängen. In nur sechs Minuten waren die Terrasse und der Innenraum der Kneipe komplett geräumt.

Es gab lediglich ein kleines Problem: Der Innenminister war verschwunden.

12:00 Uhr

Sie hatten alle seit mehr als zwei Minuten nicht mehr gesprochen. Emmerich starrte abwechselnd auf die Zeitanzeige des *iPhone 4* in seiner linken Hand und auf seine drei Geiseln, die er mit der Pistole in Schach hielt.

Um elf Uhr, neunundfünfzig Minuten und einundfünfzig Sekunden geschah dann Folgendes: Ein Mann klopfte an die geöffnete Haustür, während er schon den Flur betrat, und rief in freundlichem Tonfall: »Hallo, jemand zu Hause? Vermissen Sie einen Spaten?«

Es war Siegfried, der einen neuen, garantiert unbenutzten original *Bremer* Gartenspaten mit dem aus einem Stück konisch gewalzten stählernen Blatt nach oben am Eschenholzstiel vor sich her trug.

Emmerich wirbelte herum und feuerte noch aus der Drehung auf das, was er als Erstes wahrnahm. Es war das glitzernde Spatenblatt. Es machte ›Pling‹, als die Kugel von der Blattfläche abprallte, und es ertönte ein lauter Schrei, als Siegfried durch die Wucht der Kugel der Spaten ins Gesicht knallte. Durch den Weckton von Schüppes Handy, das auf dem Kacheltisch im Wohnzimmer um exakt zwölf Uhr

Wagners *Tanz der Walküren* abzuspielen begann, wurde Marten Emmerich von Siegfried abgelenkt und gab seinen zweiten Schuss reflexhaft auf das Telefon ab, das sich allerdings unbeeindruckt zeigte und weiterdudelte. Als der Killer sich wieder seinen Opfern zuwandte, stand nur noch Balzack wie angewurzelt an seinem Platz.

Der kleine Harry stand irre grinsend vor dem Spiegel in der aufgeklappten Schranktür. Er hatte die beiden Wurfmesser in der Hand. Als Emmerich in dem Spiegel auftauchte, warf Harry sie, ohne sich dabei umzudrehen, in einer geschmeidig-kraftvollen Bewegung gleichzeitig über seine Schultern nach hinten.

Sie trafen den Killer dicht nebeneinander in der Mitte seines Oberkörpers, da, wo das Herz sitzt, und drangen bis zum Heft ein. Emmerich schien das überhaupt nicht zu bemerken. Er blickte lächelnd auf sein Handy und drückte den Knopf.

Das war allerdings das Letzte, was er tat. Zeitgleich traf ihn die erste Kugel von Schüppe mitten in die Stirn, und, als er zusammensackte, zwei weitere in die linke Schläfe.

Tom, neben dessen Kopf Schüppe die Waffe abgefeuert hatte, glaubte, aus der Ferne noch ein weiteres Geräusch zu hören, das sich wie Donnergrollen anhörte. Er dachte: »Apocalypse now! I love the smell of Napalm in the morning!« Dann fiel er ohnmächtig um. Er fiel weich, denn er landete auf der Leiche von Marten Emmerich.

19:00 Uhr

Von Siegfrieds Garten aus konnten sie noch so gerade das Absperrband an der Kreuzung sehen, von dem aus auch jetzt noch Schaulustige gafften. Die ganze Straße war mit Übertragungswagen zugestellt. Andere standen an der Küstenstraße, hatten Kabel über die Dünen bis an den Strand verlegt, um live von den Trümmern des *Schip op't Strand* zu berichten.

Sie saßen an einem runden Tisch aus Teakholz, auf dem mehrere Dosen *Heineken* standen. Tom hatte gerade eine geleert. Genüsslich drückte er das Blech zusammen, in den Niederlanden gab es nach wie vor kein Dosenpfand, und warf das Teil mit Schwung hinter sich auf den Rasen, wo schon zwei weitere warteten. Wie früher, dachte er wehmütig. Er spürte bereits die Wirkung des Alkohols, was er auf seine Erschöpfung zurückführte.

Während Siegfried und Kroko sich mit Eisbeuteln immer noch das Gesicht beziehungsweise die Schläfe kühlten, hing Schüppe schweigend seinen Gedanken nach. Er hatte den ganzen Nachmittag geredet, den niederländischen Kollegen und der Sicherungsgruppe eine Menge Fragen beantworten müssen. Jetzt wollte er nur noch seine Ruhe haben.

Tom und Harry tauschten ihre Heldentaten aus. Sie waren in dieser fiebrigen Stimmung, die sich auch immer nach wichtigen, gefährlichen und psychisch belastenden Drehs einstellte. Man hatte Schreckliches gesehen, tat aber cool und musste es sich von der Seele reden.

Das Telefon klingelte.

Tom schaute auf die Nummer. Auf dieses Gespräch freute er sich.

»Na, bist du wieder im Grugabad? Oder sitzt du mit deinem Ferrari im Biergarten?«

»Bier und Garten. Was ist los?«, antwortete Tom seinem Kollegen Andreas Schneidengel.

»Ich weiß nicht, ob du davon gehört hast, aber in Noord-Holland ist eine Strandbar in die Luft geflogen. Leider keine Toten, keine Verletzten. Ich bin schon hinter der Grenze, kurz vor Arnhem.«

»Ich weiß. Und in China ist ein Sack Reis umgefallen.«

»Es hat dort aber auch eine Schießerei gegeben. Mit einem Toten.«

»Und dafür fährst du extra nach Holland? Hast du bei uns doch fast jeden Tag. Allein in der Dortmunder Nordstadt.«

»Tja, mein Freund. Du bist mal wieder nicht informiert über die Hintergründe.«

»Welche meinst du? Wegen des Innenministers?«

»Dann weißt du ja doch Bescheid! Und sitzt noch im Garten und trinkst Bier?«

»Ich habe Feierabend. Und meine Geschichte für heute schon im Sack.«

Schneidengel wurde misstrauisch. »Was hast du denn gedreht?«

»Die Leiche nach der Schießerei, die Trümmer am Strand samt deutscher O-Töne und ein Exklusivinterview mit dem zukünftigen Innenminister. Ist gerade bei den News gelaufen.«

Das Schweigen am anderen Ende der Leitung dauerte gefühlt von Arnhem bis Utrecht. »Der alte Löwe hat also doch noch Zähne. Respekt. Wie hast du das denn gemacht?«

»Du weißt doch, ich habe überall meine Kontakte«, antwortete Tom. Weil Harry neben ihm wiehernd zu lachen begann und zu einem Trommelsolo mit seinen Fingern auf dem Teakholztisch ansetzte, das die *Heineken*-Dosen zum Tanzen brachte, täuschte er Netzschwierigkeiten vor und legte auf.

»Du hast vergessen, ihm von dem O-Ton mit dem Augenzeugen der Schießerei zu erzählen. Schade, dass sie davon nicht mehr genommen haben. Unglaubliches Bild, wie unser Siegfried verdattert dastand und sich krampfhaft am Stiel seines Spatens festhielt und wie ihm das Blut aus der Nase lief, als er vor der Kamera deine Fragen beantwortete.«

»Also, ich fand das in dem Moment nicht so lustig. Interviews gebe ich ja nicht alle Tage. Besonders so kurz nach einem Attentat auf mich«, warf Siegfried stolz ein. »Meint ihr, ich bekomme später die Kugel, die meinen Lebensretter hier getroffen hat?« Dabei tätschelte er den Stiel des Spatens, der neben ihm am Stuhl lehnte. »39,90 Euro. Ich sag doch immer, die Angebote bei *Aldi* sind qualitativ gar nicht so schlecht!«

Kroko versprach ihm, sich bei den niederländischen Kollegen für die Herausgabe des Beweismittels einzusetzen. Einen Prozess würde es ja wohl nicht geben, weil der Täter schließlich verstorben sei.

Schüppe schüttelte genervt den Kopf und sagte nichts.

»Sag mal, Harry«, Tom klang jetzt wieder ernst, »die Nummer mit den Wurfmessern ... Damit hast du womöglich uns allen das Leben gerettet. Woher kannst du denn solche Stunts?«

»Du vergisst, dass ich im Zirkus aufgewachsen bin«, antwortete der kleine Kameramann. Nach einem tiefen Schluck aus der Bierdose fügte er hinzu: »Das mit Lydia hättest du mir auch ruhig eher erzählen können, du Sack! Auf so eine Art das vorletzte Geheimnis unserer Redaktion zu lüften!«

Tom sah in fragend an.

»Ich meine den Tannenbaum!«, erklärte Harry.

Tom grinste und schwieg. Er dachte an die Situation am Strand. Wie sie in ihrem Zustand über die Dünen dorthin getorkelt waren, daran konnte Tom sich kaum noch erinnern. Musste der Schock gewesen sein. Immerhin waren sie gerade noch dem Tod von der Schüppe gesprungen, grinste er innerlich über dieses Wortspiel. Aber es hatte sich gelohnt. Die Bilder vom Strand waren spektakulär gewesen, und sie waren natürlich die ersten Reporter dort.

Etwa zweihundert Menschen standen um die qualmenden Überreste des *Schip op't Strand* herum. Auf einem verlassenen Geländewagen der *Brandweer* flackerte noch die Fackel, genau wie auf einem Volvo-Kombi der Polizei, der sich scheinbar im Sand festgefahren hatte. Sanitäter der *Reddingsbrigade* kümmerten sich um das einzige Opfer, eine Frau, die sich beim Sprung von der Terrasse den Knöchel gestaucht hatte.

Die Terrasse selbst war nur noch ein Bretterhaufen, von der Gaststätte existierte nur noch der von der Plattform am weitesten entfernte Teil mit den Toiletten. Da wo die Küche gewesen war, stand die Wirtin Antje in den rauchenden Trümmern und versuchte grimmig, eine Fritteuse unter der umgefallenen Theke hervorzuzerren. Die niederländische Polizei zog gerade Absperrbänder.

Tom und Harry kletterten durch die Trümmer, um Frau Antje von Nahem zu filmen. Da tauchte eine weibliche Personenschützerin mit schwarzem Bubikopf aus dem Qualm zwischen den Brettern auf, kam auf sie zu. Um die Hände freizuhaben, hatte sie ihr Pistolenhalfter über den Badeanzug geschnallt.

Geiles Fahrwerk, dachte Tom automatisch. Ihm kamen Bilder des *Bond*-Streifens *Die Another Day* in den Sinn. Wie Halle Berry aus den Wellen auftauchte. Nur der Dienstausweis in der Hand der Beamtin störte den Eindruck.

Als sie näher kam, erkannte Tom die Frau.

Das gibt es doch nicht, staunte er ungläubig. Ihr Foto hatte er mal in einem Portemonnaie in seiner Redaktion gesehen, als er sich daraus Geld für den Pizzalieferanten nehmen sollte.

»Werner vom BKA. Gehen Sie bitte schleunigst hinter die Absperrung der niederländischen Behörden!«, rief die Frau barsch.

»Wir sind ja sofort weg. Sollen wir Lydia Grüße bestellen?«, fragte Tom, um Zeit zu gewinnen.

Dreh, Harry, dreh!

Die Personenschützerin zuckte kaum merklich zusammen und sah ihn fragend an.

»Ihre Lebensgefährtin ist eine Kollegin von uns«, erklärte er ihr.

Harry bekam den Mund nicht mehr zu. Das war für ihn wohl definitiv zu viel an einem Tag.

Die Frau vom BKA sah die beiden spöttisch an. »Ach, Sie sind diese lustigen Vögel von *Broadcast.tv*? Genau so habe ich mir Sie vorgestellt! Und jetzt weg hier, hinter die Absperrung!«

Harry versuchte, sich auf seinen Job zu konzentrieren. Durch seinen Kopf tobte eine Achterbahn der Gedanken und Gefühle. Doch er musste jetzt funktionieren.

Sie drehten routinemäßig O-Töne mit immer noch aufgeregten deutschen Augenzeugen, schließlich war die Explosion erst fünfundzwanzig Minuten her. Tom ließ Harry auch mit Holländern drehen. Er verstand nicht alles, ließ die Leute einfach reden. Sollten sich die Kollegen vom niederländischen Partnersender doch raussuchen, was sie brauchten.

Tom befragte die Touristen, ob jemand die Räumung der Terrasse und die Explosion mit dem Handy gefilmt hätte. Plötzlich kam der Junge mit dem BVB-Shirt auf ihn zu, der letzte Woche den Ball gegen sein Auto gekickt hatte. Der rechte Bügel seiner Nickelbrille war mit Heftpflaster angeklebt.

Kaugummi kauend meinte der Junge zu Tom: »Ich war gerade pinkeln, als es rumste. Ich habe nix gefilmt. Aber ein Foto, das kannst du für zehn Euro haben.«

»Lass mal sehen!«, forderte Tom ihn auf.

Der Junge hielt ihm das Handy vor die Nase. Auf dem Display war der zukünftige Innenminister der Bundesrepublik Deutschland zu sehen. Wenn man den unteren Teil des Fotos, den mit der Kloschüssel und der heruntergelassenen Hose, abschnitte, wäre es verwendbar. Dann würde es ein Brustbild von Dr. Jürgen Bartow zeigen, wie er ein Schild vor sich hielt: *De buis naar beneden schuiven a.u.b. – Den Röhr nach unten ziehen.*

In all dem Elend und der Hektik, nachdem vor einer halben Stunde noch sein Leben bedroht war, Siegfried fast getötet und direkt neben seinem Kopf geschossen wurde, direkt vor ihm ein Mann gestorben war, er auf dessen Leiche gelegen und danach nur noch irgendwie funktioniert hatte, und jetzt hier, nur wenige Schritte entfernt von Antje, die ihn mit in die Seiten gestemmten Armen aus den Trümmern ihrer Existenz böse anstarrte, zwischen all diesen Touristen, die schon wieder Bierdosen und Eishörnchen in der Hand hielten, woher auch immer, vor den Personenschützern des BKA, die einen Halbkreis um die Toilettenanlage bildeten, nervös zu ihm rübersahen und an ihren Pistolen und Funkgeräten nestelten – nach alldem bekam Tom: einen Lachkrampf. Er sah bunte Sterne, bekam keine Luft mehr, musste sich hinsetzen.

Das Schild, auf das er viele Jahre so häufig in mehr oder minder betrunkenem Zustand beim Pinkeln gestarrt hatte. Es hatte an dem Verbindungsrohr zwischen dem Wassertank unter der Decke und dem Toilettentopf gehangen. Durch Herunterziehen dieses zweiteiligen Rohres wurde die Spülung ausgelöst. Ein Prinzip, das Gelegenheitsbesucher des *Schip* nicht auf Anhieb verstanden, deshalb das Schild.

Man könnte noch *Gefangen auf einem holländischen Klo* darüberschreiben, dachte Tom, als er wieder Luft bekam, und verbot sich einen weiteren Lachanfall. Das wäre respektlos gegenüber Herrn Dr. Schleyer und allen anderen RAF-Opfern. Und wohl auch zu makaber, selbst für Boulevardmedien. Eine verbotene Reproduktion.

Als er sich beruhigt hatte, sagte Tom zu dem Jungen: »Kevin aus Eving, für dieses Bild gebe ich dir auch zwanzig Euro. Aber nur, wenn du es anschließend auf deinem Smartphone löscht.«

»Deal, bump!«, rief der Kleine und knallte sein *iPhone* gegen das von Tom. Während er auf sein Telefon guckte, das Foto an Tom weiterleitete und es anschließend löschte, erklärte er dem Reporter: »Eving stimmt. Ich heiße aber nicht Kevin, ich heiße Marvin. Und jetzt her mit der Kohle!«

16:15 Uhr

Anschließend hatten sie die Hotels in Den Helder abgeklappert. Zuerst das *Grand Hotel Beatrix* in Huisduinen, dann die in der City und das *Land's End.* Sogar bei dem alten Motel am Rande der Innenstadt hatten sie nachgesehen. Nirgendwo standen die Wagen der Sicherungsgruppe. Dann war Tom noch das *Steakhouse* am Rande des Wäldchens auf der Küstenstraße von Julianadorp nach Den Helder eingefallen. Er wusste, dass sich versteckt hinter der Gaststätte ein weiteres, von der Straße aus nicht sichtbares Gebäude mit ein paar Gästeappartements befanden.

Bingo. Auf dem Parkplatz standen mehrere schwarze deutsche Luxuslimousinen.

Natürlich wollten die Sicherheitsbeamten ihn zuerst nicht zu Familie Bartow vorlassen. Dann war Martina zufällig herausgekommen.

»Ach, Sie sind das ... Mein Mann möchte derzeit nicht mit den Medien reden«, hatte sie ziemlich von oben herab gemeint.

Früher waren wir aber mal beim Du, hatte Tom gedacht, und wie deine Zunge schmeckt, weiß ich auch noch, alte Ziege. Aber dann spielen wir das eben auf diese Art.

»Frau Bartow, wir müssen ein kurzes Interview mit Ihrem Mann führen. Die einzige aktuelle Aufnahme, die wir ansonsten von ihm haben, wäre diese«, dabei hielt er ihr sein Handy vor das Gesicht.

Da war dann alles ganz schnell gegangen. Sie waren in das Wohnzimmer des Appartements geführt worden, Bartow hatte seine Leibwächter und die Familie hinausgeschickt. Harry und er hatten ihm die Hand gegeben und ihre Namen genannt.

»Aber, aber. Wir kennen uns doch, Tom«, hatte Jürgen freundlich gesagt.

Das Interview ging dann kurz und schmerzlos vonstatten. Ja, er hatte alles unverletzt überstanden, es ging ihm gut. Er dankte seinen Leibwächtern, die ihn und seine Familie professionell aus der Gefahrenzone eskortiert hätten. Nein, er könne noch nichts über den Attentäter sagen, er tippe aber auf einen verwirrten Einzeltäter. Ein Motiv für den Anschlag könne er sich ebenfalls nicht vorstellen. Privat schon mal gar nicht, und politisch sei die Bandbreite groß, gerade in Hinblick auf seine neue Funktion als Innenminister. Das reiche von Salafisten bis zu Rechtsradikalen. Aber das müsse jetzt alles ermittelt werden.

Als sie das Interview im Kasten hatten, drehte Harry noch ein paar Antextbilder, wie Tom sich mit dem Innenminister unterhielt. Der Ton war dabei völlig nebensächlich, er würde später nicht zu hören sein. Trotzdem drehte Harry das Atmo-Mikro direkt an der Kamera, das eigentlich nur die Umweltgeräusche einfangen sollte, hoch bis zum Anschlag. Das könnten sie im Schnitt wieder runterdrehen, damit der Zuschauer es nicht hört. Aber die beim Sender, die sollten doch ruhig mitbekommen, dass Tom sich mit dem künftigen Innenminister duzte.

Anschließend telefonierte Tom mit dem Sender. Er hielt sich gar nicht erst mit dem Wochenend-CvD des *Magazin* auf, sondern ließ sich direkt zum Chefredakteur durchstellen. Er informierte ihn, wo er war und was er hatte und dass er sich dieses Mal nicht mit einem »Überspiel erst mal, da werden wir uns schon einig …« abspeisen lassen würde. Sie legten sich nach einem sehr kurzen Hin und Her auf eine Pauschalsumme fest, die Toms Vorstellungen sehr nahekam. Zahlbar innerhalb der nächsten vierzehn Tage, das war ihm wichtig.

Ein Wagen der niederländischen *Marechaussee,* den die Sicherungsgruppe zur Unterstützung erbeten hatte, brachte Harry mit dem Drehmaterial durch alle Straßensperren zurück zum *Rozenbottel,* wo schon die ersten Ü-Wagen warteten.

Tom hatte hier noch etwas zu besprechen. Mit seinem alten Freund Jürgen, dem Innenminister.

Kapitel 7

Montag, 2. August
07:50 Uhr

»Na, Georg, hast du gesehen, wie wir am Samstag im Supercup die Bayern weggefegt haben? Solltet ihr euch mal ein Beispiel dran nehmen, wie wir denen das Wasser abgegraben haben!«

»Nee, habe ich nicht gesehen. Hatte Samstag was anderes zu tun«, antwortete Georg knapp.

Noch fünfzehn Meter über diesen elend langen Gang. Sein Büro war erst die vierte Tür auf der linken Seite. Da würden bestimmt noch mindestens zwei rausgeschossen kommen und ihn mit ihren Sprüchen anöden. Aber war ja nicht mehr für lange … Er kramte im Gehen eine *Voltaren* aus der Jackentasche.

Auf seinem Schreibtisch dampfte der Kaffee, daneben lag die BILD. Alles wie immer.

Nur Kroko sah irgendwie anders aus heute. Ohne seine dämliche Sonnenbrille, die er sonst auch bei diesem Regenwetter trug. Doch das war es nicht allein. Er trug eine schwarze Krawatte zu einem cremefarbenen Hemd mit langem Arm. Darüber ein dunkelgrünes Sakko. Jetzt sieht er nicht mehr aus wie Atze Schröder, sondern wie Don Johnson bei *Miami Vice,* dachte Schüppe.

»Ist was mit Oma?«, fragte der Kommissariatsleiter beiläufig und nahm hinter seinem Schreibtisch Platz.

Kroko schloss die Tür und blieb stehen. »Ja, also Chef, nicht wahr, ich wollte dich von einer einschneidenden Änderung in unserer Zusammenarbeit unterrichten. Weil … also … ich muss das mal sagen, weil ich finde, dass mein Einsatz und meine Fähigkeiten hier nicht genügend gewürdigt werden.«

»Dein Einsatz und deine Fähigkeiten, so, so. Hast du ein Versetzungsgesuch geschrieben? Willst du etwa zur Sitte?«, fragte Schüppe seinen Stellvertreter in sarkastischem Ton.

»Nee, Chef. Ich werde die Beamtenlaufbahn beenden. Also, ich steige aus.« Endlich war es raus. Kroko wirkte erleichtert.

Schüppe sah ihn an, als ob er sich Sorgen um seinen Gesundheitszustand machte. »Lass mich raten: Pommesbude auf Mallorca?«

»Genau das meine ich. Das ist ja wohl das Einzige, das du mir zutraust, oder?«

Schüppe antwortete nicht.

»Ich habe kurzfristig ein Angebot aus der freien Wirtschaft erhalten. Als leitender Sicherheitsberater und Personenschützer«, platzte es aus Kroko heraus.

»Na gut. Wenn das so ist … Sag mal, fällt mir gerade so nebenbei ein: Hast du dich eigentlich mal untersuchen lassen wegen des Schlages auf den Kopf, den du Samstag abbekommen hast? Egal … Nimm dir mal die Akten von dem Libanesen vor, die Schumacher Freitag vorbeigebracht hat. Den Fall müssen wir endlich abschließen. Ich muss gleich zum PP.«

08:15 Uhr

»Herr Schüppe, ich habe hier diverse Berichte vorliegen über einen Fall am Wochenende in den Niederlanden, in denen ständig Ihr Name auftaucht. Ich kann mich nicht erinnern, Sie dorthin geschickt zu haben. Den niederländischen Kollegen liegt auch kein Kooperationsersuchen vor. Wenn ich das richtig verstanden habe, waren Sie mit Ihrem Arbeitskollegen Krokowski und Ihren alten Freunden Tom Balzack und Harry Fitz zu einem Wochenendtrip in die Niederlande gereist. Die beiden hatten ihre Kameraausrüstung zufällig noch vom Vortag im Auto, und Sie und Krokowski hatten vergessen, Ihre Dienstwaffe abzulegen, bevor Sie über die

Grenze gefahren sind. Wiederum zufällig sind Sie dort auf den verdächtigen Emmerich gestoßen, der Ihnen gegenüber mehrere Morde und ein geplantes Attentat auf den Innenminister gestanden hat. Sie haben dann durch eine rechtzeitige Warnung dem Innenminister das Leben gerettet. Im Verlauf einer Auseinandersetzung hat der Emmerich erst Krokowski niedergeschlagen und dann auf einen unbeteiligten deutschen Staatsbürger gefeuert, und Sie haben im Rahmen der Nothilfe den Emmerich erschossen. Der ist dabei in zwei Wurfmesser gefallen, die er selbst in der Hand hatte. Ist das so richtig?«

Scheinbar gelangweilt antwortete Schüppe seinem Präsidenten: »Steht da ja so.«

»Da bin ich aber erleichtert. Wir werden natürlich noch die Zeugen, also Kroko, den Balzack und den Fitz und diesen ...«, Ritterswürden blätterte in seiner Akte, »... diesen Rentner Siegfried Röster vernehmen müssen. Wenn der mal wieder im Lande ist. Ich gehe mal davon aus, dass die drei Ihre Version genau so bestätigen werden, dann können wir den Deckel draufmachen. Bleibt nur noch ein Problem: Wie bekommen wir die Fälle aus Salzburg, Essen und Oberhausen, die Sie schließlich gelöst haben, in unsere Aufklärungsstatistik?«

»Tja, Herr Präsident. Da kann ich Ihnen auch nicht helfen.«

11:00 Uhr

»Da bin ich ja froh, Sie mal an die Strippe zu bekommen. Hier Drucks. Letzte Woche haben Sie sich für mich ja ständig unerreichbar gemacht, Herr Balzack. Worum es geht, können Sie sich ja denken: Ich vermisse fünfundzwanzigtausend Euro.«

»Da haben Sie es aber gut, Herr Drucks. Was meinen Sie, was mir für Summen fehlen!« Immer erst mal einen mitgeben, dachte Tom.

»Heute ist der dritte August, und wir hatten vereinbart ...«

Nix haben wir vereinbart, du Arschloch. Ihr von der Sparkasse habt meinen Bruder in den Tod getrieben und mir die Überziehungskredite bei meinen Privatkonten gekündigt. So sieht es aus.

»... dass Sie die Inanspruchnahmen auf Ihren Konten bis zum einunddreißigsten Juli zurückführen. Das wären 14.867,51 Euro auf dem privaten und 9.947,01 Euro auf dem Mietenkonto, zusammen also 24.814,52 Euro. Wann kann ich mit dem Eingang dieser Summe rechnen?«

Schon wieder die alte Leier, dachte Tom.

Er atmete tief ein und versuchte, ruhig zu bleiben. Dieses Mal fiel ihm das deutlich leichter als bei vorangegangenen Gesprächen.

»Mein lieber Herr Drucks, ich habe Ihnen das doch schon so oft erklärt. Sobald mein einziger Kunde endlich seine Rechnungen begleicht, kann ich mir Gehalt auszahlen und das Privatkonto nachfüllen.«

»Wann rechnen Sie denn mit einem Geldeingang?«

Tom verdrehte die Augen. Harry grinste zu ihm rüber, er kannte diese Gespräche.

»Auch das wissen Sie doch, dass ich das nicht berechnen kann. Das liegt in Gottes Hand und der des Senders. Die haben in der Finanzabteilung Engpässe wegen der Urlaubszeit.«

Mit diesen Urlaubsargumenten redete dieser Drucks sich auch immer heraus, wenn bei der Sparkasse etwas nicht funktionierte. Nur komisch, dass auch in der Urlaubszeit die Fernseher nicht schwarz und die Zeitungsseiten nicht weiß blieben.

Als Tom weiterredete, imitierte er den gestelzten Stil des Sparkassenheinis. »Ich bin aber guter Hoffnung, bis zum Fünfzehnten den Eingang einer nennenswerten Summe verzeichnen zu können, die Ihre Forderung in der Höhe noch übersteigt.«

»Na gut.« Herr Drucks klang nicht überzeugt. »Aber was ist mit dem Mietenkonto? Ihre Hypothekenkredite sind auch notleidend.«

Bei dem Wort ›notleidend‹ explodierte Tom innerlich. Seit Pauls erstem Immobilienkauf mit siebenundzwanzig Jahren, das war 1987, hatte er über eine Million Euro an Hypotheken getilgt. Und ein Mehrfaches an Zinsen gezahlt. Egal, ob seine Buden gerade vermietet waren, er teure Reparaturen hatte oder Mietnomaden aufgesessen war – er hatte seine Schulden, bei der Bank hieß das ›Verbindlichkeiten‹, immer bedient. Bis er es eines Tages nicht mehr ausgehalten hatte. Seitdem hatte Tom die Immobilien und die Bank am Hals. Und eine ziemlich genaue Vorstellung davon, wie das mit Paul passieren konnte.

»Mein lieber Herr Drucks. Seit einigen Jahren pflegen die meisten Mieter nicht mehr zum Dreißigsten oder Ersten, sondern frühestens zum Dritten des Monats ihren Zahlungsverpflichtungen nachzukommen. Oder noch viel später. Für das Gerichtsurteil, das die Mieter dazu berechtigt, kann ich nichts. Solange ich überhaupt einen Geldeingang verzeichnen kann, sage ich nicht viel. Ich will ja nicht, dass Sie das Geschäftsverhältnis zu mir einseitig beenden und ich Leerstände und gar keine Geldeingänge habe. Warum denkt Ihre Sparkasse nicht genauso? Ich zahle doch regelmäßig, nur manchmal verspätet. Mehr als eine Rate ist bei meinen dreizehn Krediten doch nie offen! Notleidend ist doch wohl etwas anderes, solange ein Geldfluss gegeben ist!«

»Herr Balzack, wir haben einen Vertrag, danach sind Ihre Raten zum Dreißigsten eines Monats fällig. Und heute, am Zweiten, sind von den 6.937,60 Euro noch …«

»… ziemlich genau 5.130 Euro offen. Ich kenne meine Zahlen!«, warf Tom wütend ein.

»Jetzt regen Sie sich doch nicht auf, Herr Balzack. Ich sage ja nur, wie es ist. Für die Sparkasse ist diese Situation ziemlich unerfreulich. Um die Diskussion abzukürzen: Ich bin von meinen Kompetenzträgern angehalten, Ihnen einen Vorschlag zu machen. Wir könnten Ihre beiden maroden Mehrfamilienhäuser in Borbeck und am Wasserturm von Ihnen erwerben und uns dann eigenständig von hier aus um die Vermarktung kümmern.«

»Ach, so plötzlich? Braucht ein Immobilienentwickler die Grundstücke, oder was steckt dahinter?« Tom wusste genau, was dahintersteckte. Er wollte Herrn Drucks nur ein bisschen grillen.

Schien zu klappen, denn dessen Stimme klang gequält. »Jetzt seien Sie doch nicht immer so misstrauisch! Wir wollen doch nur helfen!«

»Wie viel?«

Drucks räusperte sich. »Vierhunderttausend für beide Häuser zusammen. Das entspräche genau den Belastungen, die noch auf den Objekten liegen.«

»Was ist mit der VfE?« Die Vorfälligkeitsentschädigung, die bei vorzeitiger Kreditkündigung fällig wurde und den entstehenden Zinsverlust der Banken ausgleichen sollte, konnte in die Zehntausende gehen. Das hatte Tom sich schon vor längerer Zeit ausgerechnet.

»Die würden wir in diesem Fall übernehmen. Ausnahmsweise, und hängen Sie das bitte nicht an die große Glocke.«

»Ich werde es mir überlegen.«

»Ich hatte da jetzt etwas mehr Enthusiasmus erwartet. An das Angebot fühlen wir uns auch nur bis heute Nachmittag sechzehn Uhr gebunden.«

Genau, dann hast du nämlich Feierabend, du Faulpelz. Wollen doch mal sehen. »Das tut mir leid. Ich bin nämlich bis achtzehn Uhr unterwegs.«

Und wenn du jetzt sagst, du musst es bis sechzehn Uhr wissen, dann sage ich, ich versuche, von unterwegs anzurufen, überlegte Tom. Sagst du aber nicht, wetten?

»Ja gut, genau bis achtzehn Uhr dauert auch mein auswärtiger Termin. Dann rufen Sie mich bitte zwischen achtzehn und neunzehn Uhr im Büro an. Auf Wiederhören, Herr Balzack.«

Dieser Anruf war dem Drucksmäuser jetzt garantiert schwergefallen. Jahrelang hatte er Tom mit Freuden gequält. Dabei hatte er sich immer auf Anweisungen seiner ›Kompetenzträger‹ herausgeredet, Tom aber nie mit denen direkt reden lassen. Und jetzt mussten sie ihm eine völlig überhöhte Summe für seine Buden anbieten. Weil das ›höheren Ortes‹, so hieß das doch in Bankenkreisen, so entschieden worden war.

Tom war sehr vergnügt darüber, wie angenehm es sein konnte, mit einem öffentlich-rechtlichen Institut im Geschäft zu sein. Nicht nur mit einem. Da waren ja auch noch die Anstalten öffentlichen Rechts, wie ARD und ZDF juristisch korrekt definiert wurden. Diese Anstalten würden demnächst die exklusiven Sommerinterviews ausstrahlen, die er mit dem Innenminister veranstaltete. Wenn es einmal lief, dann lief es.

Als Tom gerade aufgelegt hatte, kam sein Kameramann mit mehreren DIN-A4-Blättern zu ihm rüber.

»Harry, du E-Mail-Ausdrucker, was gibt es?«, fragte Tom ihn gut gelaunt.

»Einmal *Arche 90*, Tierschutzorganisation aus Dortmund. Gerade jetzt in den Ferien, wo so viele Tiere ausgesetzt werden, sind sie pleite und brauchen dringend Spenden.«

Tom schüttelte den Kopf. »Funktioniert nicht. Habe schon mal drei Tage bei denen gesessen und auf Aussetzungen gewartet. Rate mal, wie das ausging? Aber mit einer Spende, das könnte man sich überlegen. Die machen gute Arbeit. Hätte Paul auch gefallen.«

Harry war überrascht, wusste nicht, wie er auf diesen Satz reagieren sollte. Eigentlich erwähnte Tom seinen verstorbenen Bruder nie, dessen Foto neben seinem Schreibtisch an der Wand hing. »Oho, ist bei meinem Chef der Wohlstand ausgebrochen?«, fragte er nur kurz und warf das Blatt in die Altpapierkiste unter Toms Schreibtisch.

Toms Mundwinkel berührten fast seine Ohren.

»Dann haben wir hier noch einen Mord in Bochum. Guck aber bitte erst mal, ob du die Leute kennst, ob die vielleicht ein Ferienhaus in Noord-Holland haben. In diesem Fall würde ich die Arbeit verweigern.«

»Und womit?«, rief Lydia von ihrem Schreibtisch herüber.

»Mit Recht!«, schrien alle drei im Chor.

»Und dann«, Harry legte seinen vorletzten Zettel feierlich auf den Tisch seines Chefs, »habe ich hier noch etwas ganz Spezielles.«

Tom las.

Mitteilung an die Medien

Die Familienstiftung der Familie Holz gibt bekannt, dass ein namentlich nicht genannter Finder entscheidende Hinweise auf den Verbleib ihrer vor neun Jahren gestohlenen Bildersammlung gegeben hat. Die sieben Werke bedeutender Surrealisten konnten kürzlich im Ausland sichergestellt werden. Sie sollen demnächst im Rahmen einer internationalen Auktion in Brüssel versteigert werden. Die Familie Holz wird aus dem Erlös der Auktion zunächst ihrer Versicherung die Summe erstatten, die diese damals für den Schaden aufgebracht hat. Eventuell darüber hinausgehende Erlöse wird die Familie Holz an die *Deutsche Lebens-Rettungs-Gesellschaft* spenden, deren Aufgaben ihr schon immer ein Anliegen war.

Als Tom sich das sorgfältig durchgelesen hatte, präsentierte Harry mit den Worten »Und dazu passt diese dpa-Meldung« seinen letzten Zettel.

Im ersten Teil wurde die Erklärung der Familie Holz fast wörtlich wiedergegeben, darunter gab es aber einen interessanten zweiten Abschnitt:

Die Familie hat keine Angaben über die damals versicherte Summe oder den heute erzielbaren Preis der Sammlung gemacht. Aus

Versicherungskreisen sickerte aber durch, dass allein der gesetzlich auf zehn Prozent des Wertes der wiedererlangten Bilder festgesetzte Finderlohn bei rund siebenhunderttausend Euro liegen soll. Er wird ebenfalls von der Familie Holz getragen.

Hunderttausend pro Mord, da kommen die für ihre finanziellen Verhältnisse doch billig mit weg, dachte Harry, während Tom noch las. Bin mal gespannt, wie viel davon bei mir landet.

Laut sagte er: »Wir scheinen derzeit eine Glückssträhne zu haben. Ich meine, mit den vielen Aufträgen und so. Wir sollten heute noch Lotto spielen, wenn wir das zeitlich schaffen.«

»Das halte ich für eine ausgesprochen gute Idee«, antwortete Tom. War *Westlotto* nicht eine Tochter der landeseigenen NRW-Bank? Wie hatte sein Freund Jürgen so schön gesagt: »Wir werden Mittel und Wege finden, dir …«

In diesem Moment klingelte das Telefon. Der ›Schrei-Bengel‹.

»Na, sprichst du noch mit mir, nachdem du am Samstag gegen uns nichts reißen konntest?«

»Ach, hör doch auf, das war doch nur Reporterglück. Habe ich unserer Zentrale in Berlin auch gesagt. Aber im Gegensatz zu dir bleibe ich ja an Geschichten dran. Und wie du weißt, habe ich überall meine Kontakte, auch in Belgien …«

»Lass mich raten: Kommissar Maigret? Hercule Poirot?«

»… wo man heute Morgen im Museum *Boijmans van Beuningen* in Rotterdam ein Bild abhängen musste.«

»Zu dem Thema hätte ich noch eine wichtige Info für dich, aber erzähl erst mal weiter.«

»Sie haben dort am Wochenende bei einem Gemälde von Magritte eine Materialanalyse durchgeführt. *Reproduction interdite* oder so heißt das. Das Bild ist eine Fälschung.«

»Schön. Warum erzählst du mir das?«, fragte Tom scheinheilig.

»In dem Museum waren sie felsenfest davon überzeugt, das Original zu besitzen. Das haben sie aber bei diesem Emmerich in Den Helder sichergestellt. Es gehörte zu der geklauten Sammlung der Familie Holz, habe ich recherchiert. Komische Geschichte, weißt du da vielleicht mehr drüber? Du warst doch in der Bude von dem. Was ist denn deine wichtige Information?«

»Zu dem Gemälde kann ich dir auch nichts sagen. Da hingen ein paar Bilder, aber was das jetzt war … Die einzige wichtige Information, die ich dir in diesem Zusammenhang geben kann, lautet: Rotterdam liegt nicht in Belgien.«

Da Harry, der mitgehört hatte, schon wieder zu wiehern begann, legte Tom schnell auf.

Epilog

Samstag, 18. August, ein Jahr später
14:20 Uhr

Endlich wieder Bundesliga. Von der Straße hörte man die Fans grölen, die Richtung Arena zogen. Aus der Ferne Martinshörner. Hoffentlich kamen die jungen Kollegen von den Einsatzhundertschaften heute heil wieder nach Hause. Beim Derby war das nicht selbstverständlich.

Georg Schüppe stand im leichten Nieselregen in seinem Garten und fischte mit dem Kescher ein paar Blätter von der Teichoberfläche ab. Er blickte Richtung Haus. Durch die geöffnete Wohnzimmertür konnte er sehen, wie seine Frau vor dem Rollstuhl hockte. Sie legte Stefan gerade seinen Fanschal um, strich ihm dabei liebevoll durchs Haar. Stefan klatschte vor Freude in die Hände. Jetzt stand sie auf, ging zur Küchentheke, nahm das Küchenmesser mit der langen Klinge zur Hand. Sie trennte mit kräftigen Schnitten drei Stücke vom Leberkäse ab, die ihnen als Wegzehrung dienen sollten.

Ja, seine Gisela war schon ein ganz besonderer Mensch, dachte Georg. Ein feines Lächeln umspielte seine Lippen, als er den Kescher zur Seite legte. Es wurde Zeit, sie mussten jetzt los, wenn sie rechtzeitig in der Arena sein wollten.

Wie hatte er das alles vermisst. Seine Familie, sein Leben.

14:25 Uhr

Nur zweihundert Meter Luftlinie von Schüppes Haus entfernt, da, wo die Martinshörner gellten, hetzten Harry und Lydia durch das Buschwerk neben der Kurt-Schumacher-Straße, versuchten, zum Übertragungswagen vor der Arena zu kommen. Harry blutete aus einer Wunde am Hinterkopf. Sie waren genau zwischen rivalisierende Ultras der beiden Vereine geraten. Die Bierflasche eines Dortmunder *Desperados* hatte Harry von hinten getroffen, als er gerade breitbeinig mitten in der alten *Glückauf-Kampfbahn* stand und die in Internetforen angekündigte ›Mutter aller Schlachten‹ zur ›Mutter aller Derbys‹ filmte.

»Kannst du noch?«, fragte Lydia hechelnd.

»Ich kann immer!«, gab Harry atemlos zurück. »Wenn das nur nicht so stinken würde. War bestimmt *Union Export,* dieses Sauzeug.«

Unvermittelt blieb Lydia stehen. Sie beugte sich atemlos nach vorn, stützte sich mit den Händen auf den Oberschenkeln ab. »Warte mal, Harry«, schnaufte sie. »Komm mal her.«

Widerwillig drehte der Kameramann sich um und ging die paar Schritte zu ihr zurück. »Was ist denn los? Wir müssen weiter! Ich habe dir doch gleich gesagt, das hier ist nichts für Mädchen!«

Als er genau vor ihr stand, richtete Lydia sich auf. Mit den Worten »Das wollte ich dir schon seit Längerem sagen!« nahm sie seinen Kopf in ihre Hände und küsste ihn lange und intensiv auf den Mund.

Harry nahm ihre Hand von seiner Wunde. Während auf der anderen Seite das unregelmäßige Trampeln der flüchtenden Fans und die regelmäßigen, nagelnden Geräusche der Kampfstiefel der Einsatzhundertschaft über die Kurt-Schumacher-Straße dröhnten, immer wieder übertönt von explodierenden Bengalos und Lautsprecherdurchsagen, vermischt mit Schmerzensschreien und prasselnden Geräuschen, wenn Pflastersteine auf Schutzschilder krachten, löste sich Harry von Lydia, blickte ihr tief in die Augen und fragte sie: »Bist du dir da sicher?«

Lydia nickte nur.

Er zog sie an sich, sie küssten sich ein zweites Mal. »Strapse?«, fragte er lächelnd.

Doch bevor Lydia in gespieltem Ärger antworten konnte, fiel er ohnmächtig zu Boden. Die Kamera hielt er dabei in der Hand, bis er fast auf dem weichen Ackerboden angekommen war.

Die stabile *Sony* zeigte sich unbeeindruckt.

14:30 Uhr

Etwa zweitausend Kilometer südwestlich von Gelsenkirchen stapfte ein Mann mittleren Alters mit leichtem Bauchansatz in schwarzer Badehose quer über den ausgestorbenen Strand von Illetas zwischen den zwei Meeren, von Ufer zu Ufer. Und wieder zurück. Vor sich her trug er ein *iPad,* hielt es hoch, mal in die eine, mal in die andere Richtung. Dabei fluchte er laut.

»Verdammt, ich krieg nix rein! Ich werde wahnsinnig! Ich habe immer noch nicht die Quoten von meinem großen ARD-Sommerinterview mit dem Innenminister! Und in einer Stunde fängt das Derby an! In zweihundertzweiundzwanzig Länder der Welt wird dieses Spiel übertragen, nur ich bekomme auf dieser Scheißinsel keinen Empfang!«

Die rothaarige Frau, die träge auf ihrem Pareo gedämmert hatte, richtete sich halb auf und stützte sich auf den Armen ab. Von ihrem durchgehend sanft gebräunten Körper zeichnete sich das weiße Dreieck ab, wo sie normalerweise ihr Bikinihöschen trug. Während sie wegen des grellen Sonnenlichtes mit halb zugekniffenen Augen zu den Luxusyachten hinübersah, die vor dem Strand dümpelten, grinste sie ironisch.

Das war hier doch etwas anderes als dieses neue weiß gekachelte Ferienhaus in Holland, wo Tom sie schon dreimal hingeschleppt hatte. Es hatte jedes Mal geregnet dort und zu kalt war es auch gewesen. Beim letzten Mal, anlässlich des Interviews, hatte er sogar eins der Kamerateams dort untergebracht, um Geld zu sparen. Obwohl er das wirklich nicht mehr nötig hatte. Das steckte wohl drin.

Sie wandte sich ihrem Freund zu. »Ist ja gut, Schatz! Ich packe hier zusammen, dann gehen wir ins Hotel duschen und gucken das Spiel in einem Straßencafé! Da hast du auch Empfang auf deinem *iPad.*«

»Okay, von mir aus.« Während Tom sich das alte brombeerfarbene Auswärtstrikot vorsichtig über den Sonnenbrand zog, fragte er misstrauisch: »Du meinst aber nicht etwa die BVB-Kneipe von deinem Freund Heinz, oder?«

»Mein Gott, da sind bestimmt auch welche von euren. Und es gibt *Heineken.*« Charly verdrehte die Augen. Man hatte es nicht leicht mit dem Kerl.

14:35 Uhr

Eigentlich müsste er jetzt ein Foto machen und es dem Spaten schicken, überlegte Holger Krokowski. Aber wahrscheinlich hatte der immer noch das uralte *Nokia 6310* und konnte überhaupt keine Bilder empfangen. Und falls doch, wüsste er wohl nicht, wie das technisch geht.

Motiv: Holger Krokowski an einer Pommesbude auf Mallorca. Na ja, nach Einschätzung des Spatens auf der falschen Seite der Theke, dachte er nicht ohne Bitterkeit. Aber vielleicht würde der seinen ehemaligen Laufburschen Kroko ja auch gar nicht erkennen, überlegte er und zog sich weiterhin genüsslich seine *Pommes Schranke* rein.

In der Tat hatte sich sein Äußeres sehr gewandelt: Die langen Haare waren ab, er trug jetzt militärisch kurz auf dem Kopf und einen dunklen Anzug mit weißem Hemd und Krawatte am Körper. Die Sonnenbrille war stark getönt, aber nicht verspiegelt.

Nach elf Monaten als Sicherheitschef eines Medienunternehmens hatte Kroko sein Recht auf Wiedereintritt in den Staatsdienst wahrgenommen. Trotz einer Beurteilung seines Exchefs, die man nur mit viel Wohlwollen noch als wohlwollend bezeichnen konnte, hatte er es zur Sicherungsgruppe geschafft. Irgendjemand musste da wohl ein gutes Wort für ihn eingelegt haben …

Seit dem ersten August gehörte Holger Krokowski zu der Truppe, die für den Schutz des Innenministers zuständig war. Seine Kollegen holten Familie Bartow gerade aus dem Zollbereich ab. Bartows würden eine Woche lang die befreundeten von Hammersteins besuchen. Kroko war gespannt, wie die Leibwächter wohl untergebracht würden und ob sie genügend Freizeit hätten, sich auch mal an den Pool zu legen. Bartow reiste nicht gern, mit Mallorca habe Kroko Glück gehabt, hatten die Kollegen gesagt. Ab und zu nach Brüssel zur EU, das war es beruflich. Privat im Winter Bad Gastein zum Skilaufen und im Juli Noord-Holland.

Auf Holland nächstes Jahr freue er sich schon, hatte Kroko geantwortet.

14:40 Uhr

Seit fünfzehn Sekunden stand der dunkelhaarige Mann vor der Tür des alten Fachwerkhauses, er wirkte nicht sonderlich nervös, als er an dem Türschloss herumfummelte. Jetzt, in der Mittagshitze, ging hier am Waldrand sowieso niemand spazieren, und Nachbarn gab es nicht. Das Schild *Broadcast.tv* hatte ihn angelockt. Er hoffte auf Technikbeute. Nach weiteren sieben Sekunden war er drin.

In dem großen Büro hing ein nagelneuer *Panasonic*-Fernseher an der Wand. Etwas groß, aber bis zu seinem Sprinter auf dem Waldweg war es ja nicht weit. Auf dem aufgeräumten Schreibtisch lagen ein paar Unterlagen und Zeitungen, nichts Verwertbares. Mit seinem Schraubenzieher öffnete er eine verschlossene Schublade. Bingo. Ein nagelneues schwarzes *iPad* der höchsten Ausbaustufe. Die schwarze Hülle mit dem magentafarbenen Aufdruck *Mediengruppe Broadcast.tv* würde er wegwerfen müssen, sie würde die Herkunft des Tablets verraten.

Im Raum nebenan standen drei Profikameras von *Sony*, Stative und weiterer Technikkram.

Das Zeug fasste er nicht an, da gab es keinen Markt für. Nicht bei seinen Hehlern.

Aber auch in diesem Raum hing ein nagelneuer Flachbildfernseher an der Wand, noch größer als der in dem anderen Büro. Und auf den drei Schreibtischen standen drei wunderschöne *Apple*-Rechner.

Milan machte sich an die Arbeit.

Dass er bei all seinen Schritten von mehreren Überwachungskameras gefilmt wurde, war ihm egal. In Büros wurde am Wochenende nicht gearbeitet, und wenn die den Einbruch am Montag feststellten, wäre er längst über alle Berge.

Zwei Dinge konnte Milan nicht wissen: dass die Kamerabilder per Internet ohne Verzögerung auf dem *iPad* des Chefs dieser Firma landeten, der sich gerade auf Formentera aufhielt, sich über diese ›caught on tape‹-Bilder sehr freute und kaum noch Augen für das Fußballspiel hatte. Die Einnahmen der Geschichte, die er mit diesem Ausgangsmaterial produzieren würde, wären wohl erheblich höher als die Kosten für die Schäden, kalkulierte er.

Das andere, was der Einbrecher nicht ahnte: dass die Bilder zeitgleich auf den Überwachungsmonitoren einer Sicherheitsfirma aufgelaufen waren, die längst die Polizei alarmiert hatte, die hierher unterwegs war.

Fast hätte Milan Nihailovic es sogar noch geschafft, rechtzeitig mit seiner Beute zu entkommen. Schließlich stand ihm in der Mitte des ersten Büros auch nichts im Weg, das ihn beim Abtransport hätte behindern können.

Denn der Tannenbaum war weg, seit Monaten schon. Mit dem nadellosen Gerippe, einer versteckten und einer Profikamera war Tom nämlich wenige Tage vor Weihnachten zu Tannenbaumverkaufsständen marschiert und hatte versucht, dieses Vorjahresexemplar umzutauschen, weil es nach wenigen Tagen schon genadelt hatte. Die Reaktionen der Verkäufer hatten beim *Magazin* für große Lacher und hohe Quoten in der Weihnachtssendung gesorgt.

Das gut getrocknete Gerippe der Nordmanntanne hatte Tom anschließend in seinem offenen Kamin verbrannt. Er wollte das mit dem Surrealismus schließlich nicht übertreiben.

Danksagung

An Heike und Niko für ihre übergroße Geduld und immerwährende Bestärkung meines Projekts. Beide haben mir in der Entstehungsphase dieses Buches in unterschiedlichen Bereichen den Rücken frei gehalten.

Dank auch an meine Mutter. Dafür, dass sie dafür gesorgt hat, dass ich auch in dieser Zeit niemals vergessen konnte, dass die Dachrinnen noch gereinigt werden müssen.

Ich danke insbesondere Ulrike Rodi, der Verlegerin des Grafit Verlages, für ihre schnelle Reaktion auf und ihren Glauben an dieses Erstlingswerk.

Erwähnen möchte ich auch ›Flawes‹ und die anderen Mitarbeiter der Polizeipressestellen, die auf einem schmalen Grat wandern müssen und trotz aller Differenzen fair mit ihren journalistischen Pflegefällen umgehen. Meistens.

Nicht zu vergessen die zahlreichen Kollegen von TV und Print. Ihr alle habt Aussehen und Eigenschaften für die geschilderten Reporter und die Figur des Tom Balzack beigesteuert. Natürlich nur eure guten Seiten, die schlechten habe ich mit ausgedacht.

Und für alle, die sich hier noch nicht wiederfinden: Bitte seid nicht enttäuscht. Ihr kommt im nächsten Buch.

Denn die Geschichte geht weiter.

Mörderisches Ruhrgebiet

Theo Pointner

Abgesang

Print-ISBN 978-3-89425-390-5
E-Book-ISBN 978-3-89425-855-9

Katharina Thalbach und ihre Kollegen von der Bochumer Kripo bekommen es mit gleich zwei ungewöhnlich brutalen Mordfällen zu tun: Kurz nacheinander werden Mandy und Svenja Maslarski ermordet aufgefunden. Die beiden Frauen sind Mutter und Tochter, und jede durchlitt ihr eigenes Martyrium. Während das fünfzehnjährige Mädchen brutal erstochen wurde, fand bei ihrer Mutter eine fast rituelle Tötung statt.
Als auch noch ein fünfjähriger Junge verschwindet, steht die Frage nach einem Serientäter im Raum und den Ermittlern läuft die Zeit davon ...

»Der Bochumer Autor ist bekannt für raffinierte und fesselnde Plots mit Figuren, die man nicht so leicht vergisst.« Ostthüringer Zeitung

Reinhard Junge

Achsenbruch

Print-ISBN 978-3-89425-354-7
E-Book-ISBN 978-3-89425-855-9

Vor dem Haus der Bochumer Oberbürgermeisterin Irmhild Sonnenschein explodiert eine Autobombe und tötet ihren Lebensgefährten Lukas Beißner. Hauptkommissar Lohkamp vermutet, dass die Bombe ihr Ziel verfehlt hat und ein politischer Machtkampf gegen die OB tobt. Das BKA lässt jedoch öffentlich verlauten, dass islamistische Terroristen am Werk waren.

Das Fernsehteam PEGASUS recherchiert derweil den Hintergrund des Opfers und verschafft sich Zutritt zu Beißners Zweitwohnung. Was Kalle Mager auf Beißners Laptop entdeckt, sorgt nicht nur für jede Menge Zündstoff, sondern bringt ihn selbst hinter Gitter …

»Mit Witz und Ironie zielt Reinhard Junge auf geltungssüchtige und korrupte Lokalpolitiker.« Buch aktuell

Mörderisches Ruhrgebiet

Lucie Flebbe

Tödlicher Kick

Print-ISBN 978-3-89425-435-3
E-Book-ISBN 978-3-89425-156-7

Bochum im Fußballrausch, der Aufstieg in die erste Liga ist möglich. Doch Nachwuchsstürmer Oran Mongabadhi schießt vorbei – und am nächsten Tag ist er tot. Rache eines Fans oder gar eines Mitspielers? Aber warum ist dann die Kleidung seiner Freundin, der ehemaligen Prostituierten Moesha ›Curly‹ Schmidtmüller voller Blut?

Die junge Detektivin Lila Ziegler und ihr Partner Ben Danner ermitteln in Kreisen, in denen echte Kerle noch was zählen. Doch ausgerechnet jetzt zeigt sich Danner verwundbar und Lila unterschätzt die Gefahr …

Was mit Fußball anfängt, hört mit Fußball auf. Dazwischen liegen mehr als 90 Minuten beste Unterhaltung mit Intelligenz und Witz.

Gabriella Wollenhaupt

Grappa sieht rosa

Print-ISBN 978-3-89425-436-0
E-Book-ISBN 978-3-89425-155-0

Bierstadt arbeitet an dem Image einer weltoffenen und toleranten Metropole. So kommt es nicht von ungefähr, dass der russische Agrarminister nach seinem Coming-out ausgerechnet das Herz Westfalens als Ziel seiner Flucht wählt. Hier will er nun seinem zwanzigjährigen Lebensgefährten das Jawort geben.

Mitten in die Vorbereitungen des international beachteten Ereignisses platzt die Meldung über einen grausamen Mord: Das Opfer, Skandalreporter Felix Mohr, war berüchtigt für seine homophoben Artikel und wusste offensichtlich von einem Anschlag auf die bevorstehende Hochzeit.

Zu ihrer großen Überraschung erfährt Maria Grappa, dass Felix Mohr selbst schwul war. Georg Baum, ein Mitbegründer der ›Klemmschwestern‹ führt die Journalistin in die Szene ein – und Grappa erfährt Dinge, die sie nicht für möglich gehalten hätte …